夜の獣、夢の少年 上

ヤンシィー・チュウ

JN080499

ダンスホールで働くジーリンは、ダンス中に客の男のポケットに入っていたあるものを、偶然抜き取ってしまう。ガラスの小瓶に入れられた、干からびた人間の指。なんとか返そうと男の行方を探すが、彼女と踊った翌日に男は死亡していた。弔問《ちょうもん》客を装って男の妻からきいた話によると、その指はバトゥ・ガジャ地方病院の看護婦から手に入れた、幸運のお守りらしい。ジーリンは病院で補助スタッフとして働く、血のつながらないきょうだいのシンの手引きで、バトゥ・ガジャ地方病院に潜り込むのだが……。英国植民地のマラヤを舞台にした、東洋幻想譚。

登場人物

レン……………………………英国人医師のところで働く少年
イー……………………………レンの双子のきょうだい。故人
ジョン・マクファーレン……レンを雇っていた老医師。故人
ウィリアム・アクトン………レンの新しい雇い主の医師
アーロン………………………ウィリアムの料理人
ハルン…………………………ウィリアムの運転手
アイリス………………………ウィリアムの婚約者。英国にいる
リディア・トンプソン………ゴム農園主の娘
アンビーカ……………………ウィリアムの愛人。ゴム農園労働者の妻
リットン・ローリングズ……病理学者。検死官
ナンディニ・ウィジェダサ…ウィリアムの患者
リー・ジーリン………………ダンスホールで働く女性
リー・シン……………………ジーリンの血のつながらないきょうだい。
　　　　　　　　　　　　　バトゥ・ガジャ地方病院の補助スタッフ

母さん……………………………ジーリンの母
継父……………………………母さんと再婚した男性。シンの父
ホイ……………………………ジーリンの友人。ダンスホールで働く
タム……………………………ジーリンの師匠。洋裁師
ミン……………………………シンの親友。時計屋の息子
ロバート・チウ………………ミンの友人。弁護士の息子
チャン・ユーチェン…………セールスマン
Y・K・ウォン………………シンの病院のルームメイト
コー・ベン……………………シンの同僚
ペイリン………………………看護婦

夜の獣、夢の少年　上

ヤンシィー・チュウ
圷　香　織　訳

創元推理文庫

THE NIGHT TIGER

by

Yangsze Choo

夜の獣、夢の少年　上

キンタ渓谷で生まれ育った両親に

1

一九三一年五月
マラヤ、カムンティン

老人には死が迫っている。その浅い息、こけた顔、頬骨に薄く張りついた皮膚にも、すでに死が現れている。それでも老人は鎧戸《よろいど》を開けてもらいたくて、レンに向け、じれったそうに手を振ってみせる。レンは石でも飲み込んだような喉の詰まりを覚えながらも、二階の窓を開け放つ。

表に広がるのは、緑が鮮やかな木々の海だ。密林の梢《こずえ》が揺れ、空は、熱病が見せる夢のように青い。レンは熱帯地方のどぎつい光にたじろぎながら、せめて自分の影で主人を守ろうとするのだけれど、老人に身振りで止められてしまう。日差しのなかだと、老人の手は、震えがますます目立って見える。指の一本が、根本から、ぶつりとない。それでもレンは、その手がほんの数か月前まで、器用に赤ん坊をあやしたり、傷を縫い合わせたりしたことをよく覚えている。

老人が淡いブルーの瞳、はじめのころ、レンには恐ろしくてたまらなかった外国人に特有の色の薄い目を開いて、なにやら言おうとしている。レンは刈り込んだ頭を傾け、老人に顔を近づける。

「覚えているな」

レンはうなずく。

「言ってみなさい」ざらついた、消え入りそうな声で老人は言う。

「先生が死んだら、ぼくは、先生がなくした指を見つけなくちゃいけない」レンは小さい声ながら、はっきりそう口にする。

「それから?」

レンはためらってから言う。「先生のお墓に埋める」

「そうだ」老人はぜいぜいと息を継ぐ。「わたしの魂が尽きる前、四十九日以内にやらねばならんぞ」

レンはそれまでにも、いろいろな言いつけを手際よくこなしてきた。今度だってやれるはずだ。そう思いながらも、細い肩が大きく震えてしまう。

「泣くな、レン」

こんなときのレンは、年齢よりもずっと幼く見える。だから老人としても胸が痛む――できることなら自らの手でとは思うのだが、もはや力が残っていない。そして老人は、黙って壁のほうに顔を向ける。

2

六月三日（水）
マラヤ、イポー

　中国で、四十四という数字は縁起が悪い。〝死〟と同じ音を持つからで、四、および、四が繰り返される数字は嫌われる。その六月の不運な日は、わたしがイポーの〈メイフラワー・ダンスホール〉でこっそりアルバイトをはじめてから、ちょうど四十四日目に当たっていた。

　このアルバイトは秘密だ。なにしろまともな家の娘なら、たとえ〝インストラクター〟という建前でも、見知らぬ男と踊るなんてありえないから。ただしたいていのお客さんは、緊張気味の事務員や学生で、フォックストロットやワルツのほか、地元の素敵な伝統舞踊ロンゲンなんかを習いたいと回数券を手に通うおとなしい人たちだ。問題はそれ以外の〝ワニ《ブアヤ》〟と呼ばれる男たち。この連中は歯を見せてニヤニヤ笑いながら手をあらぬところへとさまよわせるのが大好きで、きつくつねられるまでやめようとしない。

　そうやって手を払いのけてばかりいたらたいして稼げっこないし、ほんとうはこんな仕事、さっさと辞めてしまいたい。とはいえ、母さんが四十海峡ドルもの借金を、とんでもない高金利で抱え込んでしまったのだ。どうにかして返済する必要があるのだけれど、本来の仕事である洋裁師の見習いだけでは、そんな金額とうてい作れっこない。あのおっとりした母さんに、ひとりでなんとかしろと言っても、しょせん無理な話だし。そもそも母さんは、賭け事に向いていない。

どうせなら、わたしにまかせてくれればよかったのに。なにしろわたしは数字に強い。だからといって自慢するつもりもない。そんな能力、たいしてわたしの役には立たないのだから。もちろん、男だったら話は違っていただろうけれど。とにかくわたしは、七歳のときに確率を導き出す喜びに目覚めてはみたものの、当時、寡婦になったばかりの母親の助けになることはこれっぽっちもできなかった。わたしにできたのは、父親を失ったといううつろな哀しみのなかで、何時間もひたすら、無駄紙に鉛筆で数を書き続けることだけだった。数字は合理的で秩序にあふれ、わたしたち家族を襲ったカオスとは無縁だったから。そんな日々にさえ母さんは、慈悲の女神を思わせる、ふんわりやわらかな甘い微笑《ほほえ》みをたやさなかった。ほんとうは毎日の食事にさえ苦労していたはずなのに。わたしは母さんを猛烈に愛していたし、いまはもっと愛している。

ダンスホールのママからの最初の命令が、髪を切ることだった。小さいころ、継きょうだいのシンに男の子みたいだとバカにされてからというもの、ずっと伸ばし続けてきたのに。アングロチャイニーズ女学校に通っていたときだって、長い二本のおさげにして、きちんとリボンで結んでいた。それが、しとやかな女の子の象徴だと思っていたから。そういう髪型さえしていれば、頭のなかでサザッと利息を計算できてしまうとか、全然女らしくないあれこれの欠点も目立たなくなると信じていた。

「いいや」ママは言った。「その髪型のままなら、あんたには働いてはもらえないね」

「だけど、髪の長い子はほかにもいるのに」わたしは言った。

「そうだけど、あんたはだめ」

わたしは結局、なんだかおっかない感じのする女の人のところにやられ、髪をチョキリと切られた。おさげがずっしりと、まるで生き物のように、膝の上に落ちてきた。シンが見ていたら、きっと死ぬほど笑ったと思う。うつむいたまま髪を切ってもらっていると、むき出しになったうなじがスースーと、やけに無防備な気がした。前髪が終わったので目を上げたら、髪を切ってくれた女がにっこりした。

「よく似合うよ」女は言った。「ルイーズ・ブルックスにそっくりだ」

だれそれ？　どうやら、何年か前に火のついた、無声映画のスターらしい。思わず顔が赤くなってしまった。最近、わたしみたいな胸がペタンコのボーイッシュなタイプが流行っているのは知っていたけれど、そう言われても簡単には信じられない。ちなみに、大英帝国のなかでも遠いはずれにあるマラヤは、流行からは大きく置いていかれている。この東の地に来たイギリスのご婦人方のぼやきによると、ロンドンの流行から、常に半年から一年は遅れているようだ。というわけで、社交ダンスやショートカットといった流行も、だいぶ遅れたとはいえイポーにも来ていた。わたしは、剃り上げられたうなじに手を当てながら、これでますます男の子っぽく見えるのではと不安になった。

ママは、大きな体をきびきびと動かしながら言った。「名前がいるね。英語のがいい。あんたは今日からルイーズだよ」


というわけで、その六月三日の午後、わたしはルイーズとしてタンゴを踊っていた。不安定な株相場にもかかわらず、錫《すず》とゴムの輸出がもたらす利益によって、イポーの繁華街には新しいビルが目まぐるしく建設されていた。その日は雨が降っていた。しかも、午後の半ばには珍しいような土砂降りだ。空が鉄色に変わり、電気がつけられた。店にとってはがっかりな天気だ。トタン屋根を叩く騒々しい雨音を、ゴア出身の、細い口髭をたくわえた小柄な楽団のリーダーが、音楽でかき消そうとしていた。

西洋式ダンスの大流行とともに、町という町の郊外には、ダンスホールが次々にできていた。新しくできた〈セレスティアル・ホテル〉のように立派なものもあるけれど、たいていは大きな小屋に毛が生えた程度の、外からの熱いそよ風がそのまま感じられるような建物だ。ダンスホールには囲いのような場所があって、小屋のなかの鶏や羊さながら、わたしたちお抱えのダンサーが入れられている。リボンで仕切られた奥に椅子が並んでいて、数字のついた紙のバラ飾りを胸に、若き美女たちが腰を下ろしているのだ。チケットのない客がわたしたちに近づかないよう、用心棒が見張ってはいるのだけれど、完全に止められるわけではない。

その日、客からタンゴを頼まれたときには正直驚いた。継父に学校を辞めるよう強いられて、その代わりにとミス・リンのダンス教室に通わせてもらったときにも、タンゴの踊り方は教わっていなかった。ワルツなら習ったし、フォックストロットは得意だ。けれどタンゴは、なんといっても性的な要素が強い。みんなと同じように、せいぜいモノクロ映画で、ルドルフ・ヴァレンチノの踊るところを見たことがある程度だった。

メイフラワーで働きはじめたころ、同僚のなかでも仲のいいホイが、タンゴも踊れるようにしておいたほうがいいとアドバイスしてくれた。

「あなたはモダンに見えるもの」ホイは言った。「きっとリクエストが来るわ」

大好きなホイ。わたしにタンゴを教えてくれたのは彼女だ。ふたりで、酔っ払いのようによろめきながら練習した。とにかく、彼女にできる範囲では伝授してくれた。

「まあ、頼まれないかもしれないしね」いきなりよろめいて一緒に転びかけたあと、ホイは楽観的にそう言った。

もちろん、そうはいかなかった。すぐにわかったのだけれど、タンゴを踊りたがる男というのはたいていが〝ワニ〟で、その縁起の悪い四十四日目にタンゴを頼んできた男も例外ではなかった。

自分はセールスマンだと男は言った。学校や事務所の備品を扱っているらしい。ふと、学校で使っていたノートの、爽《さわ》やかな紙の香りを思い出した。あんなに学校が好きだったのに、学問への道は閉ざされてしまった。いまのわたしにあるのは、セールスマンのくだらないおしゃべりと、重たい足だけ。セールスマンは、文房具も安定していていいのだけれど、これからは、もっと実入りのいい商売ができそうだという。

「きれいな肌をしているね」セールスマンの口からは、ニンニクのきいた海南《ハイナン》チキンライスのような匂いがした。どう返したらいいのかわからないまま、わたしは、何度も踏みつけられた可哀そうな自分の足を見つめた。絶望的な事態だった。なにしろこの男は、ぐいっと乱暴に引くことや、ドラマティックなポーズを決めることがタンゴだと思い込んでいるらしいのだから。「化粧品を売っていたことがあるから」男がまた、近過ぎる位置まで身を寄せてきた。「女の肌には詳しいんだ」

わたしは体を反らし、男とのあいだに距離を作ろうとした。ターンを決めながら乱暴に引かれ、男のほうによろめいてしまった。きっとわざとやったんだと思うけれど、そのあと男の手が無意識に、何かを落としたのではと心配するようにポケットへと動くのが見えた。

「ところで」男が微笑んだ。「女性の若さと美貌を永遠に保つ方法があるのを知ってるかい？針を使うんだぜ」

「針？」口説き文句のつもりなら最悪、と思いながらも、わたしは興味を引かれた。

「ジャワの西部に、ごく細い金の針を顔に埋め込む女たちがいるんだ。針は深く、外からは見えないところに刺し込まれている。老けないための魔術さ。五人の夫に先立たれたっていう美人に会ったことがあるんだが、顔には針が二十本も入ってるというじゃないか。だがその針も、死んだら取り除いてもらう必要があるらしくてね」

「どうして？」

「人の体というやつは、死んだら元通りの状態にする必要があるからさ。加えられたものは取り除き、失ったものは取り戻す——でないと、魂が安らかな眠りにつくことができないんだ」

わたしの驚いた顔に気をよくして、男は自分の旅の話を続けた。踊っている最中には、おしゃべりを好む男もいれば、手を汗で湿らせながら、ひたすら黙々と踊る男もいる。わたしとしては、どちらかといえばおしゃべりな男のほうがいい。たいていは自分の話に夢中な分、こちらの頭のなかに入り込んでこようとはしないから。

こんなところで働いているのを家族に知られたら、それこそ大変だ。継父の怒りと、母さんの涙を想像しただけで身震いが出る。母さんは継父に、麻雀《マージャン》の借金の件を打ち明けるしかなくなるだろう。それから、継きょうだいのシンがいる。シンとは誕生日が一緒なので、よく双子と間違えられる。シンはいつだってわたしの味方だった。少なくとも、しばらく前までは。けれどもう、シンはいない。これは、奨学金を得て、シンガポールにある〈エドワード七世医科大学〉に進学してしまったから。これは、マラヤにおける医師不足を解消するため、現地学生の育成を目的としている大学だ。シンのことであればわたしだって誇らしいし、シンは実際、幼いころから優秀だった。同時に、じつは妬《ねた》ましくてたまらない自分もいる。学校での成績は、常にわたしのほうがよかったのにと。けれど、もしもの話なんていくら考えたってしかたがない。シンときたら、最近は、わたしからの手紙に返事さえ寄越さなくなっていた。

セールスマンはしゃべり続けていた。「運ってやつを信じるかい？」

「信じたからどうなるっていうの？」そこで思い切り足を踏まれたが、わたしは顔をしかめないようにこらえた。

「信じたほうがいいぜ。なにしろ、おれにはものすごい運がつきそうなんだ」男はにやりとしながら、また乱暴にターンを決めた。目の隅で、ママがこちらをにらんでいるのが見えた。わたしたちは、ひどい踊りで周りの視線を集めはじめていた。これでは店のためにもならない。

危険なくらいに低く体を倒されて、わたしは歯を食いしばりながら、なんとか体のバランスを保とうとこらえた。結果ぶざまによろけ、腕を振り回しながら、互いの服をつかみ合う恰好になった。男がわたしの胸元をのぞき込み、手で尻をつかんできた。男に肘鉄を決めた瞬間、反対側の手が男のポケットに滑り込んだ。引き抜こうとしたとき、何か小さくて軽いものが手のなかに転がりこんできた。すべすべした筒状のものだ。わたしはあえぎながらためらった。

返さなくちゃ。下手をすれば、スリにあったと言いがかりをつけられてしまうかもしれない。世の中には、わざと問題を起こして女を支配しようとする男もいるのだから。

セールスマンは臆面もなくにっこりした。「名前は？」

狼狽《ろうばい》のあまり、わたしはルイーズではなく、本名のジーリンを教えてしまった。なんだか、どんどん悪くなるみたい。その瞬間、音楽が終わり、セールスマンが唐突にわたしを放した。知った顔でも見つけたのか、わたしの肩のうしろのほうを見つめていたかと思うと、いきなり駆け出し、姿を消した。

タンゴの埋め合わせをするかのように、楽団が〈イエス・サー、ザッツ・マイ・ベイビー！〉の演奏をはじめた。カップルが次々とダンスフロアに出てくるなか、わたしは自分の席に戻った。手のなかの何かが、焼き印のように熱く感じられた。あのセールスマンはダンスの回数券を持っているから、またきっと来るだろう。そのときに返そう。向こうが床に落としたのを拾ったということにすればいい。

開いた窓から、雨の匂いが漂ってくる。わたしは動揺しながらも、ダンスフロアからダンサーを隔てているリボンを持ち上げ、腰を下ろすと、スカートを撫でつけた。

そこでようやく手を開いてみた。手触りから見当はついていたが、薄いガラスの筒だった。五センチくらいの標本用の小瓶で、金属のスクリュー蓋がついている。何か軽いものが、そのなかで音を立てた。わたしは叫び声を押し殺した。

小瓶には、第二関節から切断された、しなびた指が入っていた。

3

六月三日（水）
バトゥ・ガジャ

バトゥ・ガジャへとガタゴト近づいていく蒸気機関車のなかで、レンは立ったまま、窓に顔を押し当てている。バトゥ・ガジャ。変わった名前だけれど、ペラ州におけるイギリス当局が置かれていることもあって、小さいながらに豊かな町だ。バトゥは石、ガジャは象。ある言い伝えによると、キンタ川を渡ろうとした二頭の象が名前の由来で、その冒瀆に怒ったサン・ケレンバイ（神的な力を持つ女巨人）が、二頭を、川から突き出すふたつの巨礫《きょれき》に変えてしまったのだという。岩に変えられてしまうなんて、いったい象は川のなかでどんな悪いことをしたのかな、とレンは思う。

　駅ならタイピンにもあるし、レンも、マクファーレン先生を迎えに何度も行ったことがあるのだけれど、列車に乗るのはこれがはじめてだ。三等車の窓は開け放たれていて、カーブを曲がるたびに、ときには爪ほどの大きさの煤《すす》が入り込んでくる。重たく湿った雨季の大気を舌に感じて、レンはカーペットバッグに手を押し当てる。大切な手紙が入っているのだ。土砂降りになったら、インクが流れたりしないかな。先生が震える手で一生懸命書いてくれた文章がにじんでしまうかもしれない。レンはそう思ったとたん、ホームシックに胸をつかれる。

列車が進めば進むほど、マクファーレン先生の、散らかっていた低層の大きな屋敷、この三年、レンの家だった場所からは遠ざかっていく。使用人用の区画の、クワンおばさんの隣にもらっていた自分だけの小さな部屋も、いまはもう空っぽだ。その朝レンは、最後にもう一度だけ部屋の床を掃き清め、屑屋が取りにくるはずの古新聞をきちんと縛っておいた。ペンキの剝げかけた緑のドアを閉めるとき、部屋を分かち合っていた大きな蜘蛛《くも》が、天井の隅に、静かに巣を作り直すのが見えたことを思い出す。

こらえようとしても、目には涙がこみ上げてくる。ぼくには、やらなくちゃならないことがあるんだ。泣いてちゃいけない。マクファーレン先生が死んでから、魂がこの世にあるという四十九日も少しずつ減っている。この町はおかしな名前だけれど、イーが死んだあと、ひとりぼっちで知らない土地に行くのは何もこれがはじめてじゃない。そこでまた、石に変えられてしまった象のことが頭に浮かび、その二頭は、ぼくとイーみたいに双子だったのかな、と思う。ときどきレンは、猫の髭が震えるようなうずきを覚えて、イーをそばに感じることがある。その双子をつなぐ奇妙なうずきは、決まってレンに、これから何か危険なことが起きるぞと警戒をさせるのだけれど、振り返ってみても、そこにはだれもいないのだ。

バトゥ・ガジャの駅舎は長く平べったい建物で、屋根が、眠っている蛇のような線路に向けて傾斜している。建物といい、そこから整然と延びる線路といい、イギリス人はマラヤじゅうに似たような駅を造っているのだ。町なかも同様で、白い政府の建物や、イギリス式に刈り込まれた、芝の広場があちこちにある。

レンは切符売場に行くと、親切な駅長にたずねて、地図に鉛筆でしるしを入れてもらう。駅長は小粋な口髭をたくわえていて、ズボンの折り目がナイフの刃のようにピンと尖っている。

「かなり遠いよ。ほんとうに迎えにきてくれる人はいないのかい?」

レンはいないというように首を振る。「歩けますから」

駅から歩いていくと、通りがあって、二階から上が前にせり出した中国系の小さな店が、身を寄せ合うようにしてずらずら立ち並んでいる。店頭に並べられた商品は、それこそ店によりさまざまだ。通りは町なかへと続いているけれど、レンは、イギリス公立学校のところを右へ曲がりながら、白漆喰《しっくい》塗りの、優美な木造校舎に憧れのまなざしを向ける。あそこでは、ぼくと同じ年ごろの子どもたちが、天井の高い教室で勉強をしたり、芝の生えた校庭でスポーツをしたりしているんだ。レンは根気よく歩き続ける。

レンは、西洋人が多く暮らすチャンカットのほうへと、どんどん丘を上がっていく。ただし、そのあたりに多い英印風コロニアル様式の低層住宅にうっとりと見とれている余裕はない。目指す場所は、チャンカットのなかでも、コーヒーやゴムの大農園が多い一番はずれにあるのだから。

雨が、赤土の大地を猛烈に叩きはじめる。レンはカーペットバッグを抱き締め、あえぎながら走り出す。大きなアンサナの木の下に近づいたとき、貨物トラックのゴトゴト走る音がきこえてくる。丘の斜面を登りながら、エンジンがいかにも苦しそうだ。トラックの運転手が窓から叫ぶ。「乗れよ！」

息を切らしながら、レンはトラックによじ登る。救世主は、片頰に大きなイボのある太ったおじさんだ。

「ありがとう、おじさん」レンが礼儀正しくそう言うと、運転手はにっこりして見せる。レンのズボンからは、雨の雫《しずく》が床に滴っている。

「子どもがひとり、こっちに向かってるって駅長にきいてな。あの若い医者の家に行くのかい？」

「若いんですか？」

「若いっても、ぼうずほどではないぞ。いくつだい？」

レンは迷う。ほんとうのことを言っても大丈夫かな。ふたりとも広東語で話していたし、運転手は親切そうだ。それでもレンは用心深く、警戒を緩めない。

「もうすぐ十三歳」

「それにしちゃ、ちっこいな」

レンはうなずく。ほんとうは十一歳だ。マクファーレン先生でさえ、レンのほんとうの年は知らなかった。レンは年老いた医師に雇われたとき、多くの中国系がするように、年齢のサバを読んだのだ。

「あそこで仕事をもらうのかい？」

レンはカーペットバッグを抱き締める。「渡す物があって」

それから、取り戻さなければならない物も。

「あの先生は、ほかの外国人よりも辺鄙《へんぴ》なところに住んでいるからな」運転手が言う。「おれだってこんなとこ、夜には歩かないぞ。危険だから」

「どうして？」

「ここんとこ、犬が何頭も食われててな。鎖で家につながれているやつまでやられた。あとには、頭と首輪だけが残されてるってありさまだ」

レンは胸が苦しくなり、耳鳴りがしはじめる。こんなに早く、またはじまるなんてことがあるのかな？「虎の仕業《しわざ》？」

「おそらくはヒョウだろう。外国人どもが、仕留めてやると息巻いてるぜ。とにかく、日が落ちたあとには外をふらふらしないことだ」

トラックが私道の手前でとまる。私道は長く、イギリス式の芝の上で弧を描いていて、その先にある平べったい屋敷は、白くて、とても大きい。運転手がクラクションを二度鳴らすと、しばらく待ったところで、痩せこけた中国系の男が、白いエプロンで手を拭きながら屋根のついたベランダのところに出てくるのが見える。レンはトラックを降りると、雨音のなか運転手に礼を言う。

運転手も「がんばれよ」と言葉を返す。

レンは気を引き締め直して、屋根のある場所まで私道を突っ走る。土砂降りのせいでずぶ濡れだ。だから玄関に入りながらも、幅広のチーク板に水たまりができてしまうのではと心配でたまらない。家の正面側の居間では、イギリス人がひとり、テーブルを前に手紙を書いていて、レンが姿を見せると、物問いたげな目をしながら立ち上がる。マクファーレン先生よりも、痩せていて若い。眼鏡をかけていて、表情の読みにくい目をしている。

レンはくたびれたカーペットバッグを床に置いて手紙を出すと、両手を添えて丁寧に渡す。その若い外国人は、シルバーのレターオープナーを使って、几帳面《きちょうめん》に手紙を開封していく。マクファーレン先生は、いつだってずんぐりした指で破くだけだったのに。レンは視線を落とす。人を比べるのはよくないことだ。

手紙を届けるという使命を果たしたとたん、レンの脚は疲労にいきなり重くなってしまう。何度も繰り返し頭に叩きこんできたマクファーレン先生の言いつけもぼんやりとなって、なんだか部屋が傾いて見える。

ウィリアム・アクトンは、渡された手紙に目を通していく。タイピンのそばの、カムンティンという小さな村から来た手紙だ。釘のような文字は明らかに震えている。病《やまい》に冒《おか》された男の筆跡だ。

親愛なるアクトンへ

失礼だが、前置きはなしで書かせてもらう。もっと早く書くべきだったのだが、わたしにはもう、まともにペンを持つ力さえ残っていないのだよ。託すべき親類もいないので、きみに形見を送りたい。わたしが見つけた興味深い少年に、良き家を与えてもらえないだろうか。これまでハウスボーイとして働いてくれた中国系の少年レンを、心の底から、きみに推薦する。レンはまだ子どもだが、よくしつけがされているし、信用もできる。あと数年もすれば、成人にも達する。きみの役に立つだろう。

それでは、さようなら。

ジョン・マクファーレン医学博士

ウィリアムは手紙を二度読み直してから顔を上げる。目の前には少年が立っていて、その刈り込まれた頭からは、雫が滴り、細い首をつたい落ちている。

「きみの名前はレンかな?」

少年はうなずく。

「マクファーレン先生のところで働いていたんだね?」

少年は黙ったまま、もう一度うなずく。

ウィリアムは少年を見つめ、口を開く。「そうか、では、これからはぼくのところで働いてくれたまえ」

ウィリアムは、少年の、あどけなさの残る不安そうな顔を見守りながらふと思う。あの頰をつたい落ちているのは、雨の雫か、それとも涙なのだろうかと。

4

六月五日（金）
イポー

セールスマンのとんでもない置き土産を手にしてからというもの、ほかのことが考えられなくなってしまった。ダンスホールの更衣室に置いてあった段ボール箱に隠してはみたものの、あのしなびた指のことが、頭に焼きついたまま離れない。手元においておくのはまっぴらだったから、もちろん下宿先である洋装店には持ち帰らなかった。

わたしの師匠で、鳥に似ている小柄な洋裁師のタムさんは、母さんの友だちの友だちなのだけれど、その細い糸のような人脈に、わたしとしては感謝している。そんなつながりでもなければ、家を出るなんて、継父が絶対に許してはくれなかったはずだから。とはいえ下宿をするに当たっては、タムさんがいつでも好きなときに、無条件でわたしの私物を確認できるという暗黙の了解がついてきた。いやに決まっているけれど、自由の代償だと思えばたいしたことではない。だから、念のために準備した小さな罠——引き出しに仕掛けた紐や、わざと開いておいた本——に、はっきりいじられた跡が残っていても、わたしはずっと口をつぐんできた。部屋の鍵についてては、タムさんも同じものを持っているのだから、かけたところで意味はない。そんな部屋にあのしなびた指を置いておけば、それこそカラスに向かってトカゲを投げてやるようなものだろう。

だからメイフラワーの更衣室に隠したのだけれど、ひょっとしたら清掃係が見つけてしまうのではと思うと気が気ではなかった。いっそ、床に転がっていたとでも言って事務所に届け出てしまおうか。じつは何度か、あの気色悪い物を手に廊下まで出たことはあったのだけれど、そのたびにもう一歩が踏み出せなかった。それに時間がたてばたつほど、嘘っぽくきこえるのではという不安も大きくなっていく。わたしがあの男と踊っていたときの、ママのとがめるような視線が忘れられなかった。ひょっとしたらママには、わたしが掏《す》ったのを後悔して届け出たのだと思われてしまうかもしれない。でなければ、あの指には何かしらの呪いがかけられていて、簡単には手放せないようになっているのかも。ガラスの小瓶は、うっすら青みがかっているせいで、なんだか実際よりも冷たそうに見えた。

もちろん、ホイには打ち明けてあった。話をきくと、ホイはふっくらとした可愛らしい顔をしかめた。「まあ!　よくそんなものに触れるわね」

厳密にいえば、わたしが触っているのはガラスの小瓶だ。けれどホイの言うように、それでも気味が悪い。しなびた指は黒ずんで、まるで干からびた小枝のようだ。曲がった関節部と黄ばんだ爪にはギクリとさせられるが、それがなければ指だとはわからないかもしれない。小瓶には金属の蓋がついていて、一六八と記されている。広東語で〝富を留める〟という幸運の響きを持つ数字の組み合わせだ。

　ホイが言った。「で、捨てるの？」

「どうしよう。あの男が探しにくるかもしれないし」

　いまのところセールスマンは来ていないけれど、わたしは本名を教えてしまっているのだ。〈ジーリン〉は広東風の発音だ。標準中国語だと〈ツィーリアン〉になる。智《ジー》という漢字が、女性名に使われるのは珍しい。智《ツィー》は儒教の五常——仁《レン》・義《イー》・礼《リー》・智・信《シン》——のひとつであり、知識を表す。ほかの四つは、簡単に言うと、仁愛、正義、秩序、誠実さだ。中国人には調和の取れたものを好む傾向があり、なかでも五常を備えることが理想的な人物を培うとされている。そんななか、娘の名前に、知識を表す文字を与えるというのはいくらか変わっているのだ。もしもわたしが〈貴重なヒスイ〉や〈香り高いユリ〉を意味する女らしくて優美な名前をもらっていたら、いまごろは何かが違っていたかもしれない。


「女の子にしては変わった名前だこと」

　十歳のころのわたしは、目の大きな、ひょろりとした子どもだった。変わった名前だと言ったのは、地元で結婚の世話人をしていた中年のおばさんで、当時ひとり身になっていた母さんを訪ねてきたのだった。

「名づけたのは父親なので」母さんの顔には不安そうな笑みが浮かんでいた。

「きっと男の子が欲しかったのね」世話人は言った。「だったら喜んでくれなくちゃ。息子ができるかもしれないんだから」

父が肺炎で死んでから三年がたっていた。物静かだった父の不在を嘆いた三年であり、母さんにとっては寡婦としての辛《つら》い三年でもあった。なにしろ母さんは華奢《きゃしゃ》で、だれかのために縫物や洗濯をするよりも、ソファにゆったり横たわっているほうがはるかに似合う人なのだから。小さな手も、肌荒れで赤くなりガサついていた。母さんもそれまでは再婚話をずっと断っていたのだけれど、その日はいつにも増して疲れて見えた。やたらと暑い静かな日で、表に咲いている紫のブーゲンビリアが、熱気に揺らめいていた。

「ファリムで錫石《すずいし》の仲介をしている人なのよ」世話人は言った。「奥さんを亡くし、息子がひとりいてね。もう若いとはいえないけれど、それはお互いさまだから」

母さんが見えない糸をつまむような仕草をしてから小さくうなずくと、世話人は嬉しそうな顔になった。

わたしたちの暮らすキンタ渓谷は、世界においても錫の埋蔵《まいぞう》量が多く、大小含め、十を超える採掘所がある。錫業者は実入りがいいので、その気になれば中国本土から妻を娶《めと》ることもできたはずだ。けれどその男は、母さんの美貌の噂を耳にしたらしい。もちろん、ほかにも候補者はいた。もっと条件のいい、たとえば、未婚の女たちが。けれど、とりあえず会ってみたところで損はないと思ったのだろう。身をかがめて聞き耳を立てていたわたしは、その男が、ほかのだれかを選んでくれますようにと必死で祈りながらも、そこはかとなくいやな予感を覚えていた。

のちにきょうだいとなるシンにはじめて会ったのは、その男が母さんに会いにきたときだ。なんとも露骨なお見合いで、そこにロマンスがあるようなふりをする人はだれもいなかった。男は、近所で買ったのだろう、紙に包まれた中国風の蒸しパンを土産に持ってきた。おかげでわたしはそのあと何年も、あの手の蒸しパンを口にすると必ずむせるようになってしまった。

男の厳《いか》めしい顔が、母さんをひと目見たとたんにやわらいだ。死んだ奥さんも美人だったとか。世話人は、たとえ面食いだとしても女を買ったりするような人ではないから、と母さんに請け合った。とても実直な方で、経済的にも安定しているし、賭け事もお酒もやらないのよと。わたしは男の顔をこっそりうかがいながら、頭が固くて、冗談の通じなそうな人だと思った。

「娘はジーリンといいますの」母さんがわたしを前に押し出した。一張羅《いっちょうら》とはいえ、つんつるてんになったワンピース姿で膝小僧を丸出しにしながら、わたしはおずおずと頭を下げた。

「息子はシンです」男が言った。「漢字では五常の信と書きます。このふたりは、もうすでにきょうだいのようだな」

世話人の顔が明るくなった。「なんて偶然かしら！　儒教の五常のうちふたつがそろうだなんて。これから三人子どもを作って、五常を完成させなくてはね」

みんなが笑った。母さんでさえ、不安そうにではあったが、可愛らしい歯を見せながら笑っていた。わたしは笑わなかった。けれど確かにその通りだった。わたしの名前に入っている〝智〟は知識、それに対して〝信〟は誠実さであり、五常のうちのふたつを表していた。だとしても、あとの三つを埋める必要があることを指摘されるのは不愉快だった。

わたしは、あの子も面白がっているんだろうかと、シンにちらりと目をやった。眉が濃くて、キラキラした鋭い目をしている。シンは見られていることに気づくと顔をしかめた。

こっちだってあんたなんか嫌いよ。そう思いながらも、母さんのことが心配でたまらなかった。丈夫なほうではないから、これから三人も子どもを産むなんて無茶だ。だとしても、わたしにどうこう言える事柄ではなかったし、それからひと月とたたないうちに結婚が決まり、わたしたちはファリムにある、新しい父親の店へと引っ越すことになった。

イポーのはずれにあるファリムは、中国系の店の立ち並ぶ通りが数本あるだけの小さな村だ。店はどれも間口が狭くて長細く、壁を共有する両隣の店に挟まれている。継父の店は、そのなかでも一番大きなラハッ通りにあった。奥へと延びる蛇のような建物の内部は暗くて涼しく、途中にふたつの中庭がある。新婚の夫婦が通りに面した二階の大きな寝室を使い、わたしは奥のほうに、生まれてはじめて自分の部屋を持てることになった。隣はシンの部屋だ。わたしたちの小さな部屋の前には窓のない廊下があり、まるで貨物車のように荷物が積まれていて、わたしたちの部屋のドアが開いていないと光が入らないような造りになっていた。

慌ただしい求愛期間から結婚までのあいだ、シンは礼儀こそ正しかったけれど、ほとんどわたしと口をきかなかった。わたしたちは同い年だった。それどころか、わたしのほうが五時間早いだけで、誕生日まで同じだとわかった。おまけに継父の性も〈リー〉だったから、わたしたちは名前を変える必要さえなかった。世話人は大喜びだったけれど、わたしとしては、誕生日さえ自分だけのものにできない家族に押し込められるなんて、なんだか罠にでもはめられたような気分だった。シンは礼儀正しい冷ややかな態度で母さんに接し、わたしのことは避けていた。だからてっきり、嫌われているのだと思った。

母さんとふたりだけのときに、お願いだから再婚は考え直してとすがりついた。母さんはわたしの髪を撫でながら、「このほうがいいのよ」と言うだけだった。それにどういうわけか、母さんは継父に惹かれているようだった。なにしろ継父に愛でるような目で見られるたびに、頬をポッとピンクに染めるのだから。継父から、簡単な結婚支度ができるようにと赤い袋に包まれた金を受け取ったときには、それこそこちらがびっくりするくらいはしゃいでいた。「新しいワンピースが買えるわね――それもあなたのと母さんのと二着！」くたびれたコットンのベッドカバーにお札《さつ》を広げながら、母さんは嬉しそうに声を上げた。

新しい家に移った最初の夜、わたしは怯えていた。その家はそれまで住んでいた、土間の台所のほかには一部屋しかない木造の小さな家に比べてあまりにも大きかった。店舗兼用の住居だから、一階はとくにがらんとだだっ広い。継父は、ポンプで採掘を行なう小規模の職人や、〝お盆さらい〟と呼ばれる、古い採掘場や小川から錫石を選鉱鍋で選り分ける女たちから錫を買い取り、たとえば〈ストレイツ・トレーディング〉のような、大手の製錬所に売る中間業で生計を立てていた。

静かで暗い店だった。もうかってはいたけれど、継父は口数が少ないし、財布の紐も固い。錫の売買の用事でもないかぎり、店に顔を出すような人もいない。山と積まれた錫を盗まれない用心に、店の表にも裏にも、鉄格子のシャッターがついている。はじめてその家に入り、重たい両開きの扉が音を立てて閉ざされたとき、わたしの心は暗くなった。

寝る時間が来ると、母さんはわたしにキスをして、自分の部屋に行きなさいと言った。母さんの困ったような顔を見たときに、わたしは今後、母さんと同じ部屋で眠ることはないのだと悟った。自分の薄い布団を母さんの布団の横に敷いて、母さんの腕のなかにもぐり込むことはもうできないのだと。これから母さんは、継父のものになる。その継父が、わたしたち親子を静かに見つめていた。

わたしは、二階の暗がりへと延びる木の階段にちらりと目をやった。それまで二階で寝たことなど一度もなかった。けれどシンが階段を上りはじめたのを見て、わたしはそのあとを追った。

「おやすみ」わたしはシンに声をかけた。シンだって、その気になれば口をきけることはわかっていた。その朝、母さんと最後の荷物を運び込んだとき、シンが表で、友だちと一緒に笑いながら駆け回っているのを見ていたから。シンがわたしのほうに目を向けた。そのときに思った。もしもこれが自分の家で、見知らぬ女とその娘が越してきたのだとしたら、わたしだってきっと面白くはないだろうと。けれどシンの顔には、哀れむような、奇妙な表情が浮かんでいた。

「これでもう手遅れだな」シンは言った。「とにかく、おやすみ」

わたしは、シンならどう考えるだろうと思いながら、セールスマンのポケットから取った小瓶を調べた。ひょっとしたら動物の指かもしれない。ふと、そんなふうに思った。

「人間の指とはかぎらないよね？」わたしは、スカートを繕っていたホイに声をかけた。

「たとえば、猿の指とかそういうこと？」ホイは、考えるだけでぞっとするというように鼻にシワを寄せた。

「もう少し大きい動物じゃないと合わないかな。たとえば、テナガザルとかオランウータンとか」

「お医者さんならわかるんじゃない」ホイはなにやら考えているような顔で、糸を噛み切った。

「ただ、そんな指を見てくれそうなお医者さんは知らないけど」

それならひとり知っている。医学部の二年生だとはいえ、解剖学を勉強しているのは間違いない。しかもむかしからの付き合いだから、彼が秘密を守れることもわかっている。

シンが来週、シンガポールから戻ってくる。ちらっと顔を見せにさえ帰ってこないまま、一年近くがたっていた。この前の休暇は、病院の補助スタッフ《オーダリー》をしてお金を稼ぎたいからと向こうに残ったのだ。もともと少なかった手紙はどんどん間遠になっていたから、わたしのほうでも返事を待つのはやめた。結局、シンの新しい友だちや大学の講義の話なんかは、きかないほうがいいのかもしれない。なにしろわたしときたら、ときには口のなかが苦くなるくらいに、シンのことがうらやましくてたまらないのだ。同時に、喜んであげたいとは思っている。シンは逃げ出すことに成功したのだから。

学校をやめてからというもの、自分の人生なんか無駄だとしか思えなかった。教師になりたいという望みは、新米の教員が、マラヤであればどこの村や町に送られてもおかしくないと継父が知ったときに消えた。未婚の娘には考えられないことだ、と継父が一蹴したからだ。看護婦になるのは、ますますだめだと言われた。赤の他人の体をスポンジで拭いたり、排泄物を処理したりするなど論外だと。なんにしろ、わたしには先立つものがなかった。継父は、冷ややかな言葉で思い出させてくれたものだ。おまえがたいていの娘よりも長く学校にいられるのは、父親であるわたしが金を払っているからなのだと。継父に言わせれば、わたしは結婚するまでおとなしく家にいて、継父のために事務仕事でもしていればいいのである。ようやく洋裁師のもとに弟子入りすることができたわけだけれど、それだって決して簡単ではなかった。

更衣室のドアをノックする音がしたので、わたしは慌てて小瓶をハンカチでくるんだ。

「どうぞ」ホイが声を上げた。

ドアマンのなかでも若手の男が、どこか気まずそうな顔でドアを押し開けた。部屋にはホイとわたししかいなかったけれど、更衣室はダンスホステスの縄張りなのだ。

「この前、客のセールスマンのことをきいていたけど、そいつとは知り合いなのか?」

わたしはとっさに警戒した。「あいつが来たの?」

ドアマンは、椅子の背にかけられたドレス、化粧台にこぼれたパウダーの跡にはできるだけ目を向けないようにしていた。

「これはその男かい?」ドアマンが、新聞のお悔やみ欄を差し出してきた。『チャン・ユーチェン(二十八歳)。愛妻を残して、六月四日に急死』遺影らしき画像の粗い写真がついていた。髪を艶やかに撫でつけ、真面目な顔で、自信たっぷりな気取った笑みこそなかったものの、あの男に間違いなかった。

わたしは口元を手で押さえた。わたしが、あのうっかり手に入れてしまった指のことで悩んでいるあいだに、あの男は冷たくなって、どこかの遺体安置所に横たわっていたのだ。

「知り合いなのか?」ドアマンが言った。

わたしはかぶりを振った。

追悼記事は短かったが、〝急死〟という言葉が不吉なものを感じさせた。あのセールスマンは運が向いてきたようなことを言っていたのに、とんだ勘違いだったわけだ。なにしろ日付を見るかぎり、わたしと踊った次の日には死んでしまったのだから。

思わず身震いをしながら、ハンカチで包んだままの小瓶をテーブルに置いた。実際よりも、なんだか重たく感じられた。

ホイが言った。「それ、何かの黒魔術だったりしないわよね?」

「まさか」そうこたえつつも、ふと、子どものころに見た仏像のことを思い出してしまった。象牙《ぞうげ》でできた小さなもので、それこそ、この指くらいの大きさしかなかった。見せてくれた僧侶によると、その像はかつて盗まれたことがあるのだそうだ。けれど泥棒が売ったり捨てたりしても、そのたびに自分のもとへ戻ってきてしまう。泥棒は罪の意識にさいなまれ、最後には寺に返しにきたのだとか。ほかにもこの地方には、トヨールと呼ばれる、殺された幼子の骨でできた子どもの霊の伝説がある。トヨールは魔法使いに操られて、盗んだり、お使いをしたり、ひどいと殺しを行なったりもする。一度トヨールが目覚めてしまうと、きちんとした埋葬を行なわないかぎり、消し去ることはできないといわれている。

わたしは追悼記事にじっくり目を通した。葬儀は、その週末、パパンの町のそばで行なわれるようだ。実家のあるファリムからなら、そう遠くはない。実家に帰りがてら、葬儀に顔を出してみよう。そこで、指を返せるかもしれない。家族に渡してもいいし、一緒に埋めてもらえるよう、棺に入れてもらってもいい。そううまくいくかどうかはともかく、ひとつだけ、この指を手元に置いておきたくないということだけははっきりしていた。

5

六月三日（水）
バトゥ・ガジャ

レンの新たな主人の家を取り仕切っているのは、寡黙《かもく》な中国系の料理人だ。名前はアーロン。ずぶ濡れになったレンの世話をまかされたアーロンは、大きな屋敷のなかを抜けて、裏手にある使用人用の区画へとレンを連れていく。使用人用の離れは、母屋と屋根付きの通路でつながっているのだけれど、あまりの土砂降りに、ふたりの脚は膝までびしょ濡れだ。

レンには大人の年齢がよくわからない。それでもアーロンはかなりの年に見える。細い体は針金をより合わせたかのようだし、コットンのタオルを差し出した腕も筋ばっている。

「これで体を拭きな」アーロンは広東語で言う。「この部屋を使うといい」

幅が二メートル半くらいの小さな部屋で、ガラスの細いルーバー窓がついている。青みを帯びた暗がりのなかには、簡易ベッドがひとつ。あたりは不気味なくらい静かだ。ほかに使用人はいないのかな、とレンは思う。

腹は減ってるか、とアーローンがきく。「これから先生の夕食の支度があるんでな。準備ができたら、厨房《ちゅうぼう》に来るといい」

その瞬間、目のくらむような閃光《せんこう》が走り、雷鳴が轟《とどろ》く。母屋の明かりが、ちらついては次々と消えていくのを見ながら、アーロンは苛立ったように舌打ちし、走り去る。

深まる闇のなかで、レンはわずかな荷物をほどくと、そろそろとベッドに腰を下ろす。薄いマットレスが沈む。指――たった一本の指だなんて――こんな大きな屋敷で探すにはあまりにも小さ過ぎる。不安に胃が縮こまるのを感じながら、頭のなかで数を数える。時間はどんどん過ぎていく。マクファーレン先生が死んでから三週間ちょっとだ。指を探す時間は、あと二十五日しかない。けれどレンは、重たいカーペットバッグを抱えての長い旅に疲れ切っていて、目を閉じるなり、夢さえ見ないような眠りのなかに落ちていく。


翌朝、厨房ではアーロンが、主人ウィリアムのために朝食の支度をしている。ゆで卵と、ひからびたようなトーストが二枚。食糧庫にはゴールデンチャーンの缶が少なくとも三つは並んでいるのに、アーロンはほんの少ししかそのバターを塗ろうとしない。バターは〈コールド・ストレージ（スーパーマーケット）〉の便を使い、オーストラリア経由でやってくる。室温でやわらかくなった黄色いバターはとてもきれいだ。アーロン自身はバターを口にしないくせに、ウィリアムのトーストに塗る量まで制限している。

「塗るのをこのくらいにしておけば」と、アーロンはレンに説明する。「たくさん買わんで済むからな」

アーロンは彼の焼くトーストにそっくりだ。カチカチで冷たい。だが正直でもあり、主人の食事だけでなく、自分の食事もきちんとケチる。マクファーレン先生の家では、いつも海南《ハイナン》式の白いパンだった。炭火でトーストして、バターとカヤジャムを塗る。カヤジャムというのは、卵、砂糖、ココナッツミルクから作る、ねっとりしたカスタードだ。レンの見るかぎり、新しい主人のウィリアム・アクトンは、ずいぶん粗末な朝食で我慢しているらしい。

アーロンが頃合いを見計らって、食堂に尖った顔を突き出して見せる。

「あの子が来てますんで、トゥアン（英語のサーに当たるような敬称）」アーロンはそう言ったきり、縄張りである厨房に戻ってしまう。

レンはしずしずと部屋に入る。白いシャツに膝丈のカーキのズボンという、地味ながらも清潔な恰好だ。マクファーレン先生の家にはハウスボーイ用の制服なんてなかったけれど、この家にはあったらいいなとレンは思う。制服を着れば、少しは年上に見えるかもしれないから。

「きみの名前はレンかい？」

「はい、トゥアン」

「レンだけ？」ウィリアムは、それは妙だな、とでも言いたげな顔をしている。

当然だ。中国系の名前には、たいてい頭に家族の姓がつくのだから。けれどレンには、なんとも言いようがない。家族の名前を知らないのだ。両親のことは覚えてもいない。レンと、彼のきょうだいのイーは、まだよちよち歩きのころに火事に巻き込まれ、渡り労働者の家族が暮らす長屋から救い出された。親の身元はわからないままだったけれど、ふたりが双子であることは見ればわかった。

儒教の五常にちなんでふたりに名前をつけたのは孤児院の院長だ。仁《レン》は仁愛、義《イー》は正義。けれど院長が、ほかの三つをだれかに使うことはなくて、レンは常々それを不思議に思っていた。秩序の礼《リー》、知識の智《ツィー》、誠実さの信《シン》はどうなるのだろう？　だがその孤児院で、新しく来た子どもに五常から名前がつけられることはなかった。

「マクファーレン先生のところでは、どんな仕事をしていたんだい？」

この質問をされるのはわかっていたはずなのに、レンはふと怖じ気づいてしまう。新しい先生の、目のせいかもしれない。なんだかあの瞳に口元を押さえられているみたいで、うまく言葉が出てこない。レンは床を見つめながら、顔を上げなくちゃだめだと自分に言いきかせる。マクファーレン先生が言ってたじゃないか。外国人は、目をしっかり合わせるのが好きなんだって。ぼくにはここでの仕事がいるんだ。

「マクファーレン先生に言われたことならなんでもです」

レンの口調は丁寧《ていねい》で、はっきりしている。マクファーレン先生がそれを好んだからだ。それからこれまでにやってきた仕事を次々とあげてみせる。掃除、料理、アイロンがけ、マクファーレン先生が飼っていた動物の世話。じつは読み書きもかなりできるのだけれど、伝えたほうがいいのか迷ってしまう。レンは、ウィリアムの顔を不安そうに見つめながら、相手の心を推し量ろうとする。けれどこの新しい先生はやけに落ち着き払っていて、何を考えているのかよくわからない。

「英語は、マクファーレン先生に習ったのかい？」

「はい、トゥアン」

「じつに流暢《りゅうちょう》だ。じつのところ、マクファーレン先生の話し方にそっくりだよ」ウィリアムの表情がやわらかくなる。「先生のところにはどれくらいいたんだい？」

「三年です」

「年は？」

「十三歳です、トゥアン」

レンは嘘をつき、息を止める。たいていの外国人には、地元民の年齢が見分けられない。マクファーレン先生も、よく冗談の種にしていたくらいだ。けれどウィリアムは、頭のなかで素早く計算でもしているかのように眉をひそめている。それからようやく口を開く。「アイロンがけができるのなら、早速頼みたいシャツがあるんだ」

面談が終わり、レンはホッとしながらドアに向かう。

「もうひとつだけ。マクファーレン先生の治療を手伝ったことは？」

レンは体を硬くしながらも、うなずいて見せる。

けれどウィリアムはすでに新聞に目を戻していて、少年が、怯えたような顔で自分を見つめていることには気づいていない。

てっきり待っていると思っていたアーロンはドアの外にいなくて、レンは驚きながらも厨房へと向かう。これまでの経験からいっても、新顔は必ず疑われるのに。たとえばマクファーレン先生のところで働きはじめたときには、もとからいた家政婦が、この子は盗みなんかしないと納得がいくまで、部屋から部屋へとレンのあとをついて回った。

「だってわかったもんじゃないだろ」家政婦がそう言うころには、もう、レンなしでは家のなかが回らないくらいになっていた。「だれもが、あんたみたいにいい子とはかぎらないんだから」

レンはその、たくましい体つきをした短気な中年の家政婦を、クワンおばさん、と呼んでいた。クワンおばさんは、散らかりがちな家のなかを厳しく取り仕切り、レンには、底のほうを焦がすことなく炭のコンロで米を炊く方法や、鶏を捕まえて締め、羽根をむしるまでを三十分で終える手際を叩きこんだ。もしおばさんがいてくれたら、何もかも違っていたはずだ。けれどクワンおばさんは、年老いた先生が死ぬ半年前に出て行ってしまった。娘が妊娠したから、南のクアラルンプールまで、お産の手伝いに行くと言って。

マクファーレン先生が代わりの人を見つけると言っているうちに数か月が過ぎ、そのまま先生の頭のなかはほかのことでいっぱいになってしまった。クワンおばさんがいるときからすでにその兆候はあったので、おばさんも、自分がいなくなったあとを心配しているようだった。レンは泣くまいとしながらも、気づくとおばさんに夢中で取りすがっていた。おばさんはレンの手に、住所の書かれたよれよれの紙切れを握らせた。

「くれぐれも気をつけるんだよ」そう言うおばさんの声は、いかにも心配そうだった。

レンは、おかしな事故にあうことが多いのだ。たとえば大きな木の枝が、すぐそばをかすめるように落ちてきたり。荷馬車が暴走してきて、あやうく壁に押しつぶされそうになったり。そういう危ない目に次々とあうものだから、周りからは、あの子には悪運がついていると噂されていた。

「会いにおいで」おばさんはレンの手をギュッと握り締めながら言った。そうすればよかったのかもしれない、とレンは思う。けれど、マクファーレン先生には大きな恩がある。約束は守らなければ。

風通しのいい厨房では、アーロンがむっつりした顔で鶏をさばいている。レンは邪魔にならないところに立ちながら、思い切って声をかける。「先生から、シャツにアイロンをかけるようにって言われました」

アーロンが言う。「シャツはまだ洗濯屋から戻ってきておらん。先に皿を洗ってくれ」

レンは表に据えられた深い流しに近づくと、ココヤシのたわしと、手作りのやわらかな茶色の石鹸を使い、てきぱきと鍋を洗っていく。アーロンが、その仕上がりを確認してから言う。「先生は出かけたが、昼食には戻るから。その前に家のなかの掃き掃除をしてくれ」ほかにも使用人はいるのかな。たずねてみたいと思いながらも、レンはアーロンの表情を見てやめにする。

家のなかは驚くほどがらんとしている。幅広のチーク板はこすられてつるつるだ。細くて丸い木の棒が縦に並んだガラスのない窓の向こうには、家の周りを囲む密林の濃密な緑が見える。家具といっても、元から家についていたらしき籐の肘掛け椅子とダイニングセットがある程度だ。壁には、イギリス人の好む淡い水彩画を含め、絵の一枚も飾られていない。

マクファーレン先生は散らかすのが得意で、あらゆるものが、家のいたるところに転がっていた。どうしてこんなにも違うふたりが友だちになれたのだろうと、レンは思わず首をひねってしまう。そこでマクファーレン先生の最後の頼みを思い出し、また、日を数え直す。あのトラックの運転手からきいた、食われた犬の話が頭に蘇《よみがえ》り、レンは不安に襲われる。できるだけ早く指を見つけなくちゃ。標本用の保存棚にあるんじゃないかな。そうだといいんだけれど。

マクファーレン先生は、ひょっとすると、ここにはないようなことも言っていたから。

「もう、やつの手元にはないかもしれん」マクファーレン先生はしゃがれた声で言った。「だれかにやってしまったかもしれんし、捨ててしまった可能性もある」

「どうして直接きいてみないんですか？」と、レンは返した。「先生の指なんだし」

「だめだ！　あいつには知られんほうがいい」そう言いながら、マクファーレン先生はレンの手首をつかんだ。「いいな、奪うか、盗むかだ」

レンが丁寧に床を掃いていると、アーロンが来て、先生の書斎も頼むと言う。その扉を少し開けたところで、レンはハッと立ち止まる。鎧戸《よろいど》が半分閉まった薄暗い書斎のなかに見えるのは、ガラスの瞳と、永遠にうなり続けているかのように開いた大きな口。レンは、単なる虎の毛皮だと自分に言いきかせる。忘れ去られた、遠いむかしの狩りの記憶だ。

「先生は狩りをするんですか？」

「は？　いや、単なる収集家だな」アーロンがつぶやく。「わしなら、そんなものには触らんぞ」

「どうして？」レンは不安を覚えながらも、虎の毛皮に惹かれてしまう。床に敷かれるという恥辱を受け、ところどころ擦り切れてはいても、その瞳には、おれに近づくなと警告するだけの力がある。虎の目は、その中心の硬い部分が珍重され、貴重なお守りとして、金の指輪にはめ込まれたりする。歯、髭、爪などもお守りに使われる。乾燥させて粉末にした肝は、薬として、同量の金の二倍の価値があるのだ。骨までが茹《ゆ》でられ、煮汁が煮こごりになるまで詰められる。

「あいや！　この虎は人食いでな。撃ち殺される前に、スレンバンで、男をふたりと女をひとり平らげおったんだ。脇腹に撃たれた跡があるだろうが」

「先生はどうしてこの毛皮を？」

「友だちからもらったんだが、その男はこれをケラマトだと言っていたらしい。は！　もしケラマトなら撃たれるものか」

　その言葉なら、レンもよく知っている。〝ケラマト〟が動物に使われる場合には、〝聖なる〟を意味する。聖なる動物は、幽霊のようにあちこちを自由に行き来する能力を持ち、サトウキビ畑を踏み潰そうが、家畜を襲おうが、捕まることがない。聖なる動物は、たとえば牙が欠けていたり、体が真っ白だったり、どこかに珍しい特徴があることで判別できる。なかでも足のひとつがしなびていたり、欠損があったりすることが多いという。

レンは孤児院にいたころに、聖象《ガジャ・ケラマト》と呼ばれる動物の足跡を見たことがある。そのあたりではよく知られた雄の象で、群れには入らず、行動範囲はテロック・インタンからタイの国境にまでおよぶと言われていた。銃弾も、シミの浮いたその尻には決して当たらない。しかも聖象には、待ち伏せを察知する特殊な能力があるという。その朝は、焼けつくような日差しが、土の道を血のように赤く染めていた。男たちは照りつける太陽の下、排水溝から出ている足跡の上にかがみ込み、そのあとを追って道を渡り、また次の密林へと入っていく。レンの目も、興奮に丸くなっている。

「間違いない、聖象の足跡だ」その言葉に、賛同の声が上がる。

前に出ようともがきながら、レンもその足跡を見る。湿った赤土の上に、しなびた左前足のものと思われる、奇妙な跡が残っていた。

その後マクファーレン先生に雇われてから、年老いた医師に、そのときのことを話してきかせたことがある。先生は魅入られたように耳を傾けながら、丁寧なカッパープレイト体の筆跡でノートにメモまで取っていた。レンもそのときにはまだ、先生の聖なる動物に対する興味が、そんなにも深いものだとは思っていなかった。

ウィリアムの書斎の床に敷かれた虎の毛皮を見つめているうちに、レンの背筋がブルリと震える。この虎が、前の先生といまの先生をつなげているのだろうか。死はやわらかな足で近づきながら、その主《ぬし》から自由になった影のように、いまにもさまよいつつあるのだろうか。レンは心の底で叫ぶ。どうかこれが、単なる偶然でありますようにと。

6

六月六日（土）
ファリム

タムさんの店に下宿を許してもらうとき、母さんの出した条件のひとつが、ちょくちょく帰ってくるようにというものだった。実家に顔を出すたびに、わたしはこれっぽっちもホームシックを感じていない償《つぐな》いとして、何かしらお土産を買っていく。その日はランブータンにした。赤い外皮に毛の生えた果物で、パカリと開けると、なかの果肉は白くて甘い。バスの停留所のそばにいつも出ている売店で、古新聞にいくつか包まれたものをひとつ買った。けれどバスに乗ってから後悔した。ランブータンの上を、蟻《あり》が這いずり回っていたからだ。

かつてのファリムは一面の野菜畑だったのだけれど、いまは広がりつつあるイポーの町によって年々侵食されている。錫《すず》で財を成したフー・ナイイト・ツェが新たな住宅地と、ラハッ通りに大邸宅を建て、地元の人間の注目を集めた。継父の店がある通りには間口の狭い店が並んでいて、どの建物も上の階がせり出しているために、店の前には、マラヤに独特の、カキリマ、あるいはファイブフットウェイと呼ばれる薄暗い通路ができている。店の幅は五メートル半しかないけれど、奥行きの深さは驚くほどだ。一度シンと一緒に測ってみたら、なんと三十メートルもあった。

実家に着くと、継父がわたしの代わりとして雇ったアークムが、台帳に鉛筆でなにやら書き込んでいた。

「あれ、今日だっけ?」アークムは、わたしよりもひとつ年上だ。噂話が好きな明るい女性で、右目の下には涙のようなホクロがある。幸せな結婚のできないしるしだという人もいるけれど、アークムに気にしている様子はない。とにかくわたしは、彼女にとても感謝している。アークムが働きにきてくれなければ、そもそも家を出ることなんか許してもらえなかっただろうから。

「食べる?」わたしはランブータンの包みをカウンターに置いた。

アークムはひとつ取ると、ひねるようにして割った。「ごきょうだいが帰ってきてるわよ」

これには驚いた。来週だときいていたのに。「いつ着いたの?」

「昨日。だけど、すぐに出かけちゃった。それにしてもあんなにハンサムだなんて、どうして教えてくれなかったのよ」

わたしは目を丸くして見せた。シンに憧れる女の子はほんとうに多い。あんたの本性がわかっていないだけなんだからね、とわたしはよくシンに言うのだけれど。とにかくアークムが店で働きはじめたのは、シンがシンガポールに行ったあとだったわけで——気の毒に、シンのことなんか何ひとつ知っているはずがない。

「そんなに素敵だと思うんなら、自分のものにしちゃえば!」アークムがぶとうとしたので、わたしはその手をひょいとかわした。ふたりの笑い声が、二階からの足音に途切れた。突然真面目な顔になって、わたしたちは目を見交わした。

「いるの?」これは、継父のことだ。

アークムはかぶりを振った。「お母さんよ」

わたしは店の奥へと向かった。在庫されている錫石のせいで、おなじみの、土と金属を混ぜたようなこもった匂いがする。二階に上がると、雨戸のついた窓が中庭に向かって開け放たれ、住居用のスペースに明るい日差しと新鮮な空気を届けていた。この二階の大きな部屋は、家族だけが使う居間で、店用の階下とは別になっている。家具としては、籐の肘掛け椅子が数脚と、四角い麻雀《マージャン》卓がある程度だ。壁には、継父の両親が写ったセピア色の写真が何枚か飾られている。この部屋は、わたしたちがここに越してきた十年前から、ほとんど変わっていない。紫檀《したん》の長いサイドボードには、わたしたちが学校でもらってきたトロフィーやリボンが飾られている。幼いころのものはわたしとシンのが半分ずつだけれど、継父がわたしに対する教育はもう充分だと決めてからのいくつかは、全部シンのものだ。

母さんは窓の手すりのそばに腰を下ろし、ハトがクックと鳴きながら、窓枠をちょこちょこ歩くのを眺めていた。

「母さん」わたしはそっと声をかけた。

母さんはいつの間にやら、すっかり痩せてしまった。相変わらずスタイルはいいのだけれど、肌の下の骨が透けて見えそうなくらい華奢《きゃしゃ》な姿を見るたびに、わたしは胸が締めつけられてしまう。

「来るのは来週だと思っていたわ」母さんはそう言いながらも、わたしの顔を見て嬉しそうだ。それだけは間違いない。ときどき、母さんの微笑《ほほえ》みを絶やさずに済むのなら、わたしはどんなことだってするだろうと思う。

「ちょっとそんな気分になってね。ランブータンを買ってきたんだ」もちろん、じつは干からびた指を持っていることや、翌日、見知らぬ男の葬式に押しかけるつもりであることは黙っていた。

「あら、嬉しいこと」母さんは、わたしの手を軽く叩いた。

わたしは周りを確認してから、封筒を渡した。なかに入っている金を数えながら、母さんの唇が震えた。「こんなに！　どうやってこんなにたくさん？」

「先週、ドレスを一着仕立てたの」嘘が上手くないので、できるだけ余計なことは言わないようにした。

「受け取れないわ」

「受け取ってよ！」

母さんの借金について、はっきり知ったのは二か月前だけれど、その前からも疑ってはいた。なんだか不安そうな顔をしていたし、ちょっとした贅沢《ぜいたく》を我慢していることにも気づいていたから。食事の量まで減っていた。極めつきは、友だちとの麻雀会をやらなくなったことだ。つまり、問題は麻雀にあるはずだった。

問いただされると、母さんはとうとう打ち明けた。口に手を押し当て、目から静かに涙をこぼし、子どものように泣く母さんを見るのは、ほんとうに辛《つら》かった。友だちのひとりに、内緒で金を貸してくれる女性を紹介されたのだという。彼女は口の堅い人で、なによりも、あなたのご主人に漏らしたりは絶対にしないからと。

「どうしてもっと早く話してくれなかったの?」わたしは怒っていた。「金利が三十五パーセントだなんてあんまりじゃない」

継父なら返すことができる。錫石の仲買人として充分に稼いでいるのだから。けれど——もし継父に知られればどんなことになるか、母さんもわたしもよくわかっていた。だから少しずつ、お金を貯めていくことにした。母さんに貯められる額は、わたしよりもずっと少ない。継父が、毎週の家のかかりをきっちりチェックしているので、気づかれないように貯め込むのは至難の業なのだ。けれどわたしがメイフラワーで働きはじめてからは、ようやく元金についても少しずつ返せるようになってきた。母さんはいつだってお金を断ろうとするけれど、最後には受け取ってくれる——そうするしかないことは、わたしにもよくわかっていた。

母さんはそのお金を、結婚式に履いた靴の爪先に隠している。母さんにおしゃれをさせるのが好きな継父も、さすがにそんなところまでは見ないからだ。母さんとしては宝石類を売りたいところなのだけれど、継父がときどきアクセサリーを指定して、あれをつけろと言ったりするので、もしもそれがないと、母さんとしては説明するのが難しくなってしまう。継父の着るものに対する趣向は、母さんだけでなく、わたしにまでおよんでいて、大きくなるにつれ、わたしの服は上質なものばかりになった。周りの友だちは、気前のいいお父さんがいて幸運だと言うけれど、それもこれも、みんな継父の見栄に過ぎない。継父はコレクターであり、わたしたちは、彼の手に入れた戦利品というわけだ。

継父のことをどう思っているか、シンに話したことは一度もない。その必要さえなかった。


母さんと一緒に越してきたとき、継父のシンに対する厳しさには最初から驚かされた。継父が求めているのは、絶対的な服従だとしか思えなかった。家にいるときのシンは、声をかけられたとき以外には口をきかない。まるで、わたしが表で見ていたシンの影のようだった。じつのところ、シンが外では人気者なのを知ったときは、ほんとうに驚いた。たくさんの子が、シンと遊びたい一心で毎日やってくる。男の子ばかりだから、シンはわたしを紹介しようともしないで、みんなのほうに駆けていってしまう。あの茶目っ気たっぷりに上気した顔は家のなかでは見られないもので、わたしにもだんだんその理由がわかってきた。

ある日の午後、シンは出かけていて、わたしはひとり、山のようにあるふっくらしゃきしゃきしたモヤシのひげを取っていた。モヤシはあんまり好きじゃない。けれど継父が好きなので、母さんはしょっちゅう、塩漬けの魚と一緒に炒めるのだ。

わたしが鬱々《うつうつ》とひげを取っていると、継父が帰ってきた。しばらくは何も言わずに台所をうろついていたけれど、中庭を見たとたん、その小鼻が怒りに白くなった。シンが、乾いた錫を袋に入れて重さを量っておくのを忘れたのだ。シンがようやく帰ってくると、継父は裏庭に連れていき、詰めるはずだった袋の数だけシンを杖で打ち据えようとした。

杖は一メートルちょっとの長さで、大人の男の親指くらいの太さがあった。母さんがわたしのしつけにときどき使う、しなやかな籐の鞭とは話が違う。しかも継父はシンの襟をつかんだまま、できるだけ腕をうしろに引き絞るのだ。ヒュンッという音がしたかと思うと、ものすごい音が中庭に響きわたった。シンの膝が折れ、喉からは、押し殺された悲鳴が漏れた。わたしは、シンはぶたれてもしかたがないことをしたんだと自分に言いきかせたけれど、二度目に杖が振り下ろされたときには、目から涙がこぼれていた。

「やめて!」わたしは叫んだ。「シンはちゃんと反省してる! もうやらないから!」

継父は、こいつは何を言っているんだというような目をわたしに向けた。その瞬間、わたしは自分もぶたれるのではと恐ろしくなった。けれど継父は、わたしのうしろで顔を蒼白にしていた新妻にちらりと目をやると、ゆっくり杖を下ろした。それから何も言わず、店のなかへと戻っていった。

その夜シンは泣いていた。わたしは耐えられなくなって、ふたりの部屋を隔てている木の壁に口を押し当てた。

「痛いの?」

こたえはなかったけれど、泣き声が大きくなった。

「ごめんね」わたしは言った。

「おまえのせいじゃないだろ」ようやくシンのこたえが返ってきた。

「薬を塗ってあげようか?」わたしはタイガーバームを持っていた。ちまたでは虎の骨を茹《ゆ》でたエキスが入っていることになっている中国の軟膏《なんこう》で、虫刺されから関節炎まで、なんにでもきくと謳《うた》われている。

少し間があってから、声がきこえた。「うん」

わたしはこっそり暗い廊下に出た。両親が表側の寝室にいるとわかってはいても、シンの小さな部屋の扉を開けるときには、やはり音を立てないように気をつけた。ベッドの位置が反対なだけで、わたしの部屋にそっくりだった。シンは、ベッドの上で体を起こしていた。体の大きさはわたしと同じくらいだったのに、月明かりのなかで見るシンは、なんだかずっと幼くて小さく見えた。わたしはタイガーバームの容器を開け、黙ったまま、シンの脚にできたみみずばれに塗った。塗り終わると、シンがわたしの袖をつかんだ。

「行かないでよ」

「じゃあ、ちょっとだけね」シンの部屋にいるところなんか、見つかったら大変だ。そう思いながらも、わたしはシンの隣に横たわった。シンは体を丸めていて、なんだか小さな動物のようだった。わたしは気づくと、シンの髪を撫でていた。てっきりいやがられると思ったのに、シンは言った。「母さんはときどき、こうしてそばにいてくれたんだ」

「お母さんはどうしたの?」

「死んじゃったんだ。去年」

たったの一年。父さん、わたしのほんとうの父さんが死んだのは三年前だった。もし母さんがこんな大きな店を持っていたら、きっと再婚なんか考えなかったはずだとわたしは思った。中庭で鉢植えの蘭《らん》を育てて、それまでずっとそうしてきたように、正月には甘いお餅、ニェンガオを作っただろう。母さんとわたしと、ふたりで充分だったはずだ。

「わたし、大人になっても、結婚なんかしない」わたしは言った。

きっとからかわれるだろうと思った。だって女の子というのは、結婚すべきものなのだから。けれど、シンは真剣に考え込んでから言った。「だったらおれもしない」

「シンは大丈夫だよ。このお店があるんだから」継父が、シンに継がせたいと思っているのはわかっていた。継父自身は小規模な仲買人だが、同業者には規模の拡大に成功している商人もいて、再投資も活発なのだ。

「店ならやるよ。こんなとこ、できるだけ早く出て行ってやるんだ」

わたしは鼻を鳴らした。「いらない。わたしのほうが出て行くんだから」

シンは笑い出し、声を押し殺すために、慌てて枕の下に顔を突っ込んだ。そのときに、しわくちゃになった紙が出てきた。〝貘〟という漢字が書かれている。

「なにこれ?」頼りない月光のなかでは、ぼんやりとしか読めなかった。「動物だっけ?」

シンが紙を取り返しながら、「母さんが書いてくれたんだ」と、すねたようにつぶやいた。

「その漢字は――バクさ」

バクなら写真で見たことがあった。伸びそこねた象の鼻のような鼻をして、前のほうはインクにつけたように黒いのに、うしろは小麦粉をまぶしたか、でなければおだんごみたいに真っ白なのだ。体長が二メートル程度とかなり大きいにもかかわらず、ジャングルで見つけるのは難しいという。

「お母さん、字が上手だったのね」わたしの母さんは、読み書きができない。だからこそ、わたしの教育には熱心で、週末には書道教室にも通わせてきたのだ。

「母さんは、中国の北部の出身なんだ。これは、おれのために書いてくれたんだよ。悪夢に効くからって。バクが夢を食べることは知ってる？」

「それって、ジャングルにいる、本物のバクの話なの？」シンのお母さんは、いったいどんな話をしてきかせたのだろうと不思議になった。わたしの家族は三世代前からマラヤにいて、中国語を使いながらも、この地に広がったイギリス式の生活になじんでいた。

「そうじゃなくて、夢食いは霊的な生き物なんだ。だれかが悪夢を見るとするだろ。そんなとき三度までなら、その夢を食べてくれってバクに頼むことができるんだ。だけど気をつけないといけなくて、もしも呼び過ぎると、バクはその人の希望や願いまで食べてしまう」

わたしがその話を理解するあいだ、部屋には沈黙が降りていた。その、悪夢へのお守りは効いているのかときいてみたかった。夢食いを実際に見たことはあるのかと。けれどシンはもう眠りに落ちていたので、わたしは静かに、自分のベッドへと戻った。

うちの家族の事情をよく知らない人は、シンとわたしの誕生日が同じだと知ると、ふたりがちっとも似ていないのに、双子だと思い込む。母さんもシンに甘いところがあって、わたしたちふたりの頭を、愛情たっぷりに撫でてはこう言った。
「きょうだいができてよかったわね、ジーリン」
「だけどシンってば、絶対にわたしのことを、お姉ちゃんとは呼ぼうとしないんだよ」わたしは、自分の権利を主張するようにそう言った。たったの五時間とはいえ、わたしのほうが早く生まれたのだ。〝お姉ちゃん〟と呼ばれるだけの権利はある。けれどシンはそれをわざと無視して、ジーリンと呼びながら舌を突き出して見せた。

いつまでもそんなふうだったらと思うことがある。なにしろ二年くらい前から、シンは妙にそっけないのだ。しかたないのかもしれないけれど、やっぱり傷ついてしまう。わたしにもプライドがあるから、そもそもほかの女の子たちみたいにつきまとったりはしないし、それでなくてもシックスフォームという後期中等教育を前に学校を辞めるように言われたことに頭がいっぱいで、シンの変化について深く考える余裕なんてなかった。とにかく、いざとなれば、シンはきっと助けてくれるはず。なんたって一番の味方だし、秘密を守ってくれる人だから。しなびた指の正体もきっと突き止めてくれるだろう。とにかく、そう祈るしかない。

ゴマ油を塗った鶏が、丸ごと一羽、贅沢に蒸されていたにもかかわらず、夕食の席は静かだった。鶏は整ったひと口サイズに切られ、大きな皿に並べられていたけれど、そこにいないシンを責めるかのように、だれも箸《はし》を伸ばそうとはしなかった。母さんがおずおずと、シンのことをたずねた。

「今日は外で食事をするそうだ」継父は料理を口に放り込むと、黙々と噛み続けた。

「鶏を絞めると、シンに言っておけばよかったわね」母さんは、その向こうにシンがいきなり現れるのではないかというように、鶏肉に心配そうな視線を投げた。わたしは笑いを押し殺した。

「シンはいつまでいるの？」わたしが言った。

「バトゥ・ガジャ地方病院で、パートタイムの仕事についたんですって。だからこの夏はずっとこっちにいるのよ」母さんは嬉しそうに言った。じつのところ、マラヤには〝夏〟なんかない。なにしろ熱帯地方なのだから。植民地になった結果として、〝夏の休暇〟という概念を取り入れただけだ。もちろんそんなこと、あえて指摘したりはしない。夕食の席では、できるだけ口を慎んでいるにかぎる。

「この家に泊まるの？」バトゥ・ガジャまでは十五キロ以上ある。シンが、わざわざ父親の家で過ごすとは思えなかった。

「病院には職員用の寮があるんですって。便利だから、そちらに泊まると言っていたわ」母さんが、ちらりと継父をうかがった。継父は黙って咀嚼《そしやく》を続けている。どうやら機嫌はいいようだ。シンが医学校の奨学金をとってからというもの、継父はどうかと思うくらい息子を誇りにしていた。優秀な息子さんをお持ちになってと褒められ続けたものだから、頭がちょっとおかしくなったのかもしれない。

それにしても、シンがバトゥ・ガジャ病院みたいな地方の病院を選ぶのは不思議だった。シンの学歴があれば、クリスマス休暇のときみたいに、シンガポール総合病院で働くことだって簡単にできる。シンガポールには行ったことがないけれど、セント・アンドリュー大聖堂とか、有名な〈ラッフルズ・ホテル〉の絵葉書なら、何度も食い入るように見た。ラッフルズのロングバーには、女性は入ることができないらしい。

母さんがまた、だれも手をつけようとしない鶏肉に苦しげな視線を投げた。「シンは、だれと会っているのかしら?」

「ミンと、もうひとり、ロバートとかいう友だちだ」継父が鶏肉を皿に取ると、母さんがそれに合わせて、ため息をつきながらわたしの皿に鶏肉をよそった。

わたしは気まずさにうつむいた。ミンは時計職人の息子で、シンの親友だ。わたしたちよりひとつ年上。真面目で落ち着いていて、細縁の眼鏡をかけている。わたしは十二歳のときからずっと、ミンのことが好きだった。望みのない一方的な片思いだったから秘密にしておきたかったのだけれど、母さんの同情するような目ときたら、いかにもわかっているわよと言わんばかりだった。ミンは成績がよかったから、てっきり進学するものと思っていたのに、意外にも父親の店を継ぐ道を選んだ。そして数か月前、わたしは、ミンがタパー出身の女性と婚約したことを知ったのだ。

喜んであげなくちゃ。わたしは箸で鶏肉を突つきながら、頭のなかでつぶやいた。ミンは真面目な人だ。婚約者にも会ったけれど、物静かで浮ついたところのない、とてもよさそうな人だった。そもそもミンはわたしにやさしかっただけで、一度だって特別な好意を寄せてくれたことはない。それがよくわかっていたから、ミンのことはとっくにあきらめていた。それでもミンの名前を耳にすると、どす黒い闇のようなものが胸のなかに広がっていく。

母さんの借金、ミンの婚約、先のない未来。なんだかわたしの人生って、悪運の糸にぶら下がった冷たいおもりみたいだ。それでもまだ足りないかのように、籐の旅行バッグの底には、しなびた指の小瓶がしまってあった。

継父は寝るのが早い。母さんもそれに合わせていたので、ふたりとも、すぐに寝室に引き上げた。わたしは皿を洗い、残り物は食べ物用の棚にしまった。トカゲやゴキブリが入り込めないよう棚には網が張られ、足の下には蟻を防ぐため、水をためた小さな皿が敷いてある。わたしは食べ残しを集めると、野良猫にでもやろうと、裏手の路地に持っていった。

だいぶ涼しくなっていたけれど、建物の側面には、まだ日中の熱がこもっている。夜空には星が煌《きら》めき、どこかから小さくはぜるような音楽がきこえてくる。だれかがラジオをきいているのだ。フォックストロットだった。これなら目をつぶったままでも踊れる。わたしはハミングをしながらステップを踏んだ。

音楽が終わった瞬間、パチパチと中途半端な拍手の音がして、わたしはギョッと振り返った。

「いつから踊れるようになったんだ?」

路地は暗くて、壁にもたれているシルエットが見えるだけだったけれど、見間違えるなんてありえなかった。

「いつからそこにいたのよ?」わたしは怒ったように言った。

「だいぶ前から」壁から体を離したとき、その薄暗い輪郭《りんかく》は、前よりも背が伸びたようで、肩幅も広くなっていた。なんといっても一年近く会っていないせいもあって、わたしは一気に照れくさくなってしまった。

「どうしてシンガポールに残らなかったの?」

「なんだよ、帰ってきてほしくなかったのか?」シンがそう言って笑ったので、わたしはやけにホッとした。変わってない。むかしのままのシンだ
「だれが待ってるっていうのよ。そうそう、喜ぶのはたぶんアークムくらいね」

「それって、店の新人のこと?」シンは首を横に振った。「残念ながら、おれは医療に心を捧げているんだ」

近所の窓が、バシンと大きな音を立てて閉まった。どうやらうるさかったらしい。わたしはキッチンのドアから扇形に漏れている光のほうに引き返した。

「髪を切ったんだな」シンが驚いたように言った。

わたしは剃り上げたうなじにサッと手を当てた。きっとからかわれる。そう身構えながら顔をしかめたけれど、意外にもシンは何も言わなかった。シンはテーブルの前に座ると、わたしがそわそわと、すでに掃除済みのカウンターを拭くのを見ていた。オイルランプの油が尽きかけていて、キッチンは薄暗い。わたしは慌てた口調で、次から次へとシンガポールに関する質問を投げかけた。

「ところでおまえはいったい何やってんだよ」シンが言った。「どこかの気の毒なご婦人に、裏表逆のワンピースとかを押しつけてるんじゃないのか?」

わたしは布巾をシンに投げつけた。「これでも裁縫の腕はいいんだから。すごく才能があるって。クチバッシー・タムさんもそう言ってくれてる」

「クチバッシーって、それ、ほんとの名前?」

「違うけどぴったりなの。小さなカラスにそっくりなんだもん。おまけに、わたしが留守のあいだ、勝手に部屋に入って引き出しをかたっぱしから調べるのが大好きなの」

「それは気の毒に」シンは笑った。それから、ほんとうに気の毒そうな顔になった。

「何よ」

「いや、ジーリンのほうこそ、医学校に行くべきだったのにな」

「行けっこないもん」わたしは顔を背けた。いまだにそれを言われると辛い。医者になりたい、でなければ医療にかかわる仕事がしたいと、最初に言い出したのはわたしだった。母さんの腕に浮いた痣《あざ》や、理由のわからない捻挫《ねんざ》を、少しでも治してあげたいと思ったのだ。「ミンと会ってたんだって?」

「それからロバートな」ロバート・チウはミンの友だちだ。ロバートの父親はイギリスで教育を受けた弁護士で、子どもには全員、イギリス風の名前——ロバート、エミリー、メアリー、ユーニス——をつけていた。大きな屋敷にはピアノと蓄音機があって、使用人が何人もいる。ロバートとシンが、ほんとうに仲のよかったことは一度もない。そのわりには三人でいることが多いので、わたしはむかしから不思議に思っていた。

「ミンにおまえのことをきかれたよ。明日のランチ――一緒に来るか?」何よ、その哀れんでいるような目は。同情なんてまっぴらだ。

「お葬式に行かなくちゃならないから」

「だれの?」

しまった。なんで別の言い訳を思いつかなかったんだろう。「シンの知らない人。単なる知り合いだから」

シンは顔をしかめたが、それ以上問いただしたりはしなかった。ランプの明かりに照らされたシンの顔は、頬骨や顎の形こそむかしのままだけれど、前より鋭くなって、大人びて見える。

「じつは相談があって」いまなら両親の邪魔も入らない。あの指をシンに見てもらうにはいい機会だ。「体に関する質問なの。ちょっと見てもらえるかな?」

シンの両眉が持ち上がった。「だれか別の人に頼んだほうがいいんじゃないのか?」

「秘密なのよ。ほかに頼れる人がいなくて」

シンの顔が赤くなったように見えた。光の加減だろうか。「看護婦に相談したほうがいいって。おれにはまだ医者の資格がないし、女性のほうがいいだろ」

わたしは目を丸くして見せた。「わたしのことじゃないわよ、バーカ」

「なんだよ、そんなこと、おれにわかりっこないじゃないか」シンは顔をこすったが、ますます赤くなっていた。

「ここで待ってて」わたしは言った。「部屋にあるの」

きしみやすいところを避け、音を立てないようにしながら急いで二階に上がり、忍び足で、裏手にある自分の部屋に向かった。鎧戸《よろいど》には、青白い水のように月光がたまっている。部屋の様子はむかしから変わっていない。ベッドの位置も、以前と同じように、シンとの部屋を隔てている壁にぴったりつけられている。

十四歳のときに、継父が、シンの部屋を一階に移そうとしたことがあった。自分の書斎をシンの部屋と入れ替えるつもりだったのだが、あまりにも不便だと結局はやめにした。継父は、シンとわたしがこっそり互いの部屋を行き来するようなことがあってはと心配したのだ。バカバカしい。シンは一度だって、わたしの部屋には入ったことがない。ふたりで何かひそひそ話したいことがあるときは、廊下か、シンの部屋の床に座って話した。シンもその一点においてだけは、わたしが女だという事実を認めていたことになる。

籐のバッグに手を突っ込んで、ガラスの小瓶を取り出した。できるだけ見たくないので、ハンカチできちんと包んである。

一階に下りると、オイルランプのそばに小瓶を置いた。「これをどう思う?」

シンが、器用な長い指でハンカチの結び目をほどいていく。指を目にした瞬間、シンの動きが止まった。

「こんなもの、どこで手に入れたんだ?」

シンが黒い眉毛をひそめるのを見ながら、わたしはすべてを話すわけにはいかないことに気づいた。ダンスホールでホステスとして踊っているときに、見知らぬ男のポケットから取っただなんて言えるわけがない。メイフラワーはそれなりに上品な店だとか、ホステスたちはみんな働き者だとか、どんなに正当化しようとしても、結局はみじめな言い訳にしかきこえないだろう。さらに悪いのは、母さんが賭け事で作った借金がバレてしまうことだ。

「たまたま拾ったのよ。ある人がポケットから落としたのを」

シンは目を細くしながら、小瓶を回した。

「で？」わたしはテーブルの下で両手を握り締めた。

「指の、先端から第二関節までだ。大きさからいって、おそらくは小指」

「オランウータンのものだという可能性は？」

「サイズ的に考えても人間のものに見えるな。それにこの爪、手入れの跡があるとは思わないか？」

その点にはわたしも気づいていた。「どうしてしなびているの？」

「干からびたんだ。たぶん自然に。ビーフジャーキーみたいなもんさ」

「ビーフジャーキーなんかにたとえないでよ」わたしは渋い顔で言った。

「で、どうしてこんなものを手に入れたのか、詳しい話をきかせてもらおうか」

「言ったでしょ。拾ったの」わたしは椅子を引きながら、早口にそう言った。「心配しないで、返すつもりだから。見てくれてありがとう。おやすみ」

わたしは、シンに曇った視線で見られているのを感じながら階段を上った。

7

六月五日（金）
バトゥ・ガジャ

レンがここに来てから、新しい主人について学んだことがふたつある。ひとつ。アーロン曰く、ウィリアム・アクトンは外科医なので、〝ドクター〟ではなく、〝ミスター〟か〝トゥアン〟の敬称を使うこと。

「どうして？」と、レンはたずねる。

「知るもんか。イギリス式ってやつだ」アーロンは、オニテナガエビの皮を剝きながら言う。

「とにかく、そう呼べばいい」

ふたつ。新しい主人は、きれいに片付いているのを好むこと。にぎやかで混沌としていたカムンティンの家とは別世界だ。マクファーレン先生は、食べかけのサンドイッチやバナナの皮なんかを、しょっちゅう書類で散らかったデスクの上に置きっぱなしにしていたのに。新しい主人のウィリアム・アクトンは、浅皿の端に、道具類をきれいに並べておく。艶やかなデスクには、インク壺と吸い取り紙とペンだけが、まるで小島のようにちょこんと置かれている。

どこに何を置くべきか、もうすっかり頭に入っているので、レンはほこりを払うたびに、すべてをきちんと置き直す。覚えても無駄かもしれない。ここにいられるのは、きっと、言いつけを果たすまでだ――でも、指を見つけてお墓に戻したら、そのあとはどうなるのかな。レンにはまったくわからない。マクファーレン先生も、それについては何も教えてくれなかった。レンいきなりホームシックに襲われて、悔しいけれど、目に涙が浮かんでしまう。ぼくはもう大きいんだから泣いちゃだめだ。レンはそう自分に言いきかせながらも、マクファーレン先生の死から二十六日がたったことを思い出して、ふと、パニックになりかける。だけど、だれも死んでやしないいじゃないか。犬を別にすればだけれど。

昨日のアーロンの話では、ここからふたつ離れた家で、血統書付きのテリアがいなくなっていた。キャンキャンうるさくて喧嘩っ早い犬だけれど、労働者の一か月分の稼ぎ以上の値段がする。あとには白い毛のちょこっとついた、短い尻尾《しっぽ》しか残っていなかったらしい。「ヒョウだな」とアーロンは低い声でそう言った。レンは、ヒョウでありますように、と願う。どうか、虎じゃありませんようにと。

レンは、窓の外に広がる刈り込まれた芝と、砂利の敷かれた私道に目を向ける。白い屋敷は、小高くなった、緑のプールのような芝地に立っている。タミル人の庭師がふたりがかりで、四方から迫る密林が、それ以上は家に近づかないように手入れしているのだ。猿の群れがゆったり通り過ぎていき、野生の鶏やキジが下生えを突ついている。レンは表の調理場で野菜を剥いたり米を研いだりしながら、そんな景色をうっとりと眺めやる。

イー、と声には出さずに唇を動かす。おまえもきっと、ここが気に入るぞ。磨いていた鉄の盆に映る自分の顔を見つめながら、レンはうなずく。三年がたっても、そばに双子の片割れがいないという現実はまだ辛《つら》い。

死の一番悪いところは、大切な人の顔を、少しずつ忘れてしまうところだ。それはすべてを奪いつくすことであり、最後の裏切りでもある。けれど、忘れるなんてできっこない。イーの顔は、ぼく自身の顔なのだから。きょうだいを失った哀しみのなかで、それだけがレンにとっての慰めでもある。

レンとイーが孤児院に入ったとき、どちらが兄かを判断できる人はだれもいなかった。そこで院長はレンを兄だと決め、五常のなかでも最も重要とされる仁《レン》の文字を与えた。仁は、思いやりの心——人間を獣から分ける、仁愛の精神を表している。儒教によれば、徳を完璧に備えた人間は、仁を失うよりは喜んで死を選ぶという。レンは思う。もしも選ぶことさえできたなら、イーの代わりにぼくが死んであげたのに。

レンには繰り返し見る夢がある。その夢のなかでレンは、プラットホームに立っている。仕事で出かけるマクファーレン先生を見送りに行ったときに、タイピン駅でも見たようなプラットホームだ。けれど夢のなかでは、イーが列車に乗っている。窓から身を乗り出し、細い腕を思い切り振っている。イーがにっこりすると、抜けてからまだ生え替わっていない歯の隙間が見える。死んだときのまんまだ。

レンは、イーの笑顔を追いかけたいのだけれど、どういうわけか、足がプラットホームから動かない。なすすべもなく、列車がスピードを上げ、車輪の回転が勢いを増し、イーがどんどん小さくなっていくのを見守ることしかできない。イーが見えなくなったところで目が覚めると、決まって汗と涙で濡れている。

だとしても、それは幸せな夢だ。きょうだいの顔が見られるのはやっぱり嬉しいから。イーだってそうだ。仕草や目の輝きを見ればわかる。イーは、身振りと一緒に口を動かすこともあるのだけれど、その声がきこえることはない。旅立っていくのがいつもイーのほうだなんて、おかしな話だとレンは思う。どんどん大きくなり、イーを置き去りにしているのは自分のほうなのに。

レンは床にモップをかけていく。クワンおばさんから教わった通りに、ギュッギュと力を込め、何度もモップをゆすいでは、バケツの水を取り替える。拭いた床が、葉っぱのような跡を残しながらきれいになっていく。艶やかな植物が、幅広のチーク板の上でどんどん大きくなっていくみたいだ。

「いいだろう」ふと、アーロンの声がきこえる。

ギョッとして、レンは顔を上げる。アーロンときたら、屋敷内のあちこちに忽然《こつぜん》と出没するので、それこそ特殊能力でもあるのかと思うくらいだ。おかげでレンは、なかなか指を探し回ることができない。アーロンは警戒心の強い老猫のように、日差しに向かって目を細めている。

「もっと年かさでも、おまえのように働けないやつは多いんだが」アーロンが言う。「何か月か前にもひとりいてな。二十三にもなって、シャツにアイロンひとつかけられやしない。制服を着ることや、パーティで飲み物を給仕することばかり考えておったわ」

マクファーレン先生は、客を呼んでパーティをするようなことは滅多になかった。けれど標本の収集家として知られていたために、地元の猟師たちが、しょっちゅう列を作って先生の帰りを待っていた。獲物は袋からはみ出していることもあれば、生け捕りにされ、縄の先でうなっていることもあった。

「先生は結婚しているの?」レンがたずねる。外国人の多くは、奥さんや子どもをイングランドやスコットランドなど、故郷に残してきている。熱帯の気候が、西洋の子どもにはよくないと考えられているらしい。

アーロンが鼻を鳴らす。「いいや。だといいんだがな」

「どうして?」レンは、アーロンがご機嫌なのを見て質問を重ねる。いつもならアーロンは、せいぜい数語しか口にしないのだ。

「所帯を持っていれば、ああして遊び回ることもなかろうて。あいや、あれで気づかれていないとでも思っているのかね!」

レンには、そういう大人の事情はあまりよくわからない。結婚してるとかしてないとか、ましてや男女の関係とかは、なんだかとても難しそうだ。とにかく、ウィリアムに口出しをする妻や家族がいないのであれば、レンが指を取り戻せるチャンスも増えるはずだ。ただしもう二日もこっそり探し続けているのに、まだ見つけられなくて、レンの不安はつのっていく。

昼前に怪我をした女の人が運び込まれて、レンの耳には、叫び声や心配そうな声のあとに、アーロンの厳しい声がきこえてくる。

「だめだ！　先生はおらん！」

レンが駆けつけると、私道に一輪車がとまっている。その上には、シンハラ人の若い娘がひとり。左のふくらはぎの裏側がザックリ裂けていて、着ているサリにも、あちこちに黒い血のシミがついている。

アーロンは娘の親類たちに向かって、先生は留守だからバトゥ・ガジャの病院に連れていけと説得している。あそこは遠過ぎる、と親類たちは言う。迷信深いアーロンは、この家で死者が出ることを恐れているのだ。それを察したレンは、周りを押しのけるようにして前に出る。

「運び込んでください！」

「頭がどうかしたのか？」アーロンが叫ぶ。

レンはそれを無視して、男たちに怪我人をベランダに運ぶよう指示を出してから書斎に駆け込む。ウィリアムの急患用鞄が机のうしろに、救急用具も引き出しのひとつにまとめてあるのだ。

「たらいにいっぱいの熱湯をお願い」レンはアーロンに声をかける。

「あの娘がここで死んだらどうするつもりだ？」

レンはそれには構わず石鹼で丁寧《ていねい》に手を洗うと、自分に言いきかせるようにしながら数を十五までゆっくりと数える。それから、とりあえずの止血のために細くよじってきつく巻かれていた布の状態を確かめる。患者は気絶しているけれど、そのほうが作業はやりやすい。患部を湯で拭いて、できるだけきれいに消毒してから、最初の止血帯の上に、もうひとつ別の止血帯を巻いていく。レンはめまいと吐き気を覚えながらも、頭のなかで、マクファーレン先生の、あの角ばった手を思い出しながら手順を真似ていく。止血帯の結び目には、必要とあらばもっときつくできるように、棒が一本通してある。それからレンは、荒っぽく巻かれていた最初の止血帯を切る。

「なんの真似だ？　そいつを切ったら失血死しちまうじゃないか！」

「この止血帯はきつ過ぎるし、傷にも近過ぎるから。このままだと、脚がだめになっちゃうんだ」

レンは歯を食いしばり、なんとかもうひとつの止血帯で持たせようとする。周りではみんながブツブツ言っているけれど、自分がやると言い出す人はいない。足首で脈を取る。おさまってきたとはいえ、出血はまだ止まっていない。レンは止血帯の結び目に入れた棒をひねり、止まるところまで、ゆっくり圧を加えていく。

患者が意識を取り戻してうめきはじめたので、みんなに押さえつけてもらったまま、レンは傷口に注射器で過酸化水素水を振りかけていく。使えるものがこれしかなかったのだけれど、生々しい傷口にあぶくが立つのを見て、みんなが顔を背けている。レン自身もめまいを覚えて、息をするんだ、と自分に言いきかせる。でないと気絶してしまう。

ようやく終わったけれど、傷口のすぐ上に巻いた包帯は、みるみる赤く染まっていく。だとしても、骨が見えていた状態よりはずっといい。

「すぐ病院に連れていってください」レンは、ホッとしたようにざわついている親類たちに声をかける。「傷口を縫わなくちゃいけないから」

患者がまた一輪車に乗せられるのを見守りながらも、レンは、病院まで耐えられるだろうかと心配でたまらない。もし手元にモルヒネがあれば、〇・二五グレイン飲ませるのに。ほんとうはそんなことしちゃいけない。マクファーレン先生は、いつだって薬棚には鍵をかけ、レンを近づかせないようにしていた。それでもレンは、先生がモルヒネをちょくちょく使っているのを見て、その効き目を知っていたのだ。

レンは、散らかった包帯の屑を片付けはじめる。脚がふらつき、手の震えもひどい。患者の名前も、怪我の理由もきかなかったけれど、たぶん説明はされていたんだろうとぼんやり思う。とにかく出血を止めなくちゃと、それしか考えられなかったから。

ベランダをこすってきれいにしないと。水をくみに行こうとしたレンに、アーロンが声をかける。「そこはいいから。着替えてこい」レンはそこではじめて、もらったばかりの白い制服に、血が飛び散っていることに気づく。

「冷たい水につけておけ」アーロンが言う。「落ちなけりゃ、新しい制服代は給金から差し引くからな」アーロンのしかめっ面には、しぶしぶながら敬意を感じているような、奇妙な表情が浮かんでいる。

　レンは、使用人用の離れの裏にある風呂用の小屋に入ると、陶製の甕《かめ》から柄杓で水をくんで、勢いよく体にかけていく。目を閉じたとたん、血が流れて木の厚板にしみ込んでいった様子が脳裏に蘇《よみがえ》ってくる。イーの血も、ああしてぼくの指から滴り落ちていったっけ。レンはイーの胸に両手を当てて、必死に血を止めようとした。けれど、どうすることもできなかった。イーはギョロリと目を見開いたままで、体がどんどん冷たくなっていく。それから小さな胸が、最後にひとつ、大きく震えてから完全に止まった。

　レンが母屋に戻ってみると、アーロンが使用人たちに昼食を作っている。ほかにも洗濯の手伝いをしてくれる女の人、マレー人の運転手ハルン、タミル人の庭師がふたりいる。ただし、大きな屋敷の裏にある使用人用の離れに、住み込みで働いているのはレンとアーロンだけだ。

　ウィリアムが病院に出ていて留守なので、昼食は、汁に入ったシンプルな麺《めん》料理だ。細く裂いた鶏肉と、茹《ゆ》でた青菜が載っていて、スープの表面は揚げエシャロットの油で艶やかに光っている。アーロンはレンに、いつもよりたっぷりと麺をよそってくれる。鶏肉の量だってみんなより多い。一同は黙々と麺を口に運び続けるけれど、食べ終わったところでアーロンが言う。

「あんなことはしちゃいかんぞ。もしも治療をしたあとであの娘が死んだら、おまえに悪運がついちまうで」

「先生は怒るかな?」包帯をだいぶ使ったし、過酸化水素水の瓶だって半分に減っている。注射器を熱湯で消毒しておかないと。幸い、針は使っていない。マクファーレン先生のところでは、いちいち許可を得る必要などなかったのだけれど。

「あの先生は、自分のものを触られるのをいやがるからな」

レンは黙りこくったまま思う。いったい何を考えていたんだろう？　マクファーレン先生に頼まれたことだって、まだできていないのに。焦りを覚えながら、レンはまた、先生が死んでからの日にちを数え直す。あと二十三日しかない。

「人が死んでからの四十九日間には、どんなことが起こるの？」レンはアーロンにたずねる。

アーロンは、レンがあのシンハラ人の娘を心配しているのだろうと思って、こうこたえる。

「あの娘なら死なんよ。少なくとも、わしはそう願っとる」

「だとしても、知りたいんだ」

「そうだな。そのあいだ、魂はさまよっとるんだ。さまよいながら、生きていたときに知っていた人や場所を眺めておるのさ。満足すれば、去っていく」

「満足しなかったら？」

「あの世に行くことができん。そうやって幽霊は生まれるんだ」

レンの目が丸くなったのを見て、アーロンは言う。「心配せんでいい。単なる迷信だ」

「行き場を失った魂は、獣になったりするのかな？」

「はあ？　いいや、そんなもんは作り話だ。迷信に過ぎん」

アーロンがそう言い切ってくれたので、レンは少しだけホッとする。いまは日差しが燦々《さんさん》と注いでいるし、何も心配することはない。レンは今日、ひとつの命を救ったのだ。そのことには、どれほどの重みがあるのだろう。

8

六月七日（日）
ファリム

　頭が痛かったけれど、小さなベッドに横たわるなり、すとんと眠りに落ちた。薬でふわふわしているような深い眠りのなかで、わたしはいつしか冷たい川に浮かび、漂っていた。

　明るい川の土手が、揺らめきながらゆっくり流れていく。望遠鏡を逆さまにしてのぞいているみたいに、視界は狭いながらもはっきりしていた。竹藪《たけやぶ》、下生え、日に照らされたネピアグラス。点々と小さな人影も見えたりして、なんだか蒸気機関車からの景色みたい。そう思った瞬間、目のなかに機関車が飛び込んできた。煙を上げながら、小さな駅のそばにとまっている。

　奇妙なことに、線路は水のなかからはじまっていた。枕木が川底の白砂に敷かれていて、線路はそこから土手を上っていくのだ。客車に乗っているのは、少年がひとりきり。八歳くらいだろうか。前歯の一本が抜けている口をにっこりと開き、窓から手を振っている。わたしも手を振り返した。それからまた、川をそのまま流されていき、目覚めたときには灰色の夜明けが訪れていた。

木の鎧戸《よろいど》に淡い光がにじんでいて、昨晩の頭痛はすっかり消えていた。シンの部屋は静まり返っているけれど、下からきこえてくる物音で、母さんがすでに起きているのがわかる。わたしは素早く服を着た。

「それ、自分で縫ったの？」母さんが、下りてきたわたしを見るなり言った。

葬式に何を着ていくかについては、かなり悩んだ。ある程度フォーマルにする必要があるけれど、どこに行くのかと家族に疑われるようではまずい。手持ちのなかでは、見習いの勉強として作った、シンプルなグレーのチャイナドレスしか思いつかなかった。チャイナドレスは中国の礼装であり、仕立てがとにかく細かい。立ち襟のところで少し失敗をしてしまったので、完全には首に沿わないのだけれど、充分な出来栄えではある。母さんが口を開く前から、なんと言われるかは見当がついていた。

「そんな落ち着いた恰好をして――まだ若いんだから、もっと明るい色を選ぶようにしないと」

母さんはおしゃれが好きで、センスも抜群だ。特別なときには念入りに支度をし、衣装ダンスの上の段ボール箱から、とっておきの靴を選んで合わせる。そもそもわたしに洋裁師の修業をさせてはと言い出したのも母さんの考えで、継父も、それならいいだろうと折れたのだ。わたしに言わせれば、継父を喜ばせるためにおしゃれをするなんてバカバカしいのひと言につきる。継父は、わたしたちを着飾らせることで、自分の虚栄心を満たしているだけなのだから。ときどき、うちの家族ってボックス入りのチョコレートみたい、と思う。外側はキラキラした紙で包まれているけれど、割ってみれば、ねっとり黒いものが出てくるのだ。

「市場《いちば》に行こうと思うんだけれど、そんなきちんとした恰好では、一緒に来てもらうのも悪いわね」母さんが言った。

「行くわ」生鮮市場《ウエットマーケット》は大好きだ。あそこに行けば、欲しいものはなんでも手に入る。山と積まれた赤や緑の唐辛子《とうがらし》、まだ生きている雛鳥《ひなどり》やウズラ、シャワーヘッドにそっくりな緑色の蓮《はす》。新鮮な豚バラ肉、塩漬けにしたアヒルの卵、籠に盛られた艶やかな川魚。小さな屋台も並んでいるので、湯気の上がる麺《めん》類やサクサクの揚げ物など、朝ごはんを食べることだってできる。

母さんがあれこれ買い物を済ませるあいだ、わたしは混み合う店々を抜けながら、花を探した。白い花。中国で白は葬儀の色、死の色だ。わたしは花が外から見えないように、新聞紙で包んでもらった。ファリムのように小さな町では秘密を隠すのが難しい。白い菊を持ってぶらぶらしていれば、すぐに葬式に行くのだとバレてしまう。

母さんの買い物を預かって、ひと足先に帰ろうと歩きはじめたとき、軽やかな自転車のベルがきこえてきた。ミンだった。久しぶりだったけれど、全然変わっていない。おなじみの細縁眼鏡をかけ、重たそうな黒い自転車を押している。

「ジーリン！」ミンの顔が明るくなった。「昨日の夜、シンに会ったんだよ」

婚約を知りがっかりしてからというもの、できるだけ避けるようにしてきたミンが、いつも通りのほんわかした様子で、ハンカチを取り出し眼鏡を拭いている。わたしの心臓がドキリと跳ねた。

「知ってる」わたしは言った。「食事をしに行ったんでしょ。うちでは母さんが、シンのためにって鶏を一羽絞めていたんだから」

ミンが微笑《ほほえ》んだ。「ジーリンが帰っているとは知らなかったな。もちろん鶏のこともさ。知っていたら、お邪魔して食べるのを手伝ったのに」ミンは、穏やかな仕草でわたしの手から買い物籠を取ると、自転車のハンドルにそっとかけた。ミンがカッとなったところなんて見たことがない。継父とは大違いだ。もしもミンがわたしの気持ちに気づいていたとしても、やさしいミンは、そんな素振りを見せたことさえない。うちまで籠を運んでもらいながら、わたしはいまでもミンと友だちでいられることを嬉しく思った。

店ではシンが机にもたれ、休みにもかかわらず顔を出したアークムとおしゃべりをしていた。アークムは照れくさそうに笑いながら、手作りの漬物をおすそ分けにと言ったけれど、その目を見れば、わざわざ来た目的がシンにあるのはすぐにわかった。すごい行動力、とわたしは思わず感心してしまった。

とにかくアークムの言う通り、シンはものすごい二枚目だ。小さいころから一緒に育ったせいで、わたしはシンが目を見張るようなハンサムであるという事実を、つい忘れがちになる。高い頬骨と鼻は、中国北部の出身である死んだ母親から受け継いだ。と、わたしはそうきいている。シンの母親については、写真でさえ見たことはない。シンは運がいいと、わたしは幼いころから、やっかみ半分でよくそう思ったものだ。なんたって男の子に生まれついて、医学校の奨学金までとってしまうんだから。わたしに言わせれば、きれいな顔なんて、そのすべてを包み込む、ケーキのアイシングのようなものに過ぎない。ところでシンは、あまり楽しそうな顔をしていなかった。それどころか、わたしとミンが顔を火照《ほて》らせ、笑いながら姿を見せると、あからさまに苛立った顔をした。

「早いじゃないか」シンがミンに声をかけた。「ランチの約束だっただろ？」

「市場でジーリンに出くわしてね。荷物を運ぶのを手伝うことにしたんだ」

「なにも甘やかすことはないのに」シンがそっけなく言った。

わたしは顔をしかめて見せたけれど、シンがそっけなく言った。ミンは籠からメロンを出しながら、彼らしいやわらかな笑顔を浮かべた。シャツの一番上のボタンが取れていることにも、いつものどこかおっとりした品のよさで、まったく気づいていないようだ。もしもミンの恋に落ちた相手がタパーの子ではなくてわたしだったら、喜んでボタンをつけてあげるところなのに。

わたしは荷造りをしようと二階に上がった。母さんが戻ってきて、お昼を食べていきなさいと言われる前に家を出たかった。

「一緒に来ないのかい？」ミンは、わたしが店の入り口から出て行くのを見ながら、驚いたような顔で言った。新聞に包んだ菊はバッグに入れておいたのだけれど、真っ白な花が一輪だけ外に顔を出していて、シンがそこに鋭い目を向けた。けれどわたしがさよならの挨拶をしたときにも、シンは黙ったままだった。花の下には、あの指という形をした、やましい重荷がおさまっている。返したくてたまらなかった。だとすれば、葬式以上の場所があるだろうか。

新聞のお悔やみ欄によると、セールスマンの葬儀は、ファリムから近いパパンの町で執り行なわれるという。雲ひとつない青空からは焼けつくような日差しが照りつけていたけれど、バス停のそばには巨大なアメリカネムノキがあって、貴重な日陰を作ってくれていた。せっかく米粉と口紅で薄化粧をしたのに、これではすぐに汗で流れてしまいそうだ。

バスがガタガタいいながらやってきた。貨物自動車を利用したもので、座席になった後部は木の手すりが巡らされている。バスに乗るときには普通のワンピースでさえちょっと苦労するのに、タイトなチャイナドレスではなおさらだ。うしろの人に脚を見られるのがいやなので、最後に乗ることにした。控えめなサイドスリットのせいで足がうまく動かなくて、わたしは声には出さずに悪態をついた。そのとき、うしろからだれかに押されギクリとした。感触からいって男の手だ。なれなれしい手が肩甲骨《けんこうこつ》のあたりへと滑りながら、わたしの体をバスに押し上げた。わたしはサッと振り返り、ひっぱたいた。

シンだった。

「なんなんだよ?」シンが怒った声で言った。

「助けなんて頼んでないでしょ。そもそも、どうしてここにいるのよ?」

バスの運転手に警笛を鳴らされ、わたしは慌てて木のベンチに腰を下ろした。シンもひょいと乗り込むと、わたしの隣に体をねじ込んだ。バスがガタリと揺れ、走りはじめた。

わたしはシンをねめつけた。「ミンとのランチはどうしたの?」

その質問を無視して、シンは鋭い視線を、わたしが膝の上に抱えている籐のバッグに向けた。

「そこに入ってるのか?」

指のことだとすぐにわかったけれど、こたえなかった。家ではあんな意地悪な態度だったくせに、まったく図々しいったら！

「あんなに強く叩くことないだろ」

「シンだとは思わなかったから」

じつは、考える前に手が反応していた。見知らぬ男たちと踊ることから学んだ副産物だ。悪かったなと思いながら、手の跡がついたりしていないか、シンの顔にちらりと目をやった。

「で、あの指のことをきかせてもらおうか？」

シンがこのままついてくる気なのは間違いないし、黙っていてもどうにもならないと腹をくくり、ところどころ話を繕いながら打ち明けた。セールスマンがわたしの職場（ここはぼやかした）に現れ、指の入った小瓶を落とし、その翌日に死んだのだと。

「これで全部よ」わたしは言った。「だから、もう帰ってくれる？　約束をすっぽかすなんて、ミンに失礼でしょ」

「ミンはひとりじゃないから大丈夫さ。それとも、あのアークムがミンにちょっかいを出すのが心配なのか？」

「ミンは婚約してるのよ！」わたしはピシャリと言った。「それに、アークムが関心を持ってるのは、ミンじゃなくて、あなただから」

シンは窓のほうに顔を向けた。わたしはなんだかやましい気分になった。シンは、シンなりのやり方で、わたしのことを心配してくれているだけなのだ。

「仲直り？」しばらくたってから、わたしはこう言って手を差し出した。その気になればシンは、何日だってだんまりを決め込むことができる。険悪なムードに耐えられなくなるのは、いつだってわたしのほうなのだ。あの家で、気楽に話のできる相手を失うのは辛過《つらす》ぎたから。シンが顔を背けたまま右手を差し出したので、その手をつかんで握手した。ちょっと力を入れ過ぎたかもしれない。ふたりのあいだには、何も問題なんかないんだと思いたかった。

バスは、パパンの目抜き通りでわたしたちを降ろすと、盛大にほこりを上げながら走り去った。おかげで激しく咳き込んでしまった。まったく、わざわざ顔に米粉をはたくまでもなかった。なにしろ、ほこりをかぶって真っ白だ。シンは唇をピクつかせたけれど、ありがたいことに笑ったりはしなかった。パパンには小さな家の立ち並ぶ通りが多く、あちこちで住所をたずねて回らねばならなかった。

「その住所ならチャンの家だね」おばあさんがそう言いながら、わたしのグレーのチャイナドレスと白い花束に目を留めた。「弔《とむら》いにいくつもりなのかい？」

「はい」わたしは言った。

「遅かったようだね。昨日終わったよ」わたしのしょんぼりした顔を見て、おばあさんが続けた。「新聞が日付を間違えたのさ。けれど、親類関係にはきちんと知らせが行っていたはずだよ。知らなかったのかい？」

「とにかく、故人にお別れをしたいのですが」シンにそう微笑みかけられると、おばあさんは降参したようにいろいろ教えてくれた。今度は向こうから質問をされそうだったので、その前にそそくさと退散した。

木造の小さな平屋だった。前庭にはグアバの木が一本あり、痩せた薄茶の犬がつながれている。葬儀の跡はあちこちに残っていたけれど、玄関の両側にかかっていたはずの、故人の名前が書かれた大きな白い提灯《ちょうちん》はすでにはずされていた。庭には、故人のために燃やされた葬送用の紙細工の名残である灰や、色とりどりの紙屑が飛び散っている。セールスマンがあの世での暮らしを楽しめるように、踊り子の紙人形や、ニンニクの効いたチキンライスの紙細工もたくさん燃やしてあげたのかしら。わたしはついそんな不謹慎なことを考えてしまい、申し訳なく思った。

家に近づくと、犬がけたたましく吠えはじめた。グアバの木が揺れるほどだったから、つないでいる縄が切れるのではと怖くなった。

「すみません！」わたしは声を上げた。

年配の女が出てきて、犬をなだめた。女は物問いたげにわたしたちを見た。「あらまあ、アーヨクには、新聞に間違った日付が出ていると言っておいたんだけれど！　アーヨクに会いにきたの？」

そのアーヨクがだれかはわからなかったけれど、とりあえずうなずいておいた。わたしたちは靴を脱ぎ、小さな家の表側にある部屋に案内された。祭壇があり、線香や供物が置かれている。わたしはそこに白い菊の花束を置いた。わたしとシンは、新聞にも使われていた遺影を前にお辞儀をして、故人への哀悼《あいとう》を示した。セールスマンが、こわばった硬い顔でこちらを見ている。チャン・ユーチェンは享年《きょうねん》二十八歳だった。中国には、三つ年を足し、生きた年月を増やす伝統がある。一歳は大地から、一歳は天から、一歳は人からもらうのだ。そうやって増やしてみたところで、彼が長い人生を送ったとはとても思えなかった。

お茶をわたしたちの前に置きながら、女が言った。「わたしは故人の叔母でしてね。ユーチェンのお友だち？　もう、ほんとうにショックで。あの子はとても丈夫だったから――まさか、先に逝かれるなんて」女の顔がゆがみ、泣きそうになった。わたしはますます居心地が悪くなってきた。

「死因はなんだったんですか？」シンがたずねた。

「バトゥ・ガジャの友だちに会いに行ったのだけれど、遅くなっても帰ってこなかったものだから、それはアーヨクが取り乱して。あのこがどんなだかはご存じでしょ？　そしたら次の朝、通りがかりの人がユーチェンを見つけたのよ。ユーチェンは足を滑らせて、排水溝に落ちてしまったのね。首が折れていたんですって」

「お気の毒に」わたしは心からそう思った。あの男に好意は持てなかったけれど、こうして彼も座ったであろう籐の肘掛け椅子に腰を下ろしていると、なんだか冷たい影がのしかかってくるかのようだ。

「あの、わたし、チャンさんのことをよく知っていたわけではないんです」わたしは言った。「チャンさんは店のお客様だったのですが、忘れ物をされまして。お悔やみ欄で亡くなられたことを知ったものですから、お返ししなければとうかがったのです」

「だったら、奥さんと話をしてもらわなければね」女は立ち上がると、木のビーズでできたのれんの奥に入った。「アーヨク！」女が声を上げた。「ユーチェンから何かを預かっているって、若い娘さんが来ているよ」

長い沈黙が落ちた。シンとわたしは、居心地の悪さにお尻をもぞもぞさせた。叔母だという女がひとり、部屋に駆け込んできた。アーヨクはひどく取り乱していて――」と言いかけたとき、女が「お祭しだと思うけれど、アーヨクはひどく取り乱していて――」と言いかけたとき、女がひとり、部屋に駆け込んできた。髪を振り乱し、さんざん泣いたらしく顔が腫れ上がっている。そしてまっすぐわたしに飛びかかってきた。

「売女！」女が金切り声を上げた。「よくも来られたもんだね！」

わたしはショックのあまり、腕を上げて攻撃を防ぐことさえできないまま、ヒステリー状態の女に叩かれ、ひっかかれた。シンが慌てて、女をわたしから引き離した。女は床にうずくまり、けたたましく叫びはじめた。豚が殺されるときのような、ぞっとするような声だった。

叔母が言った。「アーヨク、いったいどうしたっていうんだい？　ごめんなさいね！　まったく、昨日からずっとこんなふうで。怪我をさせちゃったかしら？」

わたしは震えながら喉に手を当てた。アーヨクは床に転がったままだが、叫び声は収まりつつあった。「返して」アーヨクは言った。「返してよ」

「あの、どういう意味でしょう？」わたしはこわごわそうきいた。

「アーヨク」叔母が言った。「あんたは誤解しているよ。このお嬢さんは、単なる店員さんだ。ユーチェンの女じゃない」叔母はちらりとわたしに目を向けた。「違うよね？」

わたしは違うと言うようにかぶりを振った。「一度会ったことがあるだけです」

「ほら」叔母がアーヨクの頭をやさしく叩いた。「このお嬢さんは、ユーチェンをよく知らないんだ。それにごらん、若い男の方と一緒に来ているじゃないか」

アーヨクは泣きやまず、手を閉じたり開いたりしながら床の上で身もだえを続けている。体を不自然にゆがませながら蛇のようにのたうっている姿は、もはや人間には見えなかった。わたしはめまいを覚えて、シンが支えていてくれなかったら膝から崩れ落ちていたと思う。

「帰ってもらえますか」叔母が穏やかな口調で言った。「ユーチェンは甥っ子だけれど、とても聖人とはいえなかった。女好きでね。昨日も、その、来ていたのよ。バーの女とか、娼婦とかが何人も。みんな、お別れを言いたかったんだろうけれど、来るべきじゃなかった。アーヨクは、あなたをそのひとりだと思っているんですよ」

恥ずかしさに顔が赤らんだ。ダンスホステスだって似たり寄ったりだ。わたしはあの指を手に入れたことで、どうやら面倒を背負い込んでしまったらしい。厄介払《やっかいばら》いしたければ、自分でなんとかするしかない。そこで、あの小瓶を取り出すと、床に置いた。

「これがなんだかわかりますか?」わたしはアーヨクにたずねた。

アーヨクがゆっくり体を起こした。顔に張りついた黒髪が、水に濡れた川草のようだ。「あの人のだわ」アーヨクがうつろな声で言った。

「返してと言っていたのはこれですか?」

アーヨクはかぶりを振り、また泣きはじめた。ぬぐおうとさえしない涙が、腫れぼったくなった白い顔をだらだら流れ落ちていく。見てはいけないと思った。アーヨクの顔は生々しく、あまりにもむき出しに過ぎた。わたしは立ち上がったけれど、アーヨクがその裾を押さえていた。

「何かほかにももらわなかった？　金のペンダントは？」

「いいえ」

どういうわけか、ここでアーヨクは元気づいた。「先週、夫は、だれか別の女のためにペンダントを買ったの。わたしが知りたいのは、そのペンダントのことなのよ。それじゃない」アーヨクは顔を指のほうに向けたけれど、指には触ろうとさえしなかった。腫れ上がった目のふちが、痛々しく桃色に染まっている。「その指は、あの人の幸運のお守りだった。それを手に入れてからというもの、販売成績が一気によくなって」

「いつから持っていましたか？」シンが問いかけると、はじめてその存在に気づいたかのように、アーヨクがシンを見つめた。

「三か月か――四か月前。友だちにもらったんだって。じつを言うと、盗んだんじゃないかと思ってるの」アーヨクは、何か苦いものでも飲んだかのように口元をゆがめた。

「お返ししたいんです」わたしは言った。こぎれいな小さな家の、ごくごく普通の家具と日常的な雑貨――鍵編みのテーブルマットや、食べ物を覆うためのヤシの葉――などのなかにあると、しなびた指はますます不気味で、場違いなものに見えた。わたしは叔母のほうに目をやった。ちっとも驚いた様子がない。前にもこの指を見たことがあるのだろう。

アーヨクが大きく首を振った。「そんなもの置いていかないで！」わたしは、また彼女が叫びはじめるのではと恐ろしくなった。

叔母が、慌てたようにわたしたちを玄関に促した。「帰ってちょうだい」

「だけど、指はどうすれば？」

叔母は、小瓶をわたしのバッグに突っ込んだ。「好きにして。なんだったら、甥がもらった人に返せばいい」

「それは、だれなんでしょう？」シンが言った。

「甥は、バトゥ・ガジャ病院の看護婦だと言っていたけれど」叔母が声をひそめて言った。シンの耳が、この情報にピクリと動いた。「それ以上はわからないわ。さあ、帰って」

わたしたちは口をつぐんだままバス停に戻った。もう正午を過ぎていて、道路の照り返しが、目を覆いたいほどに強烈だった。アーヨクにひっかかれたところがヒリヒリする。シンが大きな木の下で立ち止まった。

「ここで待ってろ」それから通りを横切って小さな店に入ると、水の入った琺瑯《ほうろう》のマグと、ヨードチンキの瓶を手に戻ってきた。シンがわたしの顔を傾け、傷を調べはじめたので、わたしは目を閉じた。シンの手はひんやりとしていて、迷いがなかった。

「目の周りに青痣《あざ》ができるな。ひっかかれたところは、結構なみみず腫れになるぞ」

わたしはたじろいだ。アーヨクの振り回していた肘が目元に入ってしまったのだろう。「バスに乗ったときシンをひっぱたいた報いってわけね」

シンは笑わずに、わたしの顔を調べ続けた。わたしは体を引いた。

「そんなに見ないでよ」わたしは言った。「ひどいの?」

「ひっかかれたところを消毒しないと」

ハンカチで顔をきれいに拭いてもらうあいだ、わたしはおとなしく立っていた。顔の傷、タムさんにはなんて説明しよう。それよりも、どうやってメイフラワーに顔を出せばいいんだろう。仕事を休んだら、次の借金の支払い日までにお金を準備することが難しくなる。借金取りが家に押しかけてこようものなら、それこそ継父に、生きたまま皮を剝がれてしまうかも。わたしは必死に計算した。ダンスが一回につき五セントとして、不足分をなんとか補えるかしら?

「そう思い詰めるなよ」シンが言った。「小さなおつむがすり減っちまうぞ」

わたしはむっとしながら目を開けた。「失礼ね! テストの成績なら、たいていわたしのほうがよかったんだから!」

その返事として、シンは顔を拭いている手に力を込めた。

「おしろいが取れちゃうじゃないの」わたしは文句を言った。

「ジーリンは化粧で変わるようなタイプじゃないんだから、そんな心配するまでもないだろ」

シンがひっかき傷にヨードチンキを塗ると、肌がヒリッとした。ついでにわたしのプライドも。

「これでも結構モテるんだからね」わたしはメイフラワーの常連たちの顔を思い浮かべながら

言った。彼らは少なくとも、ダンスの相手をしてもらうために、わたしのご機嫌を取ろうとがんばっている。タイガー・レーンの検眼医で、ワルツしか踊ろうとしないウォンさん。主治医からエクササイズとしてダンスを勧められたという年寄りのクーさん。ひょろりとしたシク教徒のニルマン・シン——本人は頑として否定しているけれど、どう見たって学生だ。そういった常連たちも、今週は、ほかのだれかと踊ることになるだろう。ひょっとしたら、そのこを気に入ってしまうかもしれない。

「で、何をそう心配しているんだ?」シンが最後にもう一度、ハンカチを水でゆすいだ。

これ以上はシンを巻き込みたくなかったので、わたしは首を横に振った。「仕事に戻らなくちゃ」

「家に帰らないのか?」

「こんな顔で帰ったら、母さんを心配させるだけだしね」おまけにファリムのゴシップネットワークを通じて、不愉快な噂が広がること間違いなしだ。なにしろ継父の気性は近所に知れ渡っている。

シンがマグカップを借りた店に返したあと、帰りのバスではどちらも口をきかなかった。どちらにしろ、午前中の一風変わった出来事について話し合うには、周りに人が多過ぎた。顔の傷が気になったので、わたしはずっと膝の上に目を落としていた。シンはファリムで降りたけれど、その前に、小瓶をするりと自分のポケットに入れてしまった。

「こいつはおれにまかせとけ」シンはわたしの言葉を遮《さえぎ》るようにそう言って、バスからひょいと飛び降りた。

その後、鶏を抱えた小太りな女が隣に体をねじ込んできたので、わたしは不吉な予感に身震いした。その白い雄鶏は生きていて、黄色い目に、怒ったような小さな眼球が見えた。中国式の葬儀では、締めくくりとして墓地に白い雄鶏が放たれる。もちろんこの女の人は夕食用に買ったのだろう。それでもさっきまでシンの座っていた席に白い雄鶏が現れるなんて、なんとなく不吉な感じがした。これまでわたしにつきまとっていた捉えどころのない冷たい影が、シンに乗り移ってしまったのではないか。なんだかそんな気分になった。

9

六月五日（金）
バトゥ・ガジャ

雨が降ると、レンの新しい主人であるウィリアム・アクトンは決まって手紙を書く。宛先は婚約者のアイリスだ。けれど、その手紙が読まれることは決してない。

親愛なるアイリス、毎日きみのことを思っているよ。雨が小降りになり、弱々しい日差しが注ぎはじめると、ウィリアムはペンを置く。

雨の降っていない日には、双眼鏡を手にバードウォッチングを装い、早朝から長い散歩に出かけることがよくある。そんなときウィリアムは、少しだけためらってから、近所のゴム農園のほうへと、いつもの回り道をする。地元の女と、ひそかに逢引を重ねているのだ。名前はアンビーカ。タミル人の彼女には、ゴム農園で働く夫がいる。滑らかな茶色の肌と、ココナッツオイルの香りのする長い巻き毛。左胸には、蝶の形に盛り上がった肥厚性瘢痕《ひこうせいはんこん》――ケロイド――がある。ウィリアムは何度、その痣《あざ》に唇をつけたことだろう。アンビーカは痣を隠そうとするけれど、ウィリアムはその蝶をとても美しいと思っている。

毎回、金を払ってはいる。好かれているはずとは思いながらも。少なくともアンビーカの笑顔は温かい。ただし金を断ることもしない。ふたりの逢瀬は秘密だ。西洋人のコミュニティにも、飲んだくれの夫にも。

だが少なくともひとりだけ、知っている人間がいる。ウィリアムが前に虫垂《ちゅうすい》の切除手術をした、中国系のセールスマンだ。数週間前、あれはほんとうに間が悪かった。ウィリアムがアンビーカと一緒のところに、ゴム農園の近くで車が故障したといって、セールスマンが助けを求めにやってきたのだ。だれかがいると気づいた瞬間、ふたりは慌てて体を離した。セールスマンは何も言わなかったが、いかにも訳知り顔にウィリアムを見た。わかっていますよと言いたげなあの目つき、最悪だ。しかもそのへんの地元民とは違い、あのセールスマンは、ウィリアムの名前も仕事も知っている。悪い噂でも流されたらまずいことになる。イギリスでの事情を考えればなおさらだ。おまけに先日、アンビーカが金額を増やしてほしいと言い出した。そしてウィリアムがためらうと、これまでには見せたことのないような不機嫌そうな目になった。

ウィリアムはゴム農園を抜けながら、きれいに列をなして並ぶほっそりした木々をうっとりと眺める。南アフリカから輸入されたゴムの木だ。どの幹にも浅く刻まれた跡があって、据えられた小さな容器にゴムの樹液が滴っている。夜明け前に労働者が園を回り、たまった樹液をバケツに集めていくのだ。アンビーカもそういった働き手のひとりだが、加工所までバケツを持っていくのは夫の務めであり、その時間がふたりの逢瀬の時にもなっている。ウィリアムは、時計を見ながら足を速める。

けれど通い慣れた、波状のトタン屋根のついた差し掛け小屋にはだれもいない。数日前に立ち寄ったときもそうだった。アンビーカはどこに行ったのだろう？　たずねる相手もいないので、ウィリアムはなすすべもなく、勤め先であるバトゥ・ガジャ地方病院のほうに歩き続ける。先生は運動のためにときどき長い散歩をするのだと、病院のスタッフたちはそう思い込んでいる。

オフィスに着くと、ウィリアムはイライラした気分のまま、朝のうちに書いた手紙を取り出して目を通す。

親愛なるアイリス

新しい中国系のハウスボーイを託されたんだ。名前はレン。本人によると十三歳らしいが、そう言われなければ十歳だと思うところだ。気の毒に、あのマクファーレンが、ぼくのところに送って寄越してね。彼が亡くなっただなんて、まだ信じられないよ。一緒にコリンチまで、人虎《じんこ》（現地の言葉ではハリマウ・ジャディアンというんだが）を探しに行ったときのことをいまでもよく覚えている。

マレー系、中国系、インド系の人々が混ざり合っているマラヤは、さまざまな霊魂で満ちあふれていて、まるで定まらない規則に支配されている鏡のなかの世界のようなんだ。西洋の狼男なら、満月の夜に皮膚が入れ替わって、狼に変身する。そのあとは村を離れ、何かを殺そうと森に入っていくわけだ。けれどこちらの人虎は、そもそもが人間ではなくて虎なんだ。虎がそうしたいと思ったときに人間の皮をかぶり、密林から村に出てきて人を襲う。つまり狼男とは逆なんだが、いろいろな意味で、人虎のほうが恐ろしく感じるよ。植民者がマラヤにやってきたとき、現地の人たちは、ぼくたち西洋人を、なんらかの野獣が変身したものと考えたらしい。もちろん、面と向かってそんなことを言われたことは一度もないがね。

ウィリアムは鼻の付け根をもみ、読み続ける。

マクファーレンからはこれまでにもいろいろともらったが、レンほど変わった贈り物ははじめてだ。それに少年となれば、やはりペットや動物とは話が違う。レンは仕事をもらえたことに感謝しているようで、書斎を徹底的に掃除するんだ。それこそかたっぱしから戸棚を開けて——

ドアをノックする音がして、ウィリアムは顔を上げる。回診の時間だ。そのあとにはヘルニアの手術が待っている。

その午後ウィリアムがオフィスに戻ると、思いがけない客が待っていて、サンダル履きの足をぶらぶらさせながらデスクの端に腰を下ろしている。ゴム農園主の娘であるリディア・トンプソンだ。さほど親しいわけではないのだが、リディアのほうではどうやら、ふたりの距離感を縮めたいようだ。

デスクには書類が散らかっている。リディアが座ったせいなのか、それとも彼女が勝手にいじり回したのか。数時間におよぶ立ちっぱなしの手術のあとで、ウィリアムはへとへとだ。苛立った顔を、感じのいい落ち着いた表情に変えるのも決して簡単ではない。

「どういったご用件かな、リディア」ウィリアムは、リディアのために椅子を引く。

この小さな町に暮らす外国人同士では、互いにファーストネームを使うのが一般的だ。バトゥ・ガジャ——というよりも植民地であるマラヤ——には、なんらかの個人的な理由で地球の反対側から逃げてきた西洋人がうようよしている。その多くは孤独を抱えているのだが、リディアも明らかにそのひとりだ。噂によると、結婚相手を探しにきているのだとか。まだそれほどの年ではない。おそらくは二十五か六。とはいえ、危険な年齢に差し掛かってはいる。とにかくリディアはこの地に暮らす美女のひとりであり、ボランティアとして、ちょくちょく病院にも顔を出す。

「委員会のあとにメモを忘れていったから」リディアは言う。

ウィリアムとリディアは、ふたりとも脚気《かっけ》の根絶を目指す委員会に入っている。錫《すず》鉱で働く中国系労働者に多い病気で、脚がむくみ、心不全を起こすのだが、原因がはっきりしていないのだ。だがリディアも会合の席で指摘したように、マレー人やタミル人の労働者には比較的少ないという特徴がある。リディアは活動に熱心で、中国系の人々に白米の量を減らすよう、説得を続けているのだ。「原因はビタミンBの不足なんです」リディアは最近の会合でも、声を強め、そう説明した。ウィリアムは、集まった地元民の涼しげな表情に目をやりながら、リディアには、この人たちにとって、白米が社会的地位の象徴なのだということがほんとうに理解できているのだろうかと思ったものだ。会合のあと、年老いた中国系の男が、ウィリアムに向かってうなずきながらこう言った。「奥さんはがんばってくれておる」

「妻ではありませんよ」ウィリアムは微笑《ほほえ》みながらそう返した。

「ならば、妻にしたらいい。じつにいい娘さんだからな」

最近、リディアと一緒にいる機会が増えるにつれ、その手の誤解をされることも多くなっている。チャリティオークションのときにも、リディアに付き添ったのはウィリアムだった。気を持たせるようなことはすべきでないとわかっていながら、夕食会のあとに何度か車で送っていったこともある。ついつい女性にはやさしくしてしまうのがウィリアムの弱点なのだ。身に着いた習慣というのは、なかなか直らない。アイリスはどう思うだろうか。自分のオフィスにいるリディアを見つめながら、ウィリアムの頭には、ふとそんな思いがよぎる。

「そのメモなら別にいらなかったんだが」リディアとは少し親しくなり過ぎたようだ。ウィリアムはいまさらながらにそう思う。

「あら、でも、ついでがあったから！　どちらにしろ、父の薬を取りにくる用事があったの」

「お父さんの体調はどうかな？」

「だいぶよくなったわ。あなたのおかげね」

ウィリアムは、簡単な胆嚢《たんのう》の手術だからだれがやっても変わらないと正直なところを伝えるのだけれど、リディアはきいているのかいないのか、ただニコニコ笑っている。清掃係の女がトレイを手に入ってくる。その上にはティーカップがふたつ。受け皿には、ダイジェスティブビスケットが添えられている。ウィリアムはため息を口のなかで押し殺し、リディアにティーカップを差し出す。

「今日は忙しかったの?」リディアが明るい口調できく。

「いや、それほどでも。だが、ちょっとしたなぞなぞを出されたよ」

「どんな?」

「午前中、ぼくのうちに急患が運び込まれたらしいんだが、オーダリーに手当てをしてもらったというんだよ。だが、医療知識のあるオーダリーなんて、ぼくの家にはいないんだ」

「あら」リディアが顔をしかめる。

午後の回診で、その若い患者を見たときには驚いた。可愛らしいシンハラ人の娘で、たどたどしいマレー語と英語を組み合わせながら、その日の午前中、ウィリアムの家で受けたという手当てのことを話してくれたのだ。いいえ、と娘は言った。気絶していたから、だれがやってくれたのかはわからない。でも、白い制服を着ていたわ。ここまで連れてきてくれた叔父さんなら知っているだろうけれど、もう帰ってしまったから。ウィリアムは、自分でもその傷を確かめてみた。重たい鉄の鍬《くわ》で、ふくらはぎをザックリ切られていた。深い傷だから、大量に出血したはずだ。止血がされていなければ、死んでいたかもしれない。

リディアの声が、ウィリアムをハッと現実に引き戻す。「それで、なぞなぞは解けたの？」

「いや、そのとき、ぼくは家にいなかったからね」

何もリディアが嫌いなわけではない。それどころか、勤勉で有能な女性だと思っている。たとえば粉ミルクが地元の子どもたちに行き渡るようになったのも、リディアの働きがあったからだ。けれどある理由があって、リディアを見ていると、ウィリアムはうしろめたい気分になってしまう。おそらくはリディアの持っている色彩のせいなのだろう。明るい髪や肌の色が、あまりにもアイリスに似ているのだ。ただし瞳の色は違う。アイリスの瞳はグレー。リディアの瞳は、強烈に明るいブルーだ。

「だけど今朝、ゴム園を散歩していたわよね？　だれかを探しているように見えたけれど」

罪の烙印でも押されたかのように、ウィリアムの首がサッと赤くなる。いや、何も見られてはいないはず。少なくとも今朝は大丈夫だ。さっさと紅茶を飲んで帰ってくれ。ウィリアムの願いもむなしく、リディアは話を続ける。「新しくハウスボーイを雇ったときいたけれど——マクファーレン先生のところから来た子なんでしょ？」リディアは、ウィリアムの興味を引いたことに気づいて、こう付け加える。「あの老先生が引き取ったのは、その子に、呪われているという噂があったかららしいわ」

「呪われてるだって？」

「迷信のたぐいでしょ。それにカムンティンでは、いくつか変死が続いていたから」

「変死というのは?」

「この一年で、少なくとも三人が虎に食い殺されているの。同じ虎の仕業《しわざ》だと言う人もいるわ」

「人食い虎か」ウィリアムは椅子の背にもたれかかりながら思う——リディアはほんとうにぼくのことが好きなのか、それとも単に落としたいだけなのか。彼女の好意の見せ方には、ときに、底意地の悪いものさえ感じるのだ。

「ちまたでは霊虎だと言われているわ。霊虎には銃弾も効かなくて、亡霊みたいに消えたりもするんですって。犠牲者はすべて女性。しかも若くて、髪が長いの」見つめられているうちに、リディアの頬の高いところが、少女のように赤く染まる。「バカだと思っているのね」リディアは言う。「でも、この国は迷信にあふれているから」

「亡霊なんてものはいないんだよ、リディア」

そう、いないんだ。ウィリアムは自分にもそう言いきかせる。


日が変わり、土曜の朝、ウィリアムはレンを書斎に呼ぶ。午前中も半ばの時間になっていたので、レンはビクビクしながらも、ボーンチャイナのティーカップとマリービスケットを並べた皿を、軽食用にと持っていく。

「レン」とウィリアムは言う。「これを整理してもらえるかい?」

レンがこわごわ視線を向けたデスクの上には、昨日使った医療キットが広げられている。包帯、ヨードチンキの瓶、クロロダイン、チンキ剤、それから金属製のさまざまな道具。デスクの片隅にある半分空になった過酸化水素水の瓶が、まるでレンを責めているかのようだ。レンは手際よく包帯を巻き上げ、マクファーレン先生に教わった通り、瓶を用途ごとに並べていく。毒性のあるものと催吐薬《さいと》は、間違って使われることのないよう箱の内側の収納スペースに。常に消毒の必要があるメスとハサミはまた別の仕切りに。太い中空針は、アルコールを満たした小瓶のなかへ。熱湯殺菌しておいた注射器を片付けるあいだも、レンの手は小さく震え続けている。

整理を終えようとしたとき、ウィリアムがレンに声をかける。「何をしているのか、きちんと理解できているようだな」

レンは目を上げる。いつものように、ウィリアムの表情からは何も読み取ることができない。けれど、怒ってはいないようだ。

「昨日、女性の急患を治療したのはおまえなのか？」

「はい、トゥアン」

「じつに見事な手際だった。彼女はおそらく、足を切断せずに済むだろう」

レンはもじもじと体を動かす。

「止血はしてあったのか？」

「はい、でもきつ過ぎたし、傷にも近くて」

「それで、おまえはどうしたんだい？」

レンはいつもの物怖じも忘れて、どう手当てしたのか説明をはじめる。ウィリアムも真剣な顔できき入っている。マクファーレン先生が死んでからというもの、レンがこんなふうになるのは久しぶりだ。

「今度だれかを治療したいと思ったときには」ウィリアムが言う。「その前に知らせなさい。ぼくが監督をするから。文字は読めるのか？」

レンはうなずく。

ウィリアムの片眉が持ち上がる。「そうか。明日は日曜だな。もしも半休を使って基礎の勉強をする気があるのなら、明日の午後、付き合ってやろう」


レンを下がらせると、ウィリアムは部屋を出て、木製のベランダの手すりから身を乗り出す。猿の群れが甲高い鳴き声で朝の静けさを切り裂いては、木々の枝を震わせながら森のなかを通り過ぎていく。白黒の体を閃《ひらめ》かせ、怒ったように飛び立っていくのはサイチョウだ。ウィリアムは首から双眼鏡をぶら下げて、ベランダのステップを、庭師がプライドをかけて手入れした芝生へと下り、さらに下生えのなかへと向かいながら、ふとマクファーレンの手紙のことを思い出す。レンのことを興味深い少年だからと、震える筆跡でそう推薦していたが、あの少年は、まだほかにも驚きを秘めているのだろうか？

ウィリアムが望めば、チャンカットの西洋人地区のほうに家を見つけることもできるだろう。だが、ほかの家から遠いことに不便は感じていない。家のそばには象の古い通り道があるものの、象を目にしたことは一度もない。昨晩の雨で、赤土がぬかるんでいる。

そのなかに虎の足跡を見つけて、ウィリアムはピタリと足を止める。家の近くで見るのははじめてだ。足跡のなかに踏みしだかれた草がまだ青々としているから、そう時間はたっていないはず。虎は、人のいる町にこそ滅多に近づかないが、密林の奥深くにはたくさん生息している。熟練の虎追いであれば、足跡から虎の年齢や健康状態まで言い当てることができるだろうが、大きさと形から、ウィリアムにも雄だということくらいは見当がつく。

マレー連合州鉄道の監視員から、有能な労働者のひとりを虎に連れ去られたという話をきいたことがある。労働者たちは十二人ひと組で仮設小屋に雑魚寝《ざこね》していたそうだ。その労働者は、地元民にしては体格がよく頑強で、小屋の真ん中あたりに寝ていた。風を入れるためにドアは開けっ放しにされていたのだが、朝になると、その男がいなくなっていた。見つかった虎の足跡を五百メートルくらいたどったところで、男の頭、左腕、両脚が発見された。胴体と内臓は食われてしまったのだ。つまり事件の夜、虎は音も立てずに忍び込むと、寝入っている男たちのなかから、一番おいしそうな獲物を物色したことになる。

こんなことなら番犬を飼っておけばよかった、とウィリアムは思う。家には古いパーディのショットガンがあるのだが、装塡はされていない。日が暮れたら外に出ないよう、アーロンとレンに警告しておかなければ。家のほうを振り返ると、ベランダにアーロンの姿が見える。

「トゥアン！」アーロンが叫ぶ。「病院からで！」

その週末は、病院で何かあったら呼び出しに応じる当番になっていたので、ウィリアムは慌ててステップを駆け上がる。「何かあったのか？」

アーロンはマレー語も下手だが、英語はもっとひどい。これからはレンを電話に出させよう。ウィリアムはそう思うけれど、その伝言については、アーロンの英語でも充分に事足りる。

「死人が出たです」

ウィリアムは視界の隅で、目を見開いたまま蒼白になっているレンの顔を捉えている。レンは、ひどく怯えているようだ。


運転手のハルンが休みの日だったので、ウィリアムは自らの運転で現場に向かう。金曜日の朝に散歩をしたゴム農園だ。死体が発見されたという最低限のことしか、いまのところはわかっていない。地元民の死因はたいていがマラリアか結核だが、蛇に嚙まれるなど、事故による死も多い。

ゴム農園の経営者であるヘンリー・トンプソンは、リディアの父だ。ウィリアムは車を寄せながら、小さな人の固まりに目を向ける。ほっそりしたトンプソンのそばには、がっしりした背の高いシク教徒の警官と、その部下であるマレー人の姿が見える。警官は、マレー連合州警察のジャグジート・シン警部だと名乗る。英語が流暢《りゅうちょう》だから、おそらくはインド軍から採用されたのだろう。マラヤには訓練された警官が少ないため、インド軍出身の警官が多いのだ。

「死体が発見されたのは正午過ぎです」警部は言う。「なんらかの動物に襲われたように見えるが、犯罪の可能性も捨て切れない。ローリングズ先生が捕まらないものでね。死体を動かす前に、死因の特定をしておきたいんだ」

一同は、ゴム農園の奥へと歩きはじめる。木々の並びはどこも同じように見えるので、ウィリアムは自分でも、このあたりまで来たことがあるのかどうか、わからなくなってしまう。

「発見者は？」ウィリアムがたずねる。

「樹液を採取する労働者のひとりです」

ほっそりした顔に不安そうな表情を浮かべ、足元の枯れ葉を見つめたまま黙々と歩いていたトンプソンが、口を開いて沈黙を破る。「犠牲者がうちの人間かどうかもわからないんだ。点呼をしてみないことには」

「どうして犯罪の可能性があると？」ウィリアムが言う。

警部はためらう。「それはなんとも。なにしろ、死体がほとんど残っていないもので」


現場には、下生えに隠れるようにくぼみがあって、そのそばには、見張りに残されていた警官がうずくまっている。サッと立ち上がったところを見ると、いかにもホッとしているようだ。トンプソンは、「もう一度見る必要はない」と言って近づこうとしない。

ウィリアムは近づいていく。下生えから、ほっそりした腕が突き出していて、灰色にくすんだ肌の上を蟻《あり》の行列が這いずり回っている。ウィリアムは低いところに張り出した鞭のような枝を持ち上げながら、藪《やぶ》をかき分けて進む。

「死体を動かしましたか？」ウィリアムは顔だけで振り返り、そう声を上げる。

「いや」

ウィリアムは、かつては女だったはずのものを見下ろす。開かれた両腕は、まだ胴体とつながったままだ。緑のブラウスの名残が、片側の肩を覆っている。その薄いコットンの下には、つぶれた胸郭《きょうかく》が、白い骨の端と、血だらけのうつろな闇をのぞかせている。傷口の端から剝がれはじめている肌は、皮膚というよりゴムのようだ。骨盤から下の体は残っていない。

「頭部は？」ウィリアムは吐き気をこらえながらたずねる。死体は、どことなく甘く不快な腐敗臭を漂わせながら、這い回る蛆虫《うじむし》でちらちら光っている。かなりの大きさだし、熱帯で蛆がかえるには八時間から二十時間かかることからも、おそらく死亡時刻は木曜日の夜から金曜日の朝にかけてだろう。

「まだ見つかっていない」警部は、風上に立って臭いを避けている。「半径約五百メートルの範囲に捜索をかけているところだ」

もう一度だけ、強いるようにして死体に目を向けながらも、ウィリアムの見立ては決まっている。「野獣の仕業でしょう。胴体の深い傷は歯の跡のようだ。頸椎《けいつい》が断ち切られているし、肩にも歯型が残っている。おそらくは首に嚙みつかれ、窒息死したのではないかと」

「だとするとそれは――ヒョウ、それとも虎かな？」

マラヤでは、虎よりもヒョウのほうが一般的で、数も十倍と多い。ウィリアムも、飼い犬をヒョウに食われてしまった家を何軒か知っている。

「たぶん虎だな。ヒョウにしては歯型が大き過ぎる。それに脊椎《せきつい》を嚙み砕くには、顎の力がかなりいるので。それについては、ローリングズに確認したほうがいいかと——検死解剖は彼がするんですよね？」

病院の病理学者であるローリングズは、検死官としてこの死体を詳しく調べ、その秘密を探ることになるだろう。ウィリアムは吐き気を少しでもやわらげようと、ポケットからハンカチを出し、口元に押し当てる。

「足跡が残っていないんだ」シン警部が言う。

現場の周りには枯れ葉が厚く積もっている。土の出ている部分がなければ、足跡を見つけるのも難しいはずだ。

「おそらくは、どこか別の場所で殺されたのだと思う」警部は言う。「血の跡もさほど残っていない。また戻ってくるつもりで、死体をここに残していったのだろう」

肉が腐敗してからでも、虎が繰り返し、死骸の元に戻ってくることは、ウィリアムも知っている。虎の行動範囲が数キロにおよぶことを考えると、死体のほかの部分を見つけるのはかなり難しいだろう。ウィリアムはふと、家の近くに残っていた、まだ新しい虎の足跡のことを思い出す。

「虎追いと、犬を何頭か手配しよう」シン警部が言う。「だが、このケースにはどうも変わったところがあるな。虎のわりには、ずいぶん食い残していると思いませんか？　虎ってのは、たいていは手脚ではなく胴体から平らげるもんだ。だがこの死体の胴体は、大部分がまだ残っている」たいていのシク教徒はそうだが、警部も背が高くて手脚が長く、頭に巻いた白いターバンのせいでますます堂々として見える。その琥珀《こはく》色の鋭い瞳は、死体を見つめたまま動こうとしない。

最後にもう一度だけ死体に目を向けた瞬間、ウィリアムの体がハッと硬くなる。死体の、食われずに残った左胸に痣がある。灰色の肌に盛り上がった、蝶の形のケロイド。間違いない。あの痣を指でなぞるために、何度も金を払ってきたのだから。ウィリアムは慌ててハンカチを口に押し当てるけれど、今度はそれも役に立たない。

ウィリアムは下生えから飛び出すと、木のそばに立って嘔吐《おうと》をはじめる。

10

六月七日（日）
イポー

みみず腫れのできた顔で洋装店に戻るころには、片目の周りも黒い痣《あざ》になりはじめていた。できればこっそり入りたかったのだけれど、タムさんが鍵の音に気づいて、向こうから玄関を開けた。

「その顔！　ジーリン、いったいどうしたの？　喧嘩でもした？　お医者さんには行ったの？」

わたしは足を滑らせて転んだのだと言った。ひどい言い訳なのはわかっていたので、てっきり質問攻めにされるかと思いきや、驚いたことにタムさんは口をつぐんだままだった。それからタムさんはわたしを見つめ、こう言った。「ファリムに帰っていたのよね？」

「はい」

「お父さんに会ったの？」

タムさんの顔に哀れみがよぎったのを見て、なるほどと思った。タムさんもやっぱり、継父の噂は耳にしているのだ。思わずヒステリックにクスクス笑い出しそうになってしまった。少なくともこの週末の出来事に関していえば、継父はこれっぽっちも悪くないのだから。それにじつのところ、あの男がわたしに手を上げたことは一度もない。そんな必要はなかった。

そもそものはじめから、継父は、娘のしつけなど自分の仕事ではないとみなしていた。それは母さんの役目であって、わたしに対して少しでも気に入らないことがあれば、継父はただ、ちらりと母さんに目を向ければいい。すると母さんが唇を噛んで、そっとわたしを叱るのだ。最初のころはそれに伴う犠牲に気づかないまま、大声で歌ったり、口笛を吹いたり、継父に口答えしたりした。そうやって継父の機嫌を損ねたあとには、継父と話し合った母さんが、蒼白な顔をして、そっと手首を押さえながら姿を現すのだ。指の食い込んだ跡が、痣になって二の腕に浮いていることもある。シンを折檻《せっかん》するときのようにあからさまにはやらないし、母さんも決して口にはしない。けれど母さんもわたしも、継父の眉間の真ん中に深い縦ジワが刻まれ、小鼻が白くなったときには、危険が迫っていることを学んでいた。

継父は自分のやり方を心底正しいと思っているのかもしれない。息子は鞭で叩いてしつけるべきであり、妻は自分の立場を心得るべきであると。わたしにはよくわからないし、正直、継父のことなんか理解したくもない。ただひたすら、あの男が憎いだけだ。

自分の部屋にある小さな鏡を見たときには、我ながらがっくりきてしまった。左の頬骨のあたりが腫れ上がり、長いひっかき傷も何本かできている。片目の周りには、シンの予告通り、立派な痣がにじみつつあった。うなだれながら、また頭のなかで計算をはじめた。ダンスチケットは一枚五セントで、そのうちの三セントがわたしの取り分になる。今月の借金返済には、あと七十五セント必要だった。心配で胃がおかしくなりそうだけれど、とにかくこんな顔では働けっこない。店に出てじろじろ見られるのもいやだし、ホイに頼んで、今度の水曜日は出勤できないとママに伝えてもらおう。そこで次の日、洋装店での仕事を終えると、わたしはホイに会いに行った。

　ホイは夜にときどき、ダンスホールとはまた別の仕事に出ていたりするのだけれど、たぶん今日は家にいるだろうと思った。ホイはわりと近くに住んでいる。そもそも、そうでなければ仲良くなることもなかっただろう。ホイがタムさんの店にドレスの直しを持ち込んで、それをまかされたのがわたしだったのだ。素敵なドレスだった。ターコイズ色の、海の泡を思わせるようなふわふわの軽やかなドレス。そこでわたしは、いったいどこに着ていくのかとたずねたのだ。

「ティーダンスよ。行ったことある?」ホイが言った。

　なかったけれど、ダンスのレッスンなら受けたことがあった。

「あなた、ダンスに向いてそうだわ」そんなことをおしゃべりしているうちに、わたしの手元が狂って、タムさんの保守的なガイドラインよりも少しだけドレスの裾を短く裁《た》ち過ぎてしまった。ホイは笑いながら、全然気にしないで、短いほうがいいくらいだからと言った。その理由を知るのはもっとあとになるけれど、わたしたちはすでに友だちになっていた。

　ホイはパングリマ・レーンという、イポーでも一番細い通りに住んでいる。せせこましい家が押し合いへし合いしながら立ち並び、首を上げると、洗濯物が陽気な旗のように揺れている。三十年前には、娼館《しょうかん》、賭博《とばく》小屋、アヘン窟《くつ》の集まる場所として知られていたのだが、いまではほとんどが住居に変わった。広東語だと〝愛人小路〟のような意味の名前がついているのだけれど、逢引するにはひどい場所、なんて思ってしまう。なにしろ建物同士が近いので、上の階に行くと、隣の建物の部屋が簡単にのぞけてしまうのだ。

「ホイ！」わたしは家の前で叫んだ。

「上にいるよ」大家が上階の表側の部屋を身振りで示した。ビンロウの実を噛んでいるせいで口が赤く染まり、なんだか吸血鬼みたいだ。ホイはベッドの上で腹ばいになり、新聞を読んでいた。薄いコットンのスリップ姿で、顔はすっぴんのまま、クリームでツヤツヤしている。

わたしの顔を見るなり、ホイが目を丸くした。「だれと喧嘩したの？」

「どうしてわかったの？」わたしはナシレマをふたつテーブルに置いた。カレー風味の鶏肉とサンバルチリを、ココナッツライスと一緒にバナナの葉で包んだものだ。ホイの部屋は、タムさんの店に借りているわたしの部屋よりも広いけれど、ルージュの瓶やおしろいや雑誌などで散らかっている。

「そのひっかき傷――いかにも女同士で喧嘩しましたって感じだもの。何があったの？」

わたしはナシレマを前に、前日の出来事を説明した。

「だったら、その奥さんにやられたってわけね」ホイがバナナの葉を嬉しそうに開いた。

わたしはため息をついた。「まあ、文句は言えないかな――奥さん、ものすごく取り乱していたから」

「だからやめとけって言ったのに！　まさかひとりじゃなかったんでしょうね」

「きょうだいがついてきてくれた」

「きょうだいがいるなんて知らなかった。あなたと似てるの？　似てるんなら会ってみたいな」ホイはわたしのおしゃれなショートカットがお気に入りで、もっとかっこよく見せようと、わたしにはなじみのなかったポマードを使ってセットしたりしてくれる。

「全然似てない。そもそも継きょうだいだから、血はつながってないの」

「そっか」ホイは鼻の周りにシワを寄せた。家の事情については話さないようにしているのだけれど、ホイも、継父についての噂は耳にしているようだ。「ぶさいくなの？」

「ううん。結構いい男だよ。少なくとも、ファリムの女の子たちはそう思っているみたい」わたしが目を丸くして見せると、ホイはプッと噴き出し、クスクス笑いはじめた。

「とにかくね」ホイが言った。「どっちにしろ、しばらく休んだほうがいいって言うつもりだったの。日曜日に、あなたを探しにきた男がいたのよ。それもルイーズじゃなく、本名のほうで」

わたしは気が滅入った。うっかり本名を教えてしまった客なんて、あのセールスマンのほかにはいなかった。「どんな人だった？」

「中国系で、病院のオーダリーだって。ジーリンなんて名前の人、この店にはいないと言っておいた」

わたしはホイを抱き締めたくなった。「それで？」

「そのまま帰ったわ。たぶん、あの指を探しているんじゃないかしら？　結局、奥さんに返したの？」

「受け取ってくれなかった」あの小さな木造の家で、床に泣き伏した奥さんが女の顔をした蛇のようにもだえていたのを思い出し、わたしはますます不安になった。

「じゃあ、いまはだれが持ってるわけ？」

「きょうだいが預かってくれてる」シンは、あの指をどうするつもりなんだろう？

ホイがため息をついた。開いた窓からは暖かな夜のそよ風が入り、自転車のベルと、通りを行き交うカツカツという足音がきこえてくる。「そこまで頼れる人がいるなんてすごいことだと思うな。わたしがこれまでに出会った男たちときたら、ほんと、うんざりしちゃうのばっかりだから」

これまでそんなふうには考えたことがなかったけれど、確かにその通りかもしれない。「小さいころからそばにいたからね。でも、いまはそうでもないの。ものすごい女ったらしになっちゃったし」

ホイがにぎやかに笑った。「まさか、そこまでひどくはないんでしょ」

わたしはとりあえずにっこりして見せた。「これから何か月か、バトゥ・ガジャの病院で働くことになったんだって」

「バトゥ・ガジャ？」ホイが新聞を振って見せた。「このニュースは読んだ？　土曜日に、死体が見つかったんですって。人食い虎がどこかにいるのよ」

印刷にギリギリ間に合わせたのか、ごく小さな記事だった。バトゥ・ガジャのゴム農園で死体が発見された。頭部のない、胴体のみの状態で、発見者はゴム農園の労働者。

虎。新聞にはときどき、むごたらしい死のニュースが出る。ニシキヘビに絞め殺されたり、ワニの餌食になったり、象に踏み潰されたり。けれど、虎となるとまた話は別だ。密林に入る人々は、虎にダトゥクと敬称をつけて呼びかけ、なだめるための呪文を唱える。多くの人間をむさぼった虎は、人間の姿を得、人間のなかに紛れ込むことができるとも言われている。

シンとわたしにはなんの関係もないニュースなのに、どういうわけかまた、あの冷たい影のようなものの存在を感じた。その影は、胸のなかにある恐怖の池の深みで、何かを探すかのように揺れていた。

金曜日になるとひっかき傷は消え、目の痣も緑がかった黄色になっていた。しかも腫れは引いていたので、これなら念入りに化粧をすれば、ダンスホールの午後のシフトに出られそうだ。とにかく、どうしてもお金が必要だった。頭のなかでは赤い数字の列がスクロールを続け——全然足りないと訴えている。もしも返済が滞《とどこお》れば、借金取りが、嫌がらせのような督促《とくそく》状を家に送って寄越すかもしれない。指の件で見知らぬ男がわたしを探しているという話が気になったけれど、だとしてもたいしたことはないと自分に言いきかせた。それにその男はもう、メイフラワーを当たるべきリストからはずしているかもしれない。

なんだか時の流れがゆっくりな午後だった。外は焼けつくような日差しだったから、薄暗くひんやりしたダンスホールでは、冷たい飲み物がどんどん売れていた。椅子に座ったままおしゃべりをしているあいだに、二曲ほどが過ぎた。金曜日にはホイがいない代わりに、ローズとパールという友だちがいる。ローズは夫を亡くしていた。パールは、本人は決して言わないけれど、おそらく夫から逃げてきたのではないかと思う。もちろん、ふたりとも本名ではない。わたしだって、ほんとうならメイとかリリーとか、本名の堅苦しい中国名とはまったく別の、軽やかな可愛らしい名前で呼ばれたいのだけれど、すっかりルイーズで定着してしまった。じつのところ、客たちは髪型を見て、わたしを指差しながらこんなふうに言うのだ。「あの、ルイーズ・ブルックス似のこにしよう」するとわたしは立ち上がり、まるで今日が誕生日のようににっこりして見せるのだ。

その日は、わたしがルイーズになって五十三日目だった。五十三は広東語だと〝生きられない〟を連想させる音を持つ。またしても不吉な数字の日だし、あの不運なセールスマン、チャン・ユーチェンと踊ってからは九日がたっていた。ローズが、幼い娘の咳がひどくて昨日は全然眠れなかったという話を終えたところで、いきなりこう言った。「あ、またあの男だわ!」

客のひとりが、こちらをじっと見つめていた。顔が細く、万力で締めつけたかのように顎がゆがんでいる。きっとホイが言っていた男だと思い、逃げようと立ち上がったけれど、男のほうが早かった。

「踊ってもらえるかな?」

わたしはためらったけれど、ママがワシのような目でこちらをにらんでいる。断る理由がないまま、胃が不安にひきつれた。驚いたことに、男はダンスがうまかった。フロアを二周ほど踊り、何も心配することはなかったのかもしれないと思いはじめたとき、男がこう言った。

「ジーリンだね」

「そう呼びたいんなら呼んでもいいけど」わたしは笑顔を作った。「わたしの名前はルイーズよ」

「先週、ある物を拾ったはずの女性を探している。うちの家宝なんだ」

わたしはいっそ、何もかも話してしまいたくなった。セールスマンの家族に対する義務はもう果たしたはずだ。けれど、肝心の指が手元になかった。仮にシンが捨ててしまっていたら、この男は激怒するだろう。わたしは話をつなぐことにした。「いったいどんなものなの?」

「中国にいたころの祖先の指で、先祖代々、家に伝わってきたものなんだ。先週、友だちに貸したところ、ここでなくしたというから」

「指?」わたしはぞっと驚いたふりをした。男が探るようにこちらを見ている。この男は嘘をついているんだろうか。セールスマンの妻は、夫があの指を手に入れてから三か月にはなると言っていたけれど。「みんなにきいておいてあげるわ」

「何かわかったら」男はわたしをじっと見つめながら言った。「ここに伝言を残してくれないかな」男はリーチ通りにあるコーヒー店の住所と一緒に、自分の名前をメモした。Y・K・ウォン。

「見つけてくれたら、謝礼をさせてもらうよ。感傷的な思い入れがあるんだ」ウォンが、鋭い歯を見せながら微笑《ほほえ》んだ。

その後ウォンは、別の何人かとも踊った。あとで確認したところ、みんなも同じ質問をされたらしい。きみの名前はジーリンか。何か拾わなかったか。けれど、指の話をされた人はほかにいなかった。そういえば、ウォンは店に入るなり、まっすぐわたしのところに来た。そう思った瞬間、うなじがゾクリとした。

「今日出てくるとは思わなかったな」曲の合間に、ローズがせわしなく自分を扇ぎながらこう声をかけてきた。楽団の面々は、眉のあたりをぬぐいながら炭酸水を飲んでいる。おしろいをはたいているにもかかわらず、ローズの額は、寄せ木細工の床にも負けないほどテカっていた。おそらく、わたしの顔も似たり寄ったりだろう。

「お金がいるものだから」

「だったら」ローズが言った。「余計に稼ぐ気はない?」

わたしはかぶりを振った。「呼び出し《コールアウト》はやらない」

〝コールアウト〟というのは、男が買い物や食事に付き合ってほしいという名目で、店の女と外で会う予約を取ることだ。もうけは大きいけれど、それにはそれだけの理由がある。ママにも最初の段階で、コールアウトには絶対に応じないと念を押しておいた。Y・K・ウォンが本名かどうかは別としても、さっきの一件で、見知らぬ男に対する自分の無力さを痛感したばかりでもあった。しかも店のなかで――周りには人がたくさんいたというのに。

「コールアウトじゃないの。ある人に、私的なパーティに来てくれる女の子を何人か見繕ってくれないかと頼まれちゃって。いかがわしいことは絶対にないからって」

「いかがわしいことなしの私的なパーティなんてありっこないわ」

ローズがにっこりした。「あなたったら、口うるさいおばあちゃんみたいね！　じつはわたしも気乗りしなかったもんだから、店のママの許可を取らないと無理だって言ったのよ。体《てい》のいい断り文句のつもりだったんだけど、その人ったらほんとうにママに頼みにきて、オーケーをもらっちゃったってわけ！」

「ほんとに？」わたしはちょっと信じられなかった。

「ママったら、がっつり手数料を取るつもりなのよ。ちなみに用心棒がひとりと、車の送迎もつくから。出席者に独身の男が多くて、みんな踊りたがるだろうから、四、五人は欲しいというの。場所はバトゥ・ガジャよ」

わたしはためらった。「病院ってこと？」もしそうなら、行くわけにはいかない。いかがわしいバイトをしていることがシンにバレたら大変だ。

「そうじゃなくて、チャンカットにあるだれかのお屋敷」

チャンカットについてならきいたことがあった。バトゥ・ガジャの小高いところにある金持ちの暮らす地区だ。「つまり、パーティの出席者は全員外国人ってこと？」

「気になる？」

メイフラワーの客はたいていが地元の人間だが、何人かは西洋人もいる。贅沢《ぜいたく》なセレスティアル・ホテルと比べればずっと少ないけれど、開店している午後には、ちらほらと姿が見える。たいていは農園主、公務員、軍人、警官のうちのどれかだ。わたしも何回か踊ったことがあって、正直、外国人を相手にするのは緊張する。

けれどそれならママがすんなり許可を出したことや、用心棒や送迎のおまけにも納得がいく。

「ホイも来るし、ギャラは倍よ」

だとすると、稼ぎそこねた分の埋め合わせができる。それに、身を守ることにかけては慎重なホイが参加するというのなら、わたしが行っても大丈夫だろう。


その日の仕事を終えるころには、オレンジ色の太陽が地平線に近いところにかかっていた。パールとローズは夜まで働くシフトだったから、わたしはひとりで裏口から出た。どうしてあんなに何時間も足が持つのやら、とにかくあのふたりは、これから深夜過ぎまで踊り続けるはずだった。

パールには息子がひとり、ローズにはまだ幼い娘がふたりいる。子どもたちは暗闇のなか、燃え尽きてしまったオイルランプを見つめながら、ママの帰りを待っているのだろうか。母さんが再婚をしなければ、わたしだってそういう思いをしたのかもしれない。とはいっても、母さんがダンスホールで働くところなんて想像もできないけれど。母さんはあまりにも内気でだまされやすい。そんなだから、麻雀《マージャン》遊びをしただけで大きな借金を抱え込んでしまうのだ。わたしはこれで百回目くらいになるけれど、母さんの借金は、純粋に全部負けたせいなんだろうかと考えずにいられなかった。ほんとうは、何かしらのいかさまにあったのかもしれない。

借金を返し終えたら、お金を貯めて、教師になるための勉強をするつもりでいる。継父が反対したって関係ない。継父だってゆくゆくは、行き遅れた娘をいつまでも家に抱えているくらいなら好きにしたらいいと思うようになるはずだ。なにしろ、結婚するつもりはないと言ってある。母さんからは、そろそろ世話人に相談してみたらと突っつかれてはいるのだけれど。とにかく、遠いむかし、まだ子どもだったころ、シンの部屋でひそかに交わした約束はいまだに健在なのだ。結婚なんかしたって、何かいいことがあるとは思えなかった。好きだった人が別の女性と結婚してしまうとなればなおさらだ。

いまさらミンとの結婚を望んでもしかたがないけれど、ものすごく意地悪な気分になっているときには、ミンが婚約者に捨てられたところを想像してみたりする。でなければミンがふと、何もかも間違いだったと気づいて、わたしにプロポーズをしてくれるとか。想像のなかのミンは、重たそうな黒い自転車に乗り、まとまりにくい髪を逆立てながら、ほこりっぽい通りを近づいてくる。「ジーリン」ミンはまごつきながらも真剣な表情を浮かべ、あの堅苦しい口調で言う。「話があるんだ」そこでわたしは走り――いや、しとやかに階段を下りて、胸をドキドキさせながらミンの話に耳を傾ける。素敵な台詞《せりふ》ならいくらだって思い浮かぶはずなのに、ここまで来たところで必ず想像力がなえてしまう。そんなことには絶対にならないのがわかっているからだ。婚約者を見つめていたときのミンの瞳。あんなふうな目でわたしを見てくれたことは一度だってなかった。

メイフラワーはイポーの端にあって、タムさんの店からはかなり遠い。思っていたバスには乗れなかったので、暗くなりはじめてはいたけれど、途中まで歩くことにした。夕食時で、焼き魚の香りに鼻をくすぐられたり、ラジオから流れるチャイニーズオペラのひっかくような音色がきこえてきたりする。通りを横切るとき、突っ込んできた自転車を危ないところでなんとかかわした。その瞬間、目の隅に、自分をつけているらしき男の姿が飛び込んできた。けれど暗過ぎて、顔まではわからない。

ホイを含めた同僚たちから、客のなかには、ときどき表で待ち伏せしているのがいるから気をつけるようにと言われていた。パールなんて家までつけられてしまい、母親が包丁をかざして脅しつけたという。

「それで男は帰ったの?」わたしはそうきいてみた。

「母さんが、うちのだんなは肉をさばくのがうまいんだからね、と怒鳴りつけて追い払ったの!」

そのときは笑ったけれど、いまは心から、自分にもそんな身内がいればと思った。つけてくるのが何者にせよ、慎重に距離を取っている。こちらがペースを速めると、向こうも速める。足を止めると、柱のうしろにするりと隠れる。わたしは竹のすだれをひょいとくぐり、雑貨屋に入った。所狭しと棚が据えられ、菓子類の入ったガラスのジャー、鋳鉄《ちゅうてつ》製品、木のサンダルなどがびっしり並んでいる。年のいった、白いランニングシャツ姿の店主がいて、もう閉店なんだと声をかけてきた。

「お願い」わたしは言った。「裏口を使わせてもらえませんか？　男につけられていて」

店主がうなずいたところをみると、わたしはよほど怯えた顔をしていたのだろう。「行きなさい。台所の先だ」

細長い建物の奥に進むと、魚のスープと炒めた豆腐を前にテーブルを囲んでいた家族が驚いた顔をしたけれど、わたしはあやまりながら足を速めた。裏口は、店舗に挟まれた細い路地に続いていた。できるだけ早く立ち去るべきだとは思いながらも、せっかくのチャンスという好奇心に勝てず、わたしはこっそり角からのぞいてみた。

尾行者は雑貨屋を見つめていた。店のシャッターが閉まりはじめると、わたしがまだ店から出てきていないはずなのにと、明らかに困惑した顔になった。だれだかはすぐにわかった。やっぱり。指を探していた細面の若い男。Y・K・ウォンだ。思わず肩がこわばった。なんにしろ、しばらくはメイフラワーに行かずに済む方法を考えないと。

わたしは雑貨屋をむなしく眺めている追っ手を残し、そのほこりっぽい通りを急いで遠ざかりながら三輪自転車を止めた。あいつができるだけ長くあそこにいてくれることを祈った。ビロードのような黄昏《たそがれ》のなかに、軽やかな自転車のペダルとタイヤの音をききながら目を閉じた。この土地を離れて、どこか別の場所で一から人生をやり直せたらいいのに。心の底からそう思った。

店に着くと、驚いたことにタムさんが手前の居間で待っていた。気を高ぶらせ、なんだか少し怒っているようだ。そのおなじみの表情に、わたしは気分が沈んだ。

「どこに行ってたの？」タムさんが言った。

「週末なので」いつもの金曜日に比べて、とくに帰りが遅いわけではなかった。

「この家のルールのひとつ」鳥に似たタムさんの顔が、憤慨したように赤らんでいた。「男性客は禁止よ。まったく何を考えているんだか、ジーリン、男の人に、ここで待つように言うだなんて！」

わたしはギクリとした。あの謎の男ウォンなら、町の反対側の通りに置き去りにしてきたはずだ。そもそも、どうやってこの店を見つけたっていうの？　まるで怪しい術を操る悪魔みたい。でなければ瓜ふたつの双子が、死神でもしているのかもしれない。

「ずいぶん長いこと表に立っていたのよ。店をちょいちょいのぞき込むものだから、最初はてっきり、うちのお客さんを待っているのかと思ったわ。でもとうとう店に入ってくると、あなたのことをきくじゃないの。外出していると言うと、すぐに帰ったけれど。とにかく、大変なハンサムであることだけは認めざるをえないわね」

「え」ここでようやくピンときた。「それなら、たぶんきょうだいじゃないかと」

「きょうだい？　ちっとも似てはいなかったけれど」

詳しいことは言いたくなかった。なにしろタムさんも、うちの家族についての噂は結構耳にしているようで、もっと掘り出せることはないかとしょっちゅう探りを入れてくるのだ。だからわたしは単純にこう返した。「よくそう言われます」

「きょうだいなら、どうしてそう言わないのかしら?」タムさんは憤慨したように言った。

「余計な心配をさせて!」

正直、わたしにもわからなかった。店の住所は母さんからきいたのだろうか。だとしても、こんな遅い時間に来る理由がわからない。まったく、謎だらけの一日だ。

11

六月六日（土）
バトゥ・ガジャ

　レンは不安そうな顔で玄関に立ち、帰宅したウィリアムに「スラマッダタン」と声をかける。おかえりなさいませの挨拶だ。主人の出入りの際には、使用人が玄関に並んで挨拶をするのが礼儀とされている。マクファーレン先生のところでもそうだった。家を出るときに、レンが小さな声でいってらっしゃいませを言ってくれないとなんだか気持ちが悪いと、先生はよくそんな冗談を言ったものだ。今日はレンの隣にアーロンが立っている。ウィリアムの医療バッグを預かりながら、いつもはむっつりしているアーロンの顔が、今日はなんだか生き生きしている。

「トゥアン、虎ですか？」

「おそらくは」ウィリアムが言う。「今日は全部のドアに鍵をかけてくれ。暗くなってからと、朝の早い時間にはひとりで外に出ないこと。おまえもだぞ、レン」

　レンは、先生はなんだか具合が悪そうだな、と思いながらうなずく。顔が魚のおなかみたいに白っちゃけているし、細縁の眼鏡をかけた目も充血している。ききたいことがたくさんあるのだけれど、どうやって切り出したらいいんだろうと、レンはためらってしまう。

アーロンが言う。「死んだのはどこの人で？」

「農園の労働者だ」ウィリアムは片手で両目を覆う。「風呂を使ってくるから、飲み物の用意を頼む。ウイスキーのスティンガーを作ってくれ」

ウィリアムはタイル張りの浴室に入り、水甕《みずがめ》からバケツで水をくんでは体にかけていく。アーロンがレンのほうを振り返って言う。

「スティンガーの作り方はわかるか？」

レンは自信がなさそうな顔だ。瓶に入ったお酒ならマクファーレン先生も飲んでいたのだけれど、作ってくれと頼まれたことは一度もなかったから。

「だったら覚えるいい機会だ。わしが作るのを見ておれ」

〝スティンガー〟という名前は、マレー語のスティンガー、〝半分〟という意味の言葉に由来する。アーロンは厨房《ちゅうぼう》に置かれている、おがくずに埋まった保冷容器から氷の塊を取り出すと、アイスピックで割り、背の高いハイボールグラスに入れていく。

「氷はあんまり小さくしちゃいかん」アーロンが言う。「あっという間に溶けちまうからな」

アーロンは角ばったボトルから、薬効があるという紅茶色の液体をグラスの三分の一くらいまで注いでいく。ボトルには、黒いのっぽな帽子に、白いズボン姿の男の人の絵がついている。〈ジョニーウォーカー・ブレンデッド・スコッチウイスキー〉と書かれたラベルが、なんだか適当に貼りつけたみたいに曲がっている。

「どうしてラベルがゆがんでいるの？」レンがたずねる。

「ゆがんでいるんじゃない。こういうもんなんだ。さあ、よく見ておけ！」

それからアーロンはソーダサイフォンを手に取る。金属製のネットをかぶせたガラスのボトルなのだけれど、レンは一度も触ったことがない。サイフォンから、泡立つソーダが霜のついたグラスに注がれていく。炭酸がツンときて、レンは鼻にシワを寄せる。

「ソーダとウイスキーは一対一だ」それからアーロンは小首を傾げ、耳をそばだてる。「風呂から出たな。ベランダに持っていけ」

チーク材でできた広いベランダは、日差しを遮《さえぎ》る竹のすだれがかかっていて、屋敷沿いに奥までずっと続いている。とくに暑さが厳しい日には、レンがベランダに水をまく。水の蒸発により涼しくなるからだ。ウィリアムはコットンのランニングシャツにサロンという恰好で、籐の安楽椅子に座っている。サロンというのは筒状のゆったりしたチェック柄の布で、腰に巻きつけて着るマラヤの普段着だ。西洋人の多くも部屋着として取り入れてはいるけれど、間違ってもそのまま人前に出ようなどとは思わない。

アーロンもレンも、家のなかでは靴を履かない。裸足でそっと近づくものだから、ウィリアムはレンが来たことにも気づかない。なんだか哀しそうな表情で、物思いにふけっている。レンは、感情があらわになったウィリアムの顔をはじめて目にして、ほんとうは思いやりのあるやさしい先生なのかもしれないと思う。そこで、レンの胸に希望の火が灯る。あの指のことを、直接きいてみてもいいかもしれない――だけどマクファーレン先生は、だれにも話してはいけないと言っていた。

「ウイスキーです、トゥアン」レンは声をかける。

ウィリアムはグラスを取ると、半分ほどを一気に飲んで顔をしかめる。

「あの、どうして虎だと思うのか、きいてもいいでしょうか?」レンの口調が礼儀正しく、とても静かなので、ウィリアムも苛立ちを覚えずに済む。

「ヒョウの可能性もあるんだが、おそらくは虎だろうな。どちらにしろ、検死が済むまではっきりしたことはわからないんだ」

「虎は戻ってくるでしょうか?」

「心配するな」ウィリアムは、目の前の少年に意識を集中させようとする。「人食い虎は滅多にいない。たいていは人間を避けるのが普通で――人間を襲おうとする虎には、老いていたり病んでいるのが多いんだ」傾けたグラスのなかで、氷が軽やかな音を立てる。

「人を襲う虎は、ふたつのタイプに分けられる。ひとつは怯えたり、脅かされたりした結果、一度か二度、人を殺したことのある虎。もうひとつが人食いで、これは定期的に、餌として人間を襲う。今度の事件にからんでいるのがどちらのタイプかはまだわからないし、パニックになる必要もない」ウィリアムは、見えない聴衆を前に弁論でもしているかのように、慎重に言葉を選んで説明してやる。

「虎狩りがあるんですか?」レンは言う。

「虎狩りをしたがるやつはいつだっているからな。おそらくはクラブの会員から、レイノルズとプライスあたりが名乗り出るだろう。だがあの間抜けな連中ときたら、自分の命が懸かっていたってまっすぐには撃てやしない。このあたりで、虎退治に出された最後の懸賞金は七十八海峡ドルだったはずだ」

七十八海峡ドル。レンにとっては、貯めようなんて夢にも思わないくらい莫大な金額だ。それにしても、どうして先生はそんなことまで知っているんだろう。レンはおずおずと、その疑問を口にしてみる。

「ああ、ぼくはこの国に来た当初、それこそ虎に夢中だったんだ」ウィリアムは籐の安楽椅子に深々と体を沈める。今日の彼は、珍しく口数が多い。「マクファーレンとも、その関係で知り合いになったのさ。彼は、面白いことを信じていたんだ」

レンは思い切って口を開く。「先生はいろんなことを信じてました。霊魂とか、虎に変身できる人間のこととか」

「そうそう。コリンチで知られている人虎《じんこ》だな」ウィリアムは何か遠いものでも見るかのように、視線を木々のほうに向ける。「マクファーレンとぼくは、本気で人虎を探しに行ったことがあるんだ。マラヤの人々が時折コリンチ出身の人間に、いかがわしいものでも見るような目を向けるのには気づいていたかい？　それは彼らが、虎に変身すると信じられているからなんだ。何年も前にベントンで、一頭の虎がバッファローを次々に殺したことがあった。そこで檻の罠が仕掛けられ、野良犬をおとりに呼び寄せようとしたんだが、一向に捕まらないのさ」

レンはきき入りながらも、足をもぞもぞ動かす。午後の日に影はどんどん伸びていき、緑の静寂《せいじゃく》を破るものといえば、虫たちの羽音だけだ。

「ある晩、年老いたコリンチの行商人がそのジャングルを通りかかったとき、背後から虎の咆《ほう》哮《こう》がきこえた。怯えながら走りに走って、虎の罠のところまで来たんだ。行商人が罠のなかに這いずり込むと、重たい戸が落ちてきて閉まった。虎は罠の周りをしばらくうろついていたが、開けられないことがわかると、そのまま去っていった。

次の日の朝早く、助けを求める男の声をききつけ、人々が集まってきた。出してくれと頼む行商人に対し、人々は言ったんだ。『昨晩虎が出て、いまはあんたが罠のなかにいる』虎の足跡は、集まった人々によってところどころ消えてしまっていた。つまり虎がほんとうに立ち去ったのか、罠に入ってから人間に姿を変えたのか、なんとも判断しようがなかったのさ。切羽詰まった老人は、もう何年も行商で見知った顔じゃないか、おれだ、わかってくれとすがった。それでも村人たちは、老人がほんとうに人間だと決め切れず、ひょっとしたら虎の化け物で、放した瞬間、自分たちをむさぼり食おうとするのではないかと恐れたんだ」

「それで、どうなったんですか?」レンはたずねる。

「罠の側面から槍を突き入れ、男を殺してしまった」

ウィリアムが黙り込むなか、レンはトレイを持ったまま立ち尽くす。頭のなかは、ききたいことがいっぱいではちきれそうだ。「虎になる人間がいるって信じますか?」

ウィリアムは目を閉じ、指を縦に合わせる。「人間が虎になる話をみていくと、どうにも矛盾だらけなんだ。その手の人間は、必ず聖なる者か、邪悪な者とされている。聖なる存在の場合には、聖獣《ケラマト》であり、守護神的な役割を持つ。邪悪な者であれば、罰として、虎に生まれ変わったというんだな。さらには〝人虎《ハリマウ・ジャディアン》〟の存在も重要だ。これはそもそも人間でさえなく、人間の皮をかぶった虎だといわれている。これだけ矛盾した話が入り乱れているということは、単なる民話なんだと思うね」

ウィリアムが目を開けると、その瞳はギクリとするほど鋭い。まるでどこかからいきなり現実に引き戻されたかのようだ。「今日の事件については心配するな。おかしな迷信に惑わされてパニックになるのが一番よくない。忘れてしまいなさい。真相などだれにもわからないんだから」ウィリアムは小声でつぶやく。「ぼくも忘れてしまいたいよ」

ウィリアムは籐椅子から体を引きはがすと、軽くよろめきながら立ち上がる。レンの心はすっかり軽くなっている。それまで胸を締めつけていた不安が嘘のようだ。魂が消えるまであと二十二日しかないけれど、くよくよ考えたってしかたがない。この新しい先生はとても理性的だし、頭もしっかりしている。話してくれることだって、いちいち納得ができるし。レンはそう思いながら、ウィリアムのあとからしずしずと家のなかに入っていく。

12

六月十二日（金）
イポー

その夜は眠れなかった。あの謎の男、小さな顎と細い目をしたY・K・ウォンのことを考えるだけで頭が締めつけられた。いったい何者なんだろう。わたしを家まで尾行しようだなんて、理由がわからない。先祖代々の家宝とかいう話も信じてはいなかった。あの指を見ていると、五本指の仲間からはぐれてしまったかのようで不安になる。まるで未解決のままの何かを思い出させるメッセージみたいだ。思考が車輪に乗せられたネズミのようにぐるぐる回りはじめたかと思うと、その車輪がいつしか巨大な蛇になっていて、わたしを飲み込もうと振り返った。あえぎ、空気を求めてもだえながら、わたしは落ち、転がり、夢の世界へとトンネルを滑っていった。

この前の夢とは違い、冷たい川を漂っているわけではなかった。今回は気づくと川岸にいた。低木の茂みや、チガヤの鋭い葉をかき分けてみると、すぐそばに川があった。水面《みなも》が日差しにように泥水の煌《きら》めいている。岸に近いところは浅く、水も澄んでいるけれど、真ん中に行くに従い、泥水のようによどんでいる。

それから、この前にも見た駅が目に飛び込んできた。だれも座っていないベンチも、蒸気機関車も同じだけれど、機関車はこの前よりも少し遠くにとまっている。出発しようとしているのだろうか。客車は空っぽで、だれも乗っていない。嬉しそうに窓から手を振ってくれた少年の姿も今回は見えない。ところが駅に着いてみると、あの少年がベンチに座っていた。少年は、抜けた前歯を見せながらにこっとした。

「お姉ちゃん」少年が、礼儀正しくそう声をかけてきた。「こんなすぐに、また会えるとは思わなかったな」

「ここで何をしているの？」わたしは少年の隣に腰を下ろした。

「待ってるんだ」

ニッパヤシの屋根の駅は、涼しくてのどかだ。「何を？」

少年が短い脚をぶらぶらさせた。「大切な人。お姉ちゃんにも大切な人っている？」

もちろん。母さん、ミン、シン。それからホイに、学校の友だち——最近はプライドが邪魔をして、なかなか会う気になれないのだけれど。学校で一緒だった女の子たちは、大半が教師になるための訓練に進み、そうでない子たちは結婚している。自分の人生に苦々しいものを感じているわたしには、みんなの顔を見るのが辛《つら》いのだ。

「だって、ほんとうに大切に思ってる人がいるんなら」少年は真剣な顔で言った。「その人を待っているのはいいんだよ」

　少年の隣に腰かけているうちに、いつしか不安が溶けていた。川からは心地よい風が吹き、日差しを受けて、水面が魚の鱗《うろこ》のように煌めいている。

「もしぼくのきょうだいに会っても、ぼくと会ったことは言っちゃだめだからね」

「わたしの知っている子なの？」なんだか頭が重たくて、いまにもまぶたが閉じてしまいそうだ。

「見ればそうだってわかるからさ」少年がこちらを向いて、まずいというように目を見開いた。

「眠っちゃだめだ！　落っこちちゃうよ」

「どこに落ちるの？」少年の話がわからなくなってきた。

「下のほうにだよ。ここは一番駅なんだ。だめだってば！　起きて！」

　少年がやいやいわめき続けている。ガンガンいう音がますます大きくなってきたので、わたしはぼんやりしながらも、まぶたを持ち上げた。

「起きて！　ジーリン、起きなさい！」タムさんが、部屋のドアをガンガン叩いていた。

　鎧戸《よろいど》の隙間から光が差し込んでいる。一瞬ここはどこだろうと思ってから、ベッドに寝ていることに気がついた。鳥似のタムさんが、羽根を逆立てんばかりの剣幕で飛び込んできた。何かあったらしく、全身から興奮が伝わってくる。

「下に来ているのよ。つまり、ごきょうだいが。あなたを連れ帰るように言われてきたんじゃないかしら」

「そうなんですか？」

「きょうだいならきょうだいで、昨日のうちに教えてほしかったと言ってやったわ。表側の居間で待ってるから」

「母に何かあったんでしょうか？」恐怖に胸を突かれた。シンが迎えにくるだなんて、何かあったに決まっている。

いつかはそんな知らせが来るのではと、常々、心のどこかで恐れていたのだ。タムさんも、わたしの目に不安の色を見て取ったのだろう、やさしい声でこう言った。「いいえ、何か悪いことがあったわけじゃないのよ。わたしもそれを一番に確認したから。身内でお祝いの集まりがあるんですって」

そういう会は、うちでは滅多にない。ましてやお祝いだなんて。仮になんらかの会をするにしたって、堅苦しいだけの席だ。客は継父の友だちばかり。男たちがだらだらと話すなか、母さんとわたしがひたすらお茶を出し続けるような。シンであれば、その手の会をわたしがどう思っているかもよく知っている。そんな苦行のためにわざわざ迎えにくるなんて、絶対にありえない。

「せっかくの機会じゃないの」タムさんが言った。「おめかしして行きなさいな。身につけた腕前を、お母さんに見せてあげるといいわ」

小うるさいにもかかわらず（というよりは、そのおかげかもしれないけれど）、タムさんは洋裁師として優秀なだけでなく、抜け目のない商売人でもある。わたしがおしゃれをして出かければ、店の宣伝にもなるわけだ。そこで早速、わたしの仕立てた服をハンガーから次々とはずし、ブツブツ言いながら物色しはじめた。「んー、これはだめね。これがいいかしら。さあ。ファリムの女の子たちにも、イポーのおしゃれがどんなものか教えてあげるといいわ」

　西洋風のワンピースだった。シンプルながら、優美なデザインが施されている。雑誌の写真を参考に作った一着だ。タムさんはセンスがいい。わたしも、それだけは認めている。

「もしもワンピースのことをきかれたら、必ず店の名前を言うのよ！」タムさんは部屋を出て行きながら言った。「それから、ちゃんとお化粧もなさい！」タムさんは、わたしの目を意味深に指差しながら、とがめるように言った。

　わたしは顔を洗うと、一泊用の簡単な荷造りをした。いったい家で何があったんだろう？前髪をうしろに撫でつけながら、洗面台の小さな丸鏡を鬱々《うつうつ》とのぞき込んだ。目の周りには、紫と黄色の痣《あざ》がまだうっすら残っている。これを母さんに気づかれるわけにはいかない。スティック状のファンデーションを塗った上に、目元用のコールを加え、できるだけごまかした。

　店の入り口のほうからは、抑えたシンの声がきこえてくる。わたしは籐のバッグを手に、おずおずとドアのところに姿を現した。朝っぱらからこんなにめかし込むだなんて照れくさかったけれど、タムさんは膝から小さな飼い犬のドリーをどけてひょいっと立ち上がると、満足そうな声を上げた。

「いいでしょ？」タムさんは、わたしの体をこちらへあちらへと回して見せた。

「このデザインはつくづく正解だったわね。それに、ジーリンはプロのマネキンとしても抜群だから。しょっちゅうモデルをやってもらうのよ」

わたしはシンに目配せした。行くわよ！ ところがシンときたら、わたしが困っているのを見て面白がっている。

「そうですかね」シンは言った。「もう少し、回して見せてもらえますか」

ぞっとしたことに、タムさんはほんとうにわたしの体を回しはじめた。ドリーがヒステリックに鳴いている。

「いえ、あの。あれは冗談ですから。それに、もう行かないと」

「けれど主人が、コーヒー屋にチャーシューバオを買いに行ったばかりなのよ！」タムさんはそう言って、わたしを無理やり座らせた。シンが笑いを噛み殺しているので、わたしはにらみつけてやった。

「さてと！」タムさんは、ビーズのような目をわたしたちに据えた。「どちらが年上なのかしら？」

「わたしです」わたしが素早く言った。

「ぼくたちは同じ日に生まれたんです」シンは弟だと言われるのが嫌いで、ことあるごとに、それを否定しようとする。

「なら、双子なのね！」タムさんは嬉しそうな顔になった。「お母さんも果報者だこと」シンとは血がつながっていないと説明したかったのだけれど、タムさんがまくしたてるので割り込めなかった。「わたしに言わせれば、双子は特別なのよ。とくに男と女の場合は、龍と不死鳥の双子でね。中国では、男と女の双子については、前世において夫婦だったと信じられているの。生まれ変わっても離れることができないまま、一緒に生まれてきたんだとね」

バカバカしいだけでなく、なんだかひどい話にも思えた。もしもわたしに愛する人がいたら、その人のきょうだいに生まれ変わるなんてまっぴらだ。けれどそんなことをタムさんに言ってもしかたがない。タムさんは、自分の話に他人を付き合わせるのが異様にうまい。さすがにシンもうんざりしたようで、にっこりしながら、そろそろ行かないとバスに乗り遅れてしまうので、と告げた。


「で、わざわざ来た理由は？」店から離れるなり、わたしはそうたずねた。「家で何かあったの？」

「いいや」

シンが突然足を速めたかと思うと、バス停とは違う方角に向かいはじめたので、わたしはシンの長い歩幅に合わせようと小走りになった。

「バスには乗らない」シンが言った。「列車に乗る。そんな心配そうな顔するなって——家で何かあったわけじゃないからさ。じつを言うと親たちは、おれが病院から外出したことさえ知らないんだ」

タムさんの店から駅までは一キロ弱の道のりだが、シンは歩を緩めようともせず、ベルフィールド通りをずんずん進み、ヒュー・ロー通りのところで左に曲がった。

「どうしてそんなに急ぐの？」牛車の前を横切ったとき、あやうく自転車に轢《ひ》かれそうになって、けたたましくベルを鳴らされてしまった。

「思ったより遅れてるんだ」シンにバッグをもぎ取られたので、わたしとしてはとにかくついていくしかなかった。

列車に乗ったことは数回しかないけれど、駅についてはもちろん知っていた。イポーのタージマハルとして有名なのだ。カルカッタ経由でマラヤに来たイギリス政府お抱えの建築家の設計で、ウエディングケーキ、あるいはムガル帝国の宮殿を思わせるような、横に広がる巨大な白い建物だ。ドームや尖塔があり、アーチ形の出入り口の奥には大理石の通路が延びている。なかにはバーとカフェのある観光客用のホテルが入っていて、トンネルや階段を使い、列車用のプラットホームと行き来ができるようになっていた。

シンはまっすぐ駅に向かった。わたしも息を切らしながら、チケット売場の窓口で追いついた。

「バトゥ・ガジャまで二枚」シンがそう言いながら、カウンターに金を滑らせた。

わたしは自分でもどうかと思うほど、嬉しくてわくわくしていた。それにしても、いったいどうして？　知らない人たちの前であれこれたずねるのはいやだったので、代わりに、にこにこしながらシンの腕をつかんだ。

「新婚旅行かい？」窓口にいた駅員が、わたしのこじゃれたワンピースに目を留めて言った。

わたしは、やけどでもしたかのように腕を放した。シンは何も言わなかったけれど、首のうしろに赤いシミが浮いたかと思うと、みるみる耳のあたりまで赤く染まった。

「二番線だよ。出発は十分後だ」駅員が言った。大理石の階段を駆け下り、線路の下に延びる通路を抜けて列車に乗ったときには、すでにもくもくと蒸気が上がりはじめていた。

「三等車だけど我慢しろよ」シンが言った。

何等車だろうと構わなかった。わたしはすっかり興奮していたので、固い木の座席や、上げ下ろしのできる窓などを、子どものようにピョンピョンしながら見て回りたい衝動を抑えるのが大変だった。シンはそんなわたしを面白がっているような顔で、籠バッグを座席の上の棚に置いた。そこでわたしも遅ればせながら、シンが自分の荷物を持っていないことに気がついた。

「昨日はイポーにいたの？」わたしは言った。「タムさんから、シンに会ったと言われたけど」

「友だちのところに泊まったんだ」

友だちね――たぶん女だろう――とは思ったけれど、穿鑿《せんさく》するのはやめておいた。

「で、どうしてバトゥ・ガジャに？」バトゥ・ガジャには、母さんの親類を訪ねて一度だけ行ったことがある。キンタ地区における植民地管理局の中心地であるという位置づけに、なんとなく満足しているような小さくて可愛らしい町だ。「あの指のためじゃないよね？」思わず顔が曇った。

蒸気機関車が最後にひとつ、耳をつんざくような汽笛を鳴らした。「あの指のために決まってるじゃないか」シンが言った。「出どころを突き止めたいんだろ？」

Y・K・ウォンの細い顔を思い出しながら、あの男のことを話しておこうかと思ったけれど、そうなれば、ダンスホールについても触れるしかなくなる。わたしはうなずいて見せるだけにした。

「とにかく」シンが言った。「バトゥ・ガジャの病院には月曜日の早い時間に顔を出しておいたんだ。ちょうどスタッフが足りないらしくて、早速使ってもらえることになった」シンは窓の外に目を向けていたが、わざわざ言わなくたって、あの父親とひとつ屋根の下で寝起きするのはごめんだと思っているのはわかっていた。前回の休暇のときに帰省しなかったのも、それが理由に決まっている。

「順調なの？」わたしは言った。

「寮は別のオーダリーとの相部屋だけど――まあ、悪くなさそうなやつだよ。とにかく、まずはあのセールスマン、チャン・ユーチェンについて調べてみようと思ってさ。叔母さんが、病院に知り合いの看護婦がいたと言ってただろ。それで、この病院の患者だったかどうか、確かめようと思ったんだ。残念ながら、患者名簿は記録管理部が鍵をかけて保管しているから、簡単には調べられなかった。ところが、ちょっとしたツキに恵まれたんだ」

「何？　あの男に指をあげた看護婦を見つけたとか？」女性に近づくのがうまいシンであれば、それも難しくはないだろう。

「いや、病理学科さ。ローリングズって先生の管轄なんだが、いま病院の、病理学科の入ってる部分を改築中で、そこにある書類や標本の箱を移動させる必要があるんだ。それを先生から、週末のうちに時間外労働として頼めないかともちかけられたのさ。退屈な重労働だけど、おれはその話に飛びついた。ついでに先生から、手伝いを頼んだほうがいいと言われたんでね。安くやってくれる人間を知っていると言っておいた」

「それがわたしってわけ？」わたしはむっとしながら言った。

「バイトの必要があるんじゃないのか？」

母さんの借金、ダンスホールでの仕事――何もかもバレているんだと、一瞬目の前が暗くなったけれど、シンは冗談を言っただけだった。

シンを信じていないわけじゃない。シンが、母さんにはやさしいことも知っている。それでもわたしには、シンを巻き込めば面倒なことになるという直感的な確信があった。近いうちに、シンか継父が、どちらかを殺してしまうのではないかというような。じつは二年ほど前、それが現実になりかけたことがあったのだ。


その夜、わたしは友だちの家で夕食をごちそうになった。ところが帰宅してみると、近所の人がこぞって家の前に集まっているものだからギョッとした。黄昏《たそがれ》があたりを冷ややかな青い影で包み込んでいた。こんな時間に世間話をしているはずがない。そう思ったとたん、不安に駆られた。警察を呼んだほうがいいという声に、母さんが、どうかやめてくださいと頼んでいた。ちょっとした家族の喧嘩に過ぎませんし、二度とこんなことがないようにしますからと。

わたしは急いで駆け寄ると、暴力の跡がないか、おそるおそる母さんの体を確かめた。けれど母さんに怪我の様子はなくて、そっと家のなかに入ると、逆に継父のほうが血に汚れたタオルを顔に当てていた。それまで継父が怪我をしたところなんて一度も見たことがなかったので、単なる鼻血ではあったけれど、わたしは一瞬だけ、いい気味だと思ってしまった。

家のなかは静まり返っていて、それがかえって恐ろしかった。「シンはどこ？」勇気を振り絞って継父に声をかけた。継父は黙ったまま、静寂《せいじゃく》のなかで目を怒らせただけだった。

わたしは通学鞄を手から落とし、店のなかを走った。ぶら下がる振り子量りの下を抜け、静かに積み上げられている錫《すず》鉱石のわきを急いだ。息が切れ、脇腹が痛くなった。シンの名前を叫びたかったけれど、怖くて口を開くことができなかった。もしもこたえてくれなかったら。ひどい怪我をしていたら。死んでいたら。継父の打擲《ちょうちゃく》も、年とともに回数は減ってきていた。シンのほうでも、父親の機嫌をうかがいながら言動に気をつけることを学んでいたのだ。それこそほんの数週間前には、母さんが、シンが立派に成長してくれて嬉しいと言ったばかりだった。母さんとしては、遠まわしながら、シンが父親ともめなくなってホッとしていると言いたかったのだ。けれどわたしはちっとも安心していなかった。あの男は信用できない。

わたしは長い長い店舗を走った。暗かったけれど、ランプはひとつも灯っていなかった。ところどころの隅には厚い影がやわらかな煤《すす》のようにぼんやり落ちていて、ほとんど目が利かなかった。涙で視界も曇っていた。シンの姿は見つからなかった。わたしは息を切らしながら一段抜かしで階段を上がり、ふたりの寝室のドアを乱暴に開けたけれど、そもそも二階にいるとは思っていなかった。怪我をしていたら、二階には来ないはずだ。それともほんとうに死んでしまったとか。表側の部屋に戻ると、継父が先ほどと同じように、ガーゴイルさながらぽつねんと腰を下ろしていた。

わたしはまた裏手に走った。台所まで、シンを探しながら進んだ。わたしたちには、あちこちにお気に入りの隠れ場所があった。階段の下の戸棚、水瓶《みずがめ》の小さな隙間——どれも、大きくなったシンにはもう狭過ぎる。最後に台所を抜け、一番裏側の庭に出た。高い壁があって、その向こうは路地になっている。シンはそこにいた。鶏小屋のうしろでうずくまっていた。

路地側の壁に寄りかかったシンの姿が、青く薄暗い夕闇に溶け込んでいた。いつの間にかすっかり長くなってしまった脚を、疲れ切ったように投げ出している。

「シン！」涙が頬をつたうのを感じて、わたしは自分が泣いていることに気づいた。

「くんなよ」その声はしゃがれていた。

「怪我してるの？」手を貸して立たせようとすると、シンがその手を振りほどいた。

「腕に触るな。たぶん折れてる」

「お医者さんを呼んでこなくちゃ」

そう言って急いで立ち上がったとたん、怪我をしていないほうの手でシンに足首をつかまれた。「だめだ！」

そのひび割れた声ににじんだ哀しみと絶望に、わたしは思わず足を止めた。小さな子どもに戻ったかのように、シンの体を抱いた。そのままやさしく揺すると、シンは肩を上下させながら、涙にあえぎはじめた。シンがわたしの首に顔をうずめ、体を震わせている。髪がもつれ、べとついている。汗であることを願った。どうか、血ではありませんようにと。

シンの涙なんて、もう何年も見ていなかった。わたしたちは鶏小屋のうしろで、長いこと抱き合っていた。鼻をつくいやな臭いがしたし、地面には藁屑《わら》のほかに、なにやらやわらかくて不快なものも落ちていたけれど、よく見えなかったし、闇のなかではどうでもいいように思えた。二回ほど、母さんが探しにきたのが音でわかった。二回目のときに、小さな声でわたしは言った。シンは大丈夫だから。しばらくそっとしておいてあげて。母さんが姿を消したところで、シンが体を離した。

「あいつを殺してやる」シンは静かに言った。

「だめ！　そんなことしたら刑務所行きだよ」

「だれが気にするよ？」

「わたしがよ！」わたしは心のどこかで、喧嘩になったらシンにはあの男を殺す力があると思っていた。背だって、すでに父親よりも高かった。あの晩、ひどい怪我をしたのがシンのほうだったのが不思議なくらいだ。シンの踏みとどまった理由がなんであれ、わたしはそれに感謝した。ある日、今日みたいなある日、わたしが家に帰ったら、どちらかが死んでいるようなことがあるかもしれない。わたしはどうかそれがシンではありませんようにと願った。けれど、死んだのが継父だとしてもそれはそれで困る。シンは一生刑務所のなかか、あるいは絞首刑になるだろうから。

「もう泣くなよ」シンがようやくそう言った。「やらないから、な？」

「約束して」

シンはため息をついた。「約束する。腕に寄りかかるなって。痛いんだよ」

わたしは立ち上がった。シンも鶏小屋のうしろでゆっくり体を動かすと、そこから這いずり出した。暗がりに目が慣れてきてはいたけれど、それでもよく見えるわけではない。キッチンの外の中庭がまるっきり別の国にでもなったかのように、すべてが奇妙に違って見えた。シンの左腕が、おかしな角度でぶら下がっていた。

「言ったろ。折れてるんだ」シンが淡々とそう言うものだから、わたしはまた泣きたくなった。

「何があったの?」

「棒を使いやがった。天秤棒だ」

天秤棒は、重い荷を両側にぶら下げて運ぶための棒だ。ずっしりと頑丈で、肩に載せてバランスを取れるよう平たくなっている。中国のマフィア闘争でも使われるくらい、強力な武器だ。天秤棒で殴るなんて、正気だとは思えない。手脚を失うような怪我をしたっておかしくはないのに。わたしは怒りのあまり叫び出しそうになった。警察に通報したくてたまらなかった。ドアも窓も屋根も吹っ飛んでしまって、近所のみんなに、この家のなかで起こっていることを何もかも見てもらえたらいいのにと思った。

「殺すなと言ったのはそっちだからな」シンが、わたしの表情を読んで言った。

「女なら縛り首にはならないはずよ」そうは言ってみたものの、確信はなかった。おそらく、女にだって絞首刑はあるのだろう。でなければ魔女のように溺れ死にさせるのかも。知ったことかと思った。怒りのあまり手が震えた。同時にわたしは怯えてもいた。家のなかを必死に探し回っていたときだって、継父に対して食ってかかることはできなかった。

「何があったの？　どうしてあいつは怒ったの？」

シンは黙って首を横に振っただけだった。


あの夜何があったのか、わたしはいまだに知ることができずにいる。問いただせば問いただすほど、シンはだんまりを決め込むのだ。母さんは母さんでまったく役に立たない。自分が家に帰ってきたときには喧嘩がはじまっていたし、もう忘れたほうがいいと言うばかりだった。

シンは痣を見られないように、一週間ほど学校を休んだ。折れた腕に添え木を当ててくれた医者には、階段から落ちたのだと説明した。継父も怪我をしていた。鼻血のほかにも肘を捻挫《ねんざ》していたし、母さんは、肋骨《ろっこつ》にもひびが入っているのではと疑っていた。とにかく継父も、あの喧嘩については触れようとしなかった。おそらく、あの男なりに反省していたのではないかと思う。ついやり過ぎてしまったと。だからといって許す気にはなれなかったし、これからも許すつもりはない。

じつを言うと、毒を盛ってやろうかという思いが、ちらほら頭をよぎったりもした。学校の図書室で、見つけられるかぎりの探偵小説を読みあさったのもそのためだ。けれど、あまり役には立たなかった。一度に借りられるのは二冊までだし、たとえば『まだらの紐』を読んだところで、訓練された蛇なんて準備できるわけもない。それに、もしも継父が毒殺されたら、真っ先に疑われるのは母さんだ。

　おかしなことに、その事件があってからというもの、シンと継父のあいだには、わたしには知ることのできない、なんらかの了解ができたようだった。互いに距離を置くようになったのを見て、最初は継父が、あのときのことを反省しているせいかもしれないと思った。それはそうだとしても、シンに、これまでよりも自由を与えるようになった理由がよくわからなかった。シンのほうも、目に見えて、学校での勉強に力を入れるようになった。ずっと成績はよかったのだけれど、それこそ憑かれたように勉強をはじめ、わたしを追い抜いてしまった。一緒に過ごす時間も取れなくなって、いま思えばあのころから、わたしたちのあいだには隔たりができはじめた。

13

六月八日（月）
バトゥ・ガジャ

犠牲者の頭部が発見されたというので、月曜の朝のバトゥ・ガジャ地方病院はそのニュースでもちきりだ。ウィリアムも、病院では比較的仲の良い健康的な顔立ちのレスリーから、その事実を知らされる。

アンビーカの死を知った当初の恐怖も、いまでは罪悪感と不安の下に押し込まれている。何度も腕にかき抱いた女が、藪《やぶ》のなかで、獣に食われた肉片として見つかったのだ。彼女の身元を明らかにするべきではなかったか。そんな思いが、頭に巣くって離れない。良心に臆病者とささやかれるたびに、どうしても否定できない自分がいるのだ。

いまも彼女の帰りを待っている人はいるのだろうか。酔いどれの夫はさほど心配するとも思えないが、話には出なかっただけで、子どもがいるのではないだろうか。それに、ゴム農園でアンビーカと一緒のところを見られた、あの中国系セールスマンのことがどうにも気になってしかたがない。よりにもよって患者に見られてしまうとは、なんて運が悪いんだ。ウィリアムはすうっと大きく息を吸う。いや、ぼくが死体の身元確認を行なわないかぎりは、ふたりの関係がバレることもないはずだ。

「被害者は確か、アンバーなんとかという女性だ」レスリーの赤毛は猛烈な熱帯の日差しにあぶられて色が抜け麦わらのようだし、そばかすが顔じゅうに浮いている。だとしてもウィリアムはホッとしたあまり、その日一番の美貌を目にしたかのようにレスリーを見つめる。ああ、よかった。ほんとうによかった。これでもう、ぼくが身元を確認しなくても大丈夫だ。頭部が見つかるとは、なんという幸運だろう。でなければ、あの胴体はだれかに引き取られることもないまま、遺体安置所に転がり続けたかもしれないのだ。

「死体には、なにやら奇妙な点があったらしいぞ」

ウィリアムは警戒しながら口を開く。「検死はローリングズが担当したのかい？」

「ああ。だが日曜日に頭部が見つかったことで、また一からやり直したんだ」

「それで、彼の所見は？」

レスリーが目を上げながら言う。「自分できいてみたらどうだ？」

振り返ると、病理学者であるローリングズの見慣れた猫背が目に飛び込んでくる。ローリングズは非常に背が高く、どこかコウノトリに似ているのだけれど、それを気にするかのように、だれかと話すときは細い首を曲げるようにして頭を下げる。

ウィリアムが慌ててそのあとを追うのを見て、レスリーが困ったような声で叫ぶ。「きみのところでやるパーティについて話したいことがあるんだ！」

「あとにしてくれ」ウィリアムは、その月例のパーティの件をすっかり忘れていたことに気づく。みんなが楽しみにしている社交パーティで、ヨーロッパから届いた缶詰――豆、ロブスター、牛タン――の食事を分かち合う。酒をあおりながら、植民地での素晴らしき生活を互いに喜び合うというわけだ。次回はウィリアムがホストを務める番になっているから、アーロンに余分なワインやスピリッツを準備するよう頼み、メニューについても相談しなければならない。ウィリアムとしては缶入りの肉よりも、何か新鮮な地元の食材を出したいのが本音だ。缶詰ってやつは、なんだか金属の棺《ひつぎ》のようじゃないか。そんな連想に身震いをしながら、ウィリアムはローリングズに追いつこうと足を速める。

病院の食堂は、葉葺きの屋根にコンクリート敷きで、広々と開放的だ。メニューには毎日必ず、西洋料理と地元料理の両方が用意されている。ローリングズがカウンターの列に並び、人一倍低い声で頼んだのは、コピ・オと呼ばれる砂糖の入った濃いコーヒーと、パパイヤをひと切れだ。ウィリアムもそのあとから、同じものをと頼む。

「死体の身元がわかったそうじゃないか」ウィリアムは腰を下ろしながら声をかける。どの死体の話かは、わざわざ言うまでもない。バトゥ・ガジャには、話題になる身元不明の死体など、そう多くはないからだ。

「現場を最初に見たのはきみだったんだろ?」ローリングズはペンナイフを取り出し、パパイヤの皮をきれいに剝がしていく。彼が菜食主義者なのもわからなくはない、とウィリアムは思う。自分だって、毎日のように死体を調べるような生活をしていたら、肉を食べる気にはなれないかもしれない。

「いや、その前に警察が来ていた」ウィリアムは言う。「虎かヒョウに襲われたように見えたんだが。きみの意見は?」

ローリングズが半分に切られたライムをパパイヤの上に搾ったのを見て、ウィリアムも同じようにする。相手の動作を真似ると心を開いてもらいやすくなると、どこかで読んだことがあるのだ。

「きみの覚え書には目を通した」ローリングズが口元をぬぐう。「はじめはわたしも、きみに同意しかけていたんだ。死体に残った跡からも虎だと思った。ヒョウの嚙んだ跡にしては、間隔が離れ過ぎているからな」

「〝はじめは〟というのは?」

「ところで現場には、多量の血痕があったのかい?」

ウィリアムは、ゴムの木々のなかにあった空き地のことを思い出す。足元で音を立てる、厚く積もった乾いた落ち葉。マラヤの警官の吸っていた煙草のクローブの香り。そして、かつては魅力的だった女の肉片。

「いや。被害者は、どこか別の場所で殺されたのだと思う」

「嚙み跡には多量に出血した形跡がないし、周辺部に紅斑も見られない。動脈出血もない。脊《せき》椎《つい》が断ち切られ、胴体が切断されているにもかかわらずだ」

「出血の跡がない」ウィリアムはゆっくりと口を開く。「つまり、獣に襲われたときには、すでに死んでいたということか」

「そうだ。虎というやつは死肉でも食らうからな。おまけに頭部が見つかったことで、新たな疑問が生まれたんだ」

「どういうことだい？」

「警察では、半径一キロ弱の範囲を捜索した。捜査官は犬を使って、頭部と脚の一本を見つけたんだ。動物が人を殺すこと自体は、別に珍しいことではない」

ウィリアムはローリングズの左耳のうしろの一点に目を据えながら、落ち着きを失ってはいけないと自分に言いきかせる。

ローリングズが言う。「だが、あの頭部はじつに興味深い。見てみるかね？」立ち上がろうとしたローリングズに向かって、ウィリアムは片手を上げて見せる。

「ランチの前だし遠慮させてもらうよ」

「ほとんど損傷がないんだ。じつを言うと、胴体に関しても同じような印象を持った。つまり獣はいつもの手順——四肢をはずし、内臓を取り除くところ——でやめてしまっているんだ」

ウィリアムが口元を手で覆う。スプーンの下の、熟したオレンジ色のパパイヤがあまりにも肉々しく官能的なために、吐き気が襲ってくる。アンビーカのやさしい笑顔、両手でなぞった滑らかな肩。それが頭のなかで溶け、血と、黄色い体液に濡れた仮面に変わっていき、ウィリアムは思わず叫びたくなってしまう。

「大丈夫か？」ローリングズがまぶたのたるんだ目を細め、心配そうにウィリアムを見つめている。

「胃の調子が悪くてね」ウィリアムは嘘をつく。

ローリングズは続ける。「犬を使っていなかったら、頭部を見つけることはできなかったと思うね。興味深いことに、遺体の口には嘔吐《おうと》の跡が残っているんだ」

「どういうことだい？」

ローリングズが、指を縦に合わせながら説明をはじめる。「可能性のひとつは、被害者が気の毒にも虎に喉を押しつぶされ、窒息死したというものだ。だがこの場合、喉が残っていないので確証を得るのは難しい。とにかくその場合、虎が殺した獲物をそこに残し、だいぶ――おそらくは一日やそこら――たってから戻ってきて、現在確認できる傷跡をつけたということになる。獣の取る行動としては不自然だとは思わないか？」

「邪魔が入ったとか？」そう言いながらも、いやなことをきかされるのではないかという予感に、腹の奥がひきつれている。

「人間か、別の虎にでも脅かされないかぎり、食事中の虎の邪魔をできるものなどまずないはずだ。そもそも別の虎に邪魔をされたのであれば、そいつが死体を平らげているはずだしな。それにいまのところ、虎を見つけて追い払ったという通報も入っていない。そこでここからは、たとえば虎が獲物のところに戻ってくるかどうか、待ってみるという手がある」

「彼女はひとりの人間なんだ。人なんだ。おとり用に転がしておくだなんて許されることじゃない！」つい大声になってしまい、周りでも何人かが振り返っている。

ローリングズも驚いた顔だ。「何もこれがはじめてというわけではないさ。たとえばインドでは、死体のところに戻ってきた人食い虎を、待ち伏せして捕らえたという例がいくつかある」

冷たいとか感情がないと言われることの多いウィリアムなのだが、このローリングズに比べれば、ぼくなんかいっそ感情の塊だと思う。気をつけなければ。いらぬ疑いを招いてしまう。

ウィリアムは大きく息を吸って、コーヒーカップに目を落とす。

「どちらにしろ、その仮説にはあまり重きを置いていないんだ。それよりは被害者がゴム農園のどこかで死亡し、そのあとで虎の餌食になったのではないかと思っている。自然死かもしれんが、だれかに殺されたという可能性もあるな」

「殺人の可能性は低いんじゃないかな」ウィリアムはうろたえながらもそう口にする。「蛇に嚙まれたのかもしれないし。理由ならいくらだって考えられる」

ローリングズが否定するように手を振りながら、身を乗り出して言う。「わたしの考えをききたいか？」

「なんだい？」

だがそこで、ローリングズは気を変えたように椅子に深く座り直す。「まだ確認が取れていないからな。とにかくわたしとしては、不審死として報告を出すつもりだ。あとは検死法廷が検討することになるだろう」

そうなると、ウィリアムにとっては都合が悪い。アンビーカが、不幸な虎の犠牲者として扱われるほうがはるかに助かる。アンビーカは近頃、より多くの金をねだるようになっていた。

もしや、ほかにも相手がいたのだろうか。そう思った瞬間、ウィリアムの胸が硬くこわばる。もしほかにもいたのだとすれば、警察は、関係していた男を逐一調べることになるだろう。

「どちらにしろ」ローリングズが言う。「この事件にからんだ虎の振る舞いはじつに変わっている。地元の人間のあいだには、霊虎の仕業《しわざ》だとか、その手のバカバカしい噂が広まることになるだろうな」

「ケラマト」ウィリアムが、ふと口にする。「聖獣か」

ローリングズが鼻を鳴らす。「聖獣！　その通り」

食堂をぼんやりと眺めながら、ウィリアムの頭のなかには、ほどけた糸のように思いが広がっていく。あのセールスマン以外のだれかに、アンビーカと一緒のところを見られた可能性はあるだろうか？

気をつけなければ。


レンはオムレツを作っている。コツのいる繊細《せんさい》な料理だ。炭火を使うので忍耐もいる。週末に死体が見つかってからというもの、ウィリアムはずっと吐き気に悩んでいて、ココナッツミルクのソースで煮込んだ鶏肉や、ポークチョップなどの重たい料理は胃が受け付けようとしない。今日は早めに帰ってくるなりオムレツが食べたいというので、レンが作らせてもらうことにしたのだ。

オムレツはマクファーレン先生の好物だったから、レンはクワンおばさんから、口のなかでとろけるくらいふわふわに仕上げる方法を教わっていた。レンは皿の上に、そっとオムレツを傾けていく。卵が固まる前に、火からはずすのがコツなのだ。レンが満面の笑みを向けると、驚いたことにアーロンもにっこりしている。

「自分で持っていくといい」アーロンが言う。

アーロンが細かく刻んだ青ネギを上に散らし、スライスしたトマトを扇のように添えてくれる。レンは皿と糊のきいた白いナプキンをトレイに載せると、艶やかな長い木の廊下を小走りで進んで階段を上がり、主寝室のドアをノックする。

この屋敷の部屋はどれもそうだが、屋根は高くて風通しがよく、壁は白塗りだ。蚊帳《かや》のかかった四柱式のベッドを除けば、家具はほとんどない。傾きかけた金と緑の光が木立から差し込んでいるのを見て、レンはデジャブに襲われる。カムンティンにあった、マクファーレン先生の部屋とそっくりだ。けれど窓際のテーブルに座っているのはマクファーレンではない。ウィリアムが手紙を書いている。

「ありがとう」ウィリアムは、レンがトレイを置いたのに気づいて、ハッとしながらどこかやましそうな表情を浮かべる。

「虎は見つかったんですか?」レンがたずねる。

「まだだ。もう、遠くに行ってしまったのかもしれない」ウィリアムがオムレツをひと口頰張りながら言う。「だれが作ったんだ?」

心配そうな表情がレンの顔に戻ってくる。「ぼくです、トゥアン」

「じつにうまい。これからは、いつもおまえが作るようにしてくれ」

「はい、トゥアン」これで大胆になり、レンは思い切って口にする。「近々、お休みをいただいてもいいでしょうか?」

「どこかへ行くのか?」

「カムンティンへ。ほんの数日です」

ウィリアムは考え込む。レンがこの屋敷に来てから、まだそれほど日がたっていない。本来なら、何日か休みをもらえるような立場にはないのだが、レンの顔には期待がありありと浮かんでいる。「友だちにでも会いたいのか?」

「はい」レンはためらう。「それから、マクファーレン先生のお墓参りがしたいんです。あと二十日で喪が明けるので、その前に」

「なるほど」ウィリアムが表情をやわらげる。「そういうことなら三日間の休みをやろう。アーロンと日付の調整をしなさい――近々、この家でパーティがあるんだ。休みを取るのはそのあとにしてくれ。機関車に乗るお金はあるのかい?」

レンがよくわからないという顔をしているので、ウィリアムはため息をつく。「つまり、向こうに行くのにかかる金は出してやるということだ。マクファーレンの墓には、ぼくからの花も捧げるようにしてくれよ」

レンは部屋を出て、厨房《ちゅうぼう》に戻る。あの恐ろしい死体が発見されてからというもの、レンは必死に指を探し続けている。調べなかった部屋や、開けなかった引き出しなどひとつもない。ときどき、アーロンに疑われているかもしれないと思う。アーロンが足音も立てずに気づくとそばに立っていて、ギクリとさせられたことが何度かある。アーロンときたら、白髪交じりの老猫にそっくりだ。厨房のステップに腰を下ろし、太陽に向けて目を細めているときなんか、とくにそう思ってしまう。それでも、アーロンは何も言わない。

レンにはなんとなく、指はこの家にないといういやな予感がしている。そもそも、この家にあったことなんかないのかもしれない。説明はつかないものの、レンには猫の髭がピクつくような第六感があって、それがそう告げているのだ。その髭はイーが生きていたころからある。みんなには魔力だと言われるのだけれど、レンにしてみれば、双子で生まれてきたおまけに過ぎない。中国では、良きものは必ず対で訪れるとされている。たとえば二重の喜びを表す漢字〝囍〟。赤い紙から切り出されたこの文字は、結婚式のある家の玄関に張り出される。寺院の守り手として、二頭の獅子が置かれるのもこの流れだ。幼かったレンとイーはまさに互いの生き写しで、ふたりを見ると、大人は必ず嬉しそうに顔をほころばせた。双子の男の子――なんて幸運だ！　けれどそれも、イーが死んだときに終わってしまった。もしも箸《はし》が折れれば、もう一本も捨てられてしまう。対の片割れがなくなれば、残りは一。孤独を表す不吉な数字だ。

マクファーレン先生から、無線について教えてもらったことがある。無線というのは、受信機と送信機の両方がないと機能しないのだそうだ。レンにはすぐにその意味がわかった。だってぼくとイーは、いつだって相手がどこにいるのかわかったもの。だから孤児院の院長は、どちらかを使いにやる場合には、必ずもう片方を孤児院に残しておいた。なかなか帰ってこないときには、残しておいたほうに、まだ遠くにいるのかときけばいいのだから。役に立つ能力ではあったけれど、パク・イドリスほどすごくはない。パクはペラ川にいたマレー人の漁師だ。盲目にもかかわらず、水中にいる魚の音をきいて釣り上げてしまう。

「どんな感じなの?」レンはパクにたずねたことがある。

「小石が落ちるときのような音がするのさ」パクは言う。「すると鏡のように、そこに魚が映るのが見えるんだ」

〝魚でいっぱいの鏡〟。何年ものあいだ、レンは時折、そんな鏡のことを考え続けている。目の見えないパクにとって、魚の存在はどんなふうに感じられるんだろう? 暗い大空でうごめく星? 風にあおられた花畑? イーが死んだとき、レンはこの世での灯台を失った。人並み優れた距離感を失い、ほかの場所で行なわれている何かを察知することもできなくなった。その能力はどんどん縮んでしまい、いまでは身近なことしか予測できない。たとえば木の枝が落ちてきた瞬間、サッとよけるというような。ただしレンにはそういうことがしょっちゅう起きる。異様に、といってもいいかもしれない。

ときどきレンは、遠くまで届く第六感をすっかりなくしたわけではないと思う。かすかだけれど、まだ残ってはいるから。単純に、イーが遠くに行き過ぎてしまっただけなのだ。けれど、それがどれくらい遠いところなのか、レンにはよくわからない。イーはよその世界、死の国にいるのだ。この屋敷に来てから指を探すなかで、目には見えない猫の髭が一度だけ震えたことがある。書斎で虎の毛皮を見たときだ。けれど、それも不思議ではない。レンが危惧していた通り、老医師が持っていた虎への執着を、ウィリアムもある程度までは共有しているようなのだから。廊下を急ぎながら、レンはふと、もう一か所探すべき場所があるぞと思いつく。バトゥ・ガジャ地方病院。ウィリアムは、あそこにもオフィスを持っているのだ。

時間がどんどんつきていく。マクファーレン先生の魂が四十九日を迎えるまで、あと二十日。それまでに指を見つけられなければ、レンはしくじったことになる。マクファーレン先生の魂はどうなってしまうんだろう？　レンの脳裏に、先生との最後の日々が蘇《よみがえ》る。熱に浮かされていた先生の姿。それからあの夢。先生が目覚めながら見ていた悪夢。そのなかで先生は、慈悲をと叫び、這いつくばりながらよだれを垂らすのだ。もしもクワンおばさんがいてくれたら、なんとかしてくれただろう。けれどそのときにはもう、レンはひとりぼっちだった。

一陣の風が屋敷のなかを吹き抜けて、扉という扉を鳴らす。レンは、階段の一番上の窓から外を眺める。屋敷を包み込んでいる森が、まるで緑の海のようだ。屋敷が嵐の海に浮かぶ船ならば、レンは舷窓から海を見つめるキャビンボーイだ。レンはまるで救命ブイのように窓枠をつかみながら、この周りの密林にはどんな秘密が眠っているのだろうと思う。マクファーレン先生は、ほんとうに虎の姿から戻れないまま、この巨大な緑の密林のなかでさまよい続けることになるのだろうか。

14

六月十三日（土）
イポー／バトゥ・ガジャ

けたたましい汽笛。車両の前後でドアが閉まり、プラットホームが煙に包まれていく。わたしはとにかくわくわくしてしまって、笑いながらシンにちらりと目を向けた。シンは眉を持ち上げ、にやりとして返した。列車がガクリと動き、ガタガタ揺れながらゆっくりイポーの駅を出発した。プラットホームがするする遠ざかっていく。手を振っている見送りの人たちに向かって、わたしは気づくと手を振り返していた。

シンが目を丸くして見せた。「知り合いでもないくせに」

「いいじゃないの」わたしは言い訳するように言った。「子どもたちも喜んでるし」

ふと夢のなかの駅で会った少年のことを思い出した。生々しくて、現実との区別がつかないような夢だった。けれど夢で見た駅は、いま目の前から遠ざかっていく宮殿のように真っ白で立派なイポーの駅とはまったく違っていた。

シンによると、バトゥ・ガジャまでは約二十五キロ。だいたい二十五分で着くそうだ。ときには野生の象や、肩高で百八十センチ以上にもなるジャングルの野牛セラダンが、線路に出てきて邪魔をすることもあるらしい。窓から入ってくる涼しい風に、わたしはうっとりと目を閉じた。

「なら、いいんだな?」

まつげの向こうにシンの鋭い視線を感じて、わたしは自分の顔が気になった。目の痣《あざ》を隠しているお化粧には気づいているのかな? まあ、どっちでもいいや。この風で、髪は鳥の巣みたいになってるだろうし。どうせ相手はシンなんだから。

「いいって何が?」

「この週末に、病理学科の倉庫を掃除するって話さ」

わたしは目を開けた。「ちゃんと払ってもらえるんならね。だけど、何かが見つかると思うのはどうして?」

「あの指の出どころがバトゥ・ガジャ病院なのは間違いないんだ」シンは言った。「あのガラスの小瓶の蓋を開けてみたら、裏には、ほかの標本と同じように病院のしるしが入っていた。病院の記録を確認して、指を切断したケースを見つけ出す必要があるだろうな」

「指はどこにあるの?」

シンはこたえる代わりに、ポケットを叩いて見せた。その仕草のせいであのセールスマンを思い出してしまい、気分が一気に落ち込んだ。例の影のようなものがまた、素敵な一日を汚そうとしている。どうしてシンは、指の出どころにこだわるんだろう? 病院にこっそり戻しておけば、それでいいと思うんだけど。そこでわたしは、自分のために下調べをしておく価値はあるかもしれないと気づいた。病院を見て回り、職員とも話をしてみよう。シンには言いたくなかったけれど、もともとは、医学校に進めないのであれば、看護婦になるか医療事務の仕事につきたいと思っていた。なんであれ、現在のお先真っ暗な状況よりはいいはずだ。

「何かたくらんでるな？」シンが鼻で笑った。「顔に出てるぞ——つくづくわかりやすいやつだ」

「ほかの人には言われたことないけど」わたしは、自分と踊るために列を作ってくれる、目をキラキラさせた学生や、おじさんたちの姿を思い浮かべながら、むっとした声で言った。ニルマン・シン曰く、わたしは『破滅的なくらい謎に満ちた女性』なんだから。ただし彼の頭のなかにいるのが、わたしではなく、本物のルイーズ・ブルックスであることもわかっていた。そもそもまだ十五歳くらいのくせに、どうしてダンスホールなんかにお小遣いを使うのか理解に苦しんでしまう。

「最近はどんな連中と付き合っているんだ？」

そう、シンは鋭いのだ。すっかり忘れていた。そばにいてくれるのは嬉しいのだけれど、こういうところが面倒でもある。

「別にだれとも」

シンが、考え込むような目でこちらを見ている。「タムさんの店での下宿は気に入っているのか？」

「タムさんがどんな人かは自分で見たでしょ？」わたしは言った。「だけど、悪くはないわ」

「給料はいくら？」

「そもそももらってない――それどころか、本来ならこっちが払わなくちゃいけないくらいなの。見習いにしてもらってるんだから」

シンの頬がヒクついた。「そんなのはバカげてる。ただ働きだなんて」

「ほんとうなら少しはもらってもいいと思うんだけど、わたしは部屋を借りているうえに、教えてもらっている分もあるから。トントンってわけ」

「それで満足してるのか？」

してるわけないでしょ、と言い返したかった。二年前なら遠慮なくそうしていたはずだ。けれどその言葉は舌の先にからまってから、ガラスのビー玉のように落ちて、砕けた。せっかくふたりで、久しぶりの楽しい一日を過ごせそうなのに、それを台無しにしてどうするの？　だからわたしは何も言わなかった。

バトゥ・ガジャの駅はこぢんまりとしていた。シンプルな長方形の建物に、ニッパヤシの葉で葺《ふ》いた屋根がついていて、プラットホームには、それぞれの線路の側を向いた木のベンチがいくつか据えられている。わたしはデジャブに襲われベンチを見つめた。昨夜の夢のなかで座っていたのは、確かにこの駅のベンチだった。ただし川はどこにも見えない。とはいえ通路の反対側に座っていた親切なマレー系のおじいさんが、キンタ川が線路を横切っていると教えてくれた。

「この駅を越えないと見えてこないがね」おじいさんは、もっと南のルムットまで行くのだという。

「わたしたちはここで降りるんです」わたしは残念そうに言った。

「さようなら」おじいさんはそう言ってから、シンに声をかけた。「きれいな奥さんだね。じつにモダンで小粋な方だ」

「きょうだいなんです！」わたしは慌てて言った。

シンは列車を降りるまで黙っていた。夫婦と間違われるのは二度目だったから、いやがっているのかもしれないと気になった。

「いやに決まってるだろ」シンは言った。「おまえと結婚したがるやつなんていねるかよ」

わたしがホッとしながら噴き出すと、シンが目を丸くして見せた。「普通は怒るところだぞ。それを鼻で笑うんだからな」

わたしは黙り込んだ。わたしがメイフラワーで人気のある理由のひとつは、客を相手に平気で冗談を言えるからだ。だけどそういうのは、きちんとした若い女性にはふさわしくないのかもしれない。たとえばミンの婚約者は話し方もおっとりしているし、すごく上品な人だから――道端でだれかとバカバカしい冗談を言い合ったりはたぶんしないだろう。

バトゥ・ガジャ地方病院までは、チャンカットの西洋地区の緩やかな登りを歩いていった。ピンクと白のふわふわした花をつけ、先のとんがった楕円形の葉を茂らせているセイヨウキョウチクトウが、墓地によく使われる香り高いプルメリアと同じくらいあちこちに見える。歴史を見てもわかるように、イギリス人というのは園芸にやたらこだわりがあって、その情熱を帝国のいたるところにまで持ち込んでいるのだ。

もうすぐ十一時で、病院に着くころには気温もすっかり上がっていた。病院は、熱帯地方らしい白と黒を使ったチューダー様式の一連の木造建築物からなっていて、あいだには日陰になったベランダや、手入れの行き届いた芝地がある。目を上げたときに、屋根付きの通路に使われているテラコッタのタイルが、すべてフランス製であることに気がついた。一枚一枚、下のほうに、〈サッコマン兄弟　サン・アンリ・マルセイユ〉という製造者のしるしがついている。

わたしはシンのあとから管理事務所のわきを抜け、離れのようになった建物の裏に向かった。シンが鍵を取り出し、ドアを開けた。「さあ、着いたぞ。なんらかの形で整理しないとな」

天井が高くて広々とした部屋だ。いくつかある縦長の窓から光が差し込み、その前には箱が積まれ、整理棚が据えられている。標本の瓶がごちゃごちゃ置かれているかと思うと、そのそばの段ボール箱からは書類があふれ、古い医学雑誌が散らばっているなかに、五ガロン（約二十三リットル）用のガラスのカーボイがボコボコ立っている。わたしは雑多な物の山を見つめながら、ローリングズ先生というのがどういう人だかは知らないけれど、シンに助っ人を勧めた理由だけはよくわかった。

「これを今日中に片付けるの？」

「なくなっている指がないか、確認するにはいい機会だろ？」シンが言った。「荷物を移す必要があるんだけど、大半はおれがやっておいたから。問題は標本の整理だな。その前に昼を済ませておくか？」

わたしは不気味な標本用の広口瓶に目をやった。内臓の一部が、よどんだ液体につかっている。椎骨《ついこつ》がいまにもカタカタ音を立てはじめそうなやつもある。

「いい」わたしは言った。「いまからやっちゃう」

いったいこんなもの、なんのために取っておくんだろう？　シンにもよくわからないらしい。重たいものをせっせと持ち上げながらも、シンはなんだかご機嫌だった。箱を運び込むときに廊下からきこえてくる口笛からもそれが伝わってくる。やるべき仕事が目の前にあるとき、わたしたちは最強のペアになる。幼いころには、いつだってふたりでてきぱき家事をこなした。もしもふたり組で清掃係として雇われたら、きっとなんのいさかいもなく、すいすい仕事をこなせると思う。


母さんは主婦のお手本のような人だ。この点だけは、さすがの継父も文句のつけようがなかった。神経質なほどの綺麗好きで、ベッドの枠を表に出しては、割れ目という割れ目に熱湯を注ぎ込む。おかげでうちでは南京虫に悩まされたことがない。

店舗兼の住居に引っ越してきた当初、母さんはシンに家事を頼むのをいやがった。たとえシンにその気があったとしても、男の子にはやらせたくなかったのだ。母さんはわたしたちの両方に愛情を注いだばかりか、極端なくらい情にもろいところがあった。だから野良犬や物乞いにすがられることも多い。結果、わたしたちの夕食をあげてしまって、継父には黙っておいてくれと頼むようなことも一度ならずあった。そんなとき、わたしのほうはたいてい何か自分に有利な条件を持ち出すのだけれど、シンは黙って受け入れた。小さくコクリとうなずく仕草や希望のにじんだ表情を見れば、その理由もすぐにわかった。シンは愛情に飢えていたのだ。

　母さんは、ほんとうならもっと子どもが欲しかったのだと思う。それについては、継父も明らかにがっかりしていた。流産の結果、助産師が呼ばれたことも何度かあった。わたしには、その理由どころか、流産そのものについてもきちんと説明されることはなかったけれど。

　継父と母さんをくっつけた世話人は、シンとわたしはきょうだいになる運命だったと大喜びをしたものだ。同じ日に生まれて、どちらも儒教の五常の一字を持っているなんて、本物の双子も同然だと。おかげでわたしは、ほかの三人――仁《レン》、義《イー》、礼《リー》の文字を与えられるはずのきょうだい――が、生まれてくるのをじりじりしながら待っているのだと、心のどこかで思い込んでしまった。わたしの空想のなかでは、三人が暗闇のなかでもみ合いながら、この世に出てくるのを待っていた。けれどその子たちは生まれてこなかった。だから流産という悲劇が起こるたびに、わたしはその子たちが、母さんを連れていってしまうのではと恐ろしくなるのだ。

　ある夜シンに、小声でその恐怖を打ち明けたことがある。シンはドアを開けたままにして自分の部屋の床に寝そべり、わたしは狭い廊下に座っていた。継父が、突然廊下に出てきたときの用心だ。確か十三歳になったころで、継父はますます厳しくなっていたのだ。わたしもシンの部屋に入ることはできなくなっていたし、もちろんその逆は、最初から許されていなかった。

空には、すっと細くて白い月が皓々と輝いていた。ベッドに入るには暑過ぎて、ひんやりした床板のほうが心地よかった。

「まだ子どもを作るつもりだと思う?」わたしは言った。

「いや。年を取れば取るほど難しくなるから」シンには冷静な頭で合理的に物事を考えられるようなところがあって、わたしにはそれがうらやましかった。

「だけど、心配なの」

シンは寝返りを打ち、肘をついて上体を起こした。「何が?」

わたしは、母さんを失うかもしれない恐怖を口にし、あの世話人が言っていたように、もう三人いるのではという思いがどうしても振り払えないのだと打ち明けた。

シンはしばらく黙り込んでから言った。「バカバカしい」

「そう?」わたしは傷ついていた。「だったらシンの、バクや夢食いの話はバカバカしくないってわけ?」

すぐに後悔した。産みの母の形見である紙切れを、どれほど大事にしているかよく知っていたから。けれどシンはこう言っただけだった。「もうずっと悪夢は見ていないんだ。それどころか、夢そのものを見なくなった。とにかく、もう三人きょうだいがいるなんて話はバカげてるって。どうしてほかにいる必要があるんだよ?」

「いまのところ、わたしたちふたりしかいないからよ」

シンがパッと体を起こした。「おれを数に入れるなよ。ほんとうのきょうだいじゃないんだからな」

シンはベッドに上がり、背中を向けてしまった。わたしは拒絶されたような気分で部屋に戻った。ときどき、シンはしかたなくわたしといるだけなのかもと不安になってしまう。ほんとうは、もっと別の女きょうだいが欲しかったんじゃないかって。たとえばしょっちゅう食ってかかったり、テストでいい点を取ったりしないような。胸が苦しくなると、わたしはよく数字のことを考える。広東語で、二はいい数字だ。対をつくる数字だから。三もいい。〝生〟と似た音を持つ。四は〝死〟を連想させるので、もちろんだめ。五はまたいい数字。完全な状態をつくるとされているからだ。これは五常にかぎらない。世界は木、火、水、金、土の五元素からなるという、五行思想などもそのひとつだ。とにかく、シンがどんなにツンケンしたところで関係ない。望もうと望むまいと、シンはわたしにとって、たったひとりのきょうだいなのだから。


病理学科保管室のドアがいきなり開いた。シンがまた何かを持ってきたのだろうと、振り返らずに声をかけた。「そこはだめ。反対側に置いて」

返事がない。何か変だという胸騒ぎがした。振り返ってみると、知らない人がドアのところに立っていた。外国人だ。痩せ型で背が高く、眼鏡をかけている。そのほかの部分――青白い顔、色の薄い髪、日焼けで斑《まだら》になった白い腕――は、ほかの西洋人と似たり寄ったりだ。

「ローリングズ先生を探しているんだが」

シンからきいて、病理学者のローリングズが院内に住んでいることは知っていた。けれど、人気《ひとけ》のない土曜日にもここにいるのかどうか。男が鋭い目をこちらに向けた。眼鏡の向こうから、色のない瞳が針のような視線で突き刺してくる。わたしは、病院のスタッフでないことがバレてしまうのではと不安になった。

「ローリングズが戻ったら、ぼくが寄ったことを伝えてくれないかな。ウィリアム・アクトンだ」

15

六月十三日（土）
バトゥ・ガジャ

土曜日の昼時、レンに、例の指を探すチャンスが訪れる。ウィリアムが町へ行きがてら病院にも顔を出すときいて、アーロンがここぞとばかりに、缶詰、粉石鹼、茶色の靴墨など、必要な物をいくつか買ってきてもらえないかと頼み込んだのがきっかけだ。

車のドアを開けて待っていたレンに、ウィリアムがちらりと目を向けて声をかける。「乗りなさい。買い物のリストを、店に持っていってもらいたいから」

予想外のチャンスを前に、レンは目を丸くする。ウィリアムは頭だけで振り返り、アーロンに向かって叫ぶ。「レンを連れていくぞ。ほかに何か必要な物はあるか?」

アーロンは慌てて短いリストを作ってから、レンの手に一セントを握らせる。「何か好きな物でも買いな」いかにもぶっきらぼうな声だ。「先生はときどきクラブで飲んで帰るから。遅くなるようなら、運転手と一緒に動くんだぞ。先生も朝までには、なんらかの方法で帰ってくるさ」アーロンは車が砂利敷きの私道を走り出すのを見送ろうと、細く強靭《きょうじん》な体をいかにも不機嫌そうにこわばらせている。

「スラマッジャラン」と、アーロンは〝いってらっしゃいませ〟の挨拶でウィリアムを送り出す。

マレー人運転手のハルンは、ぽっちゃりした体つきの幸せそうな男だ。三人の子どもがいるせいか、籐の買い物籠を手にしたレンが、興奮に顔を上気させながら助手席によじ登るのをにこにこ見守っている。買い物籠に古新聞が敷かれているのは、何かがこぼれたときの用心だ。ウィリアムは後部座席におさまっている。レンはじっと口をつぐんでいるけれど、ほんとうは車のことを、ハルンにあれこれきいてみたくてたまらない。オースティンのダッシュボードには、びっくりするほどたくさんのスイッチやダイヤルがついているのだ。レンは、ハルンがギアを入れ直すたびに、その仕草をじっと観察している。

「まずは病院にやってくれ」ウィリアムが言う。「出しておきたい書類があるんだ」

病院。レンは籠の持ち手をギュッと握る。

町に近づくにつれ、刈り込まれた芝生や砂利敷きの私道のついた、ほかの屋敷が見えてくる。レンの知っている家もいくつかあるのだけれど、ウィリアムの屋敷はあまりにもほかから離れているし、豊かな密林に囲まれていることもあって、近所からの音がきこえてくるようなことはない。西洋人の奥様がいる家は、レンにもひと目でわかる。手入れの行き届いたカンナやジンジャーフラワーの花壇があり、屋敷の周りには、ハイビスカスやセイヨウキョウチクトウがぐるりと植えられているからだ。セイヨウキョウチクトウはウィリアムの家の裏手にもあるのだけれど、アーロンは伐ってしまえと庭師に言い続けている。やわらかい枝からしみ出す乳白色の樹液が目に入ればつぶれるし、葉を煎じたものは野良犬の毒になるからと険《けわ》しい声で言うのだ。

車がカーブを曲がるときに、開いた窓から風が吹き込んでくる。籠からくしゃくしゃの新聞が舞い上がって、後部座席のほうに飛んできたところを、ウィリアムが器用に片手で受け止める。

「すみません、トゥアン！」レンが慌てて振り返るけれど、ウィリアムは新聞に目を据えたまま、なにやら驚いたような声を上げる。

「これは先週の新聞か？」

うしろめたそうな顔で、レンがうなずく。使っちゃいけなかったのかな？　ウィリアムの顔には、奇妙な表情が浮かんでいる。どうやら、モノクロの写真が並んだお悔やみ欄に気を取られているようだ。だからレンは、「だれかが亡くなったんですか？」と声をかけてみる。

ウィリアムは唇を嚙みながら言う。「患者がね」

「お年寄りですか？」

「いや、まだ若かった。気の毒に」

長い沈黙のあと、ウィリアムはレンに新聞を返す。レンはそれを籠に戻しながら、好奇心からちらりと紙面に目を走らせる。若い男の人の記事はひとつしかない。チャン・ユーチェン。セールスマン。二十八歳。

ウィリアムは膝の上で軽く両手を組み合わせたまま目を閉じている。あの白い指で、傷を縫い合わせたり、手脚を切断したりするのだ。ウィリアムが小さくハミングをはじめたのをききながら、レンはいぶかしく思う。先生はどうしてあんなホッとしたような顔をしているんだろう。なんだか幸せそうにさえ見える。

車が病院のほうに曲がった瞬間、レンは遠くからの無線信号のような、かすかな電流の震えを感じる。まるでイーとつながったときみたいに、それが全身に広がっていく。指はここにあるんだ。レンは打たれたように確信する。ウィリアムが革の書類鞄を持って車を降りると、レンも素早くそのあとからピョンと降りる。

「鞄を持ちましょうか、トゥアン?」

ウィリアムが足を止め、レンに目を向ける。「病院を見たいのかい?」

ウィリアムによると、病院は大きくふたつに分かれているという。こちら側にあるのは、地元民向けの地方病院。西洋人用の棟は通りの反対側にあって、そちらは外国人しか使うことができない。ウィリアムが、受付に向かってうなずいている。ドアが開くと、みんなが微笑《ほほえ》みかけてくる。レンはウィリアムのあとをついていきながら、西洋人というだけで、だれでもこんなふうにしてもらえるのかな、と思う。それだけじゃなく、外科医の先生だからなのかな?

マクファーレン先生は、医療の世界は厳格な階層社会なんだ、とよく冗談を言っていた。自分のような一般開業医はその底辺にいるんだと。けれどレンにとって、マクファーレン先生はとても腕のいいお医者さんだった。ほかの先生が匙《さじ》を投げたような場合にも、あきらめたりはしなかった。たとえば腕に感染症を起こした原住民《オラン・アスリ》の猟師とか、ひきつけを起こした中国系店主の赤ん坊なんかも診てあげた。だれでも受け入れて、見事に治してしまうこともしょっちゅうだった。

「せっかくここまで来たんだから、病棟に顔を出してこよう」ウィリアムが言う。長い廊下には、茶色とクリーム色のタイルがチェッカー盤のように敷き詰められていて、消毒剤の匂いがする。「おまえの患者に会いに行くかい？」

いきなりそう言われて、レンはとまどう。なんの患者？

「おまえが脚の治療をした女の患者さんだよ。たまたま、もう一度入院しているんだ」

レンとしてはもちろん会いに行きたいのだけれど、なんだか急に気後れを感じてしまう。がらんとした病室には、口を大きく開けたまま寝ているおじいさんと、その隣のベッドに、上半身を起こした若い女の人がいるだけだ。レンはその人を見てポカンとする。脚に怪我をして、私道に血をまき散らしながら、手押し車の上で死にかけていたあの人だとはとても思えない。蜂蜜《はちみつ》色の肌がみずみずしくて、髪もきれいに編んでいる。えくぼのある顔はきれいなハート形だ。その頬が、ウィリアムに脚を見せるように言われ、赤く染まっている。

「これがレンだ」ウィリアムが言う。「ぼくの家で、きみの手当てをしたのは彼だよ」

レンは〝うちのハウスボーイ〟や〝ぼくの使用人〟とは言われなかったことに気づいて、小さく胸をふくらませる。

「まだ小さいのね！」彼女が言う。カルテによると、名前はナンディニ・ウィジェダサ。十八歳で、結婚はしていない。父親は、ウィリアムの屋敷からも近いゴム農園の事務員をしている。今朝がた発熱し、脚の痛みもぶり返したために再入院をしたらしい。

ウィリアムは安心させるように笑顔を浮かべながら、病院支給のゆったりしたパジャマの裾をそっとめくる。その傷はレンの記憶にあるよりは小さかったけれど、滑らかなふくらはぎに恐ろしい跡を残している。黒い糸で縫い合わされた周りが腫れていて、とても痛々しい。

「もう一度傷口を開いて、洗浄する必要があるな。おそらくは組織を切除してから、縫合し直すことになると思う。感染症を防ぐためには、家に帰ってからも、ガーゼに消毒用のフェノール液を含ませて傷口に当てておかないといけないよ。傷口を清潔にしておかないと、敗血症を起こすかもしれないからね。わかったかい?」

ウィリアムがナンディニを見つめた瞬間、ふたりのあいだに火花が散る。イーが死んでからというもの、レンの第六感がここまで強くなるのははじめてだ。いったいどういうことなんだろう? とにかくレンには、わざわざ顔を上げて見るまでもなく、ウィリアムと、若いナンディニのあいだに何かが起こりつつあるのがわかっている。ウィリアムは、ナンディニがカールした長いまつげをパチパチさせるのを見ながら、去りがたくて後ろ髪を引かれるような思いでいるのだ。

そう思ったのはレンだけではない。そこで外国人の女の人が、台車を押しながら部屋に入ってくる。台車には小説のほかにも、『パンチ』や『ザ・レディ』などの古雑誌が積んである。患者のための読み物だ。女の人は、ハッとするようなエレクトリックブルーの瞳で、ウィリアムの背中をじっと見つめている。

「ウィリアム——今日はどうして病院に?」

ウィリアムは振り返りながら口を開く。「やあ、リディア」

差し込んでくる日差しを浴びて、金色の巻き毛が輝いている。レンは、あの髪の毛はいつもあんなふうにふわふわなのかな、と思う。それとも蒸しケーキみたいに、蒸気を当てたり、形をつけたりするんだろうか。

「あなたの患者さんなの?」リディアは、ベッドにいるシンハラ人の娘にちらりと目を向ける。

「ぼくのじゃないんだ」ウィリアムがレンのほうに目をやると、レンは恥ずかしそうな顔で、ナンディニのベッドのそばの床にできたひびをじっと見つめている。

リディアはウィリアムの腕に自分の腕をからませ、横のほうに連れていく。「レスリーからきいたのだけれど、若手医師のパーティ、次はあなたのところでやるんですって?」

「独身男が集まって、なんだかんだ話をするだけの集まりだよ。残念ながら、それほど楽しい会じゃない」ウィリアムはいかにも愛想よくこたえる。

リディアの顔は、どことなく哀しげで、何かを期待しているようでもある。「わたしも参加していいかしら?」

「熱帯地方の病気に関する話をえんえんきくのがいやでなければね」

「いやなものですか! わたしはできるだけ助けになりたいの——ときどき人間って、大切なものが何か、自分ではわからなかったりするから」

ふたりが話を続けるいっぽうで、ナンディニがレンの袖に手を伸ばしながら言う。「ありがとね」その笑顔が温かくて、レンはナンディニが生きていてよかった、血まみれになった手押し車の上で死ななくてよかったと、心の底から嬉しくなる。「お医者さんになる勉強をしているの？」

「そうできたらいいんだけど」

「きっと、いいお医者さんになれるわ」ナンディニの視線が、ウィリアムのほうへとたゆたう。「ご主人はよくしてくれる？」

レンはそこで、いまさらのようにハッと気づく。そうだ、先生は、とてもよくしてくれている。

「いい人ね」ナンディニが言う。そこでまた、ウィリアムとナンディニのあいだに、目には見えない火花が散る。レンには火花の飛ぶかすかな音がきこえ、閃《ひらめ》きまでが見えそうになる。

ウィリアムがまた、ナンディニのほうを振り返ってたずねる。「家はどこだい？」

ナンディニがおずおずと住所を告げる。

ウィリアムは胸ポケットからメモ帳を出し、その住所を書き留める。「ぼくの家から近いんだな。来週にでも来てくれれば、また脚を診てあげるよ。わざわざ病院まで来る手間が省ける」

ウィリアムのうしろでは、リディアが台車の本をせっせと並べ直している。

レンは、リディアからは何も感じることができない。外国人で、さらに女の人というのはレンにとってなじみのない組み合わせだし、まったく縁のない世界の人だからだろう。リディアとウィリアムはとてもお似合いだ。どちらも背が高くて、瞳の色が薄くて、肌は強烈な日差しで斑《まだら》になっている。ナンディニみたいな、滑らかで均一な肌の色とは違う。レンは、リディアが気の毒になってしまう。あんなにがんばってるのに。どうして先生は、あの人が好きじゃないんだろう?

回診が終わり、レンはウィリアムのそばをとことこついていく。猫の髭の感覚が戻ってきていて頭がクラクラする。見えないものが見えるこの感じ、すごく久しぶりだ。腕が一本増えたような、もうひと組、別の目と耳があるみたいな。いったいこの病院の何がそんなに特別なんだろう? そこでウィリアムが、同僚の病理学者ローリングズのところに顔を出すと言う。検死結果について、きいておきたいことがあるのだそうだ。病理学科というのが、たとえば臓器とか、死んだ人や動物の体を扱うところだというのはレンも知っている。だとすると、指はそこにあるのかも。レンは興奮にぼうっとしながら確信する。これでやっと。たとえ目を閉じたままだって、ぼくには指を見つけることができるはずだ。

片側にデイリリーの花壇が並ぶ屋根付きの通路を進みながら、レンはふと、これまでにはない形でウィリアムの心の動きがはっきり読めることに気づく。ウィリアムの興味は、ピンと張った糸のようだ。すぐに切れるのだけれど、その先にはたいてい女の人がいる。通り過ぎていく看護婦、ベッドにかがみ込んでいる女性の見舞客。レンであれば、ドアのうしろにいる蜘蛛《くも》とか、デイリリーの下に転がっている真ん丸な小石とかが気になるのだけれど、ウィリアムはそんなものには目もくれない。レンは小石を拾ってポケットに入れたくなるが、やはりやめておく。ひょっとすると病院のものかもしれないから。

病理学科に近づくにつれ、見えない糸に引かれるような感じがとても強くなって、レンの体は興奮に硬くなる。こんなのははじめてだ。イーとだってここまでじゃなかった。角を曲がったところで、ウィリアムが胸ポケットを叩き、困ったような顔でズボンのポケットを探る。

「レン、病室に戻って万年筆を取ってきてくれ。病棟看護婦が持っていると思うから」

レンは身を引きちぎられるような思いで、ウィリアムが向こうの建物に近づき、ドアを開け、なかに入っていくのを見守る。あの部屋にある何かが、ぼくを呼んでいるのに。十五メートルくらい離れていても、まるで磁石に引かれているみたいに感じる。あの部屋に行かなくちゃ。けれど、万年筆を取ってこいという言いつけに背くことはできない。万年筆のブランドは、確かヨーロッパ一高い山と同じ名前、そう、モンブランだ。丸味を帯びた白い星のマークは、雪に覆われた山頂を表していて、刻印の入ったペン先は純金製。先生は毎日、あの万年筆で手紙を書く。見つからなかったら、ものすごくがっかりするだろう。

レンは慌てて駆け戻り、違うところで曲がってしまう。無線信号が次から次へと襲いかかってくるようで、意識を集中させるのが難しい。魚でいっぱいの鏡。レンは、盲目の漁師パク・イドリスの言葉を思い出す。あとは、やつらの歌を知ることだな。けれどいまレンが感じているのは、魚というよりも、暗闇をせわしなく飛び回る蛍《ほたる》の群れだ。周りにいる人たちの興味や感情が、あちこちででたらめに動き回っている。静かな場所にさえ行けば、きちんと整理することもできるはずだ。けれどその前に、万年筆を取り戻さなければ。病棟看護婦にきくと、婦長が持っているという。

上級の職員の大半がそうなのだけれど、婦長もやはり外国人だ。顎の尖ったオーストラリア人。全身が肘みたいに骨ばっていて、動作がキビキビしている。レンがようやく事務室にたどり着いてたずねると、大丈夫かしらというような顔をして婦長が言う。「とても高価な万年筆なのよ。落とさないようにね」婦長の白い看護帽は、糊がきいていて固い翼のようにピンとしている。レンは万年筆を握り締め、胸をはやらせながら病理学科の保管室へと急ぐ。周りの大人に怖い目でにらまれながらも、途中からは駆けはじめる。道をきく必要はない。頭のなかでは、電波のようなものがブンブンうなっている。最後の角を曲がった瞬間、レンはどすんとウィリアムにぶつかってしまう。

「見つかったか？」ウィリアムが言う。

レンはぼうっとしながら、ウィリアムを見つめる。そうだ、万年筆。レンは誇らしげに差し出して見せる。

「よかった！」ウィリアムは嬉しそうな顔だ。けれど万年筆が見つかったためなのか、それともあの部屋でいいことでもあったのか、レンにはよくわからない。とにかくここ一週間の様子からは、考えられないほどの上機嫌だ。レンはウィリアムの向こうをのぞき込む。保管室のドアは少し開いているのに、日差しがまぶしくて、薄暗い部屋のなかまではよく見えない。ドアのところに、ほっそりした人影が立っている。男の人だ。女のひとにしては背が高過ぎる。あれがローリングズ先生なのかな?

　電流のようなものが、一気にレンの体を貫く。思考が乱れ、頭のなかがぐちゃぐちゃになる。猫の髭が震えている。行かなくちゃ。先生が出てきたばかりのあの部屋に。レンの体がふらりと揺れる。

「しっかりしろ」ウィリアムがレンをベンチのほうに連れていく。「昼は食べたのか?」

レンは食べていない、というように首を振る。レンもアーロンも、まさかレンが町に出ることになるとは思っていなかったのだ。

「なら、何か食べさせてやろう。まともなコーヒーを出す店が町にあるんだ」

　病院の正面へと引き返しながら、レンの目には、やるせなさに涙がこみ上げてくる。車は覆いのある場所にとまっていて、そのそばではハルンが、しゃがみこんだ恰好でふたりを待っている。走り出した車のなかから、レンは病院を振り返る。先生はこのあとキンタクラブに行くはずだ。病院からもそんなに遠くない。ひとりでこっそり戻ってくることもできるんじゃないかな。いや、なんとかして戻ってこなくちゃ。

16

六月十三日（土）
バトゥ・ガジャ地方病院

ウィリアム・アクトンだという外国人が、病理学科保管室の開いたドアのところから言った。

「見たことのない顔だな。看護婦ではないようだが？」

「ええ、手伝いにきているだけで」男の目に物欲しそうな光が煌《きら》めくのを見て、わたしは居心地が悪くなった。シンはどこに行っちゃったのよ？

「なるほど」男はそう言ったまま、動こうとしない。

わたしはどうしたものかと、腸の一部が入った瓶を持ったまま立ち尽くした。男が眼鏡をはずし、顔をこすると、なんだかいきなり表情がむき出しになったかのようで、具合が悪そうにも見えた。日焼けした肌がくすみ、目の下にはくまができている。二十五歳から三十五歳までなら何歳でもおかしくないけれど、身のこなしは素早そうだ。

「だったら、ローリングズのために働いているのかな？」

わたしはうなずいた。意外にも、男は顔をほころばせた。笑顔になると、やつれた顔が魅力的になった。

「名前を教えてくれないのかい？」

「ルイーズよ」この質問には慣れていた。

「では、ルイーズ、どうやらきみは、ここにある標本のたぐいを見ても平気なようだな」

「ええ」わたしは冷ややかに言った。

「その標本のなかには、いくつかわたしが寄贈したものもあるんだ」

わたしは思わず興味を引かれた。「自分の臓器を研究のために寄付したってこと？」そういうのは、死後に行なうものだと思い込んでいたけれど。

外国人の医者がまた微笑《ほほえ》んだ。「患者のものさ。たとえば――かなり大きくなった胆石に、指も二本」

「指？」わたしはハッとした。

「インド人の患者から、六本目の指を切除したんだ。もうひとつは、わたしの友人のものだった。実際、ここには結構な指のコレクションがある。確か、少なくとも十二本はあるはずだ」

医者は部屋を横切りながら、よどんだ液体の入った大きな瓶を指差した。「これはもう捨てたほうがいい。古い標本にはアルコールの使われていることが多いんだが、その場合には年に一度、保存液を取り替える必要があるんだ。取っておくのは、医学的に興味深いものだけでいい。もちろん、一緒に埋葬したいからと、患者が自分の体の一部を取り戻しにくる場合もあるんだが」

医者が身を乗り出してきたので、わたしは一歩わきへよけた。男の人のそばに立つのは抵抗がある。メイフラワーでの経験から、男性の腕が長く、見た目よりも強いことはよくわかっている。両手で腰をつかまれたら、振りほどくのが難しいことも。しかも、ここにはにらみをきかせている用心棒も、ワシのような目のママもいない。部屋にふたりきり。叫んだとしても、人が来てくれるかどうか。

たぶん、考え過ぎだ。医者はさまざまな標本について話を続けている。ずいぶん標本に詳しいようだ。

「いつまで保管しておくの？」

「さあね。珍しいものが多いからな――オーダリーの連中は、暗くなってから看護婦の訓練生をここに連れてきて、怖がらせては面白がっているようだが」

わたしはこうきかずにはいられなかった。「この病院の看護婦になるのは難しいのかしら？」

「学校には行っているのかい？　どうもそんなふうに見えるが」

わたしは前期中等教育まで終えていることと、何か新しいことがしたいのだという気持ちを簡単に説明した。

「なるほど」医者はまた、わたしを値踏みするように見ながら顎をこすった。「ここには、イギリス本国のようなきちんとした基準はないんだ。病院次第という感じでね。バトゥ・ガジャ地方病院では、地元の若い娘を訓練生として教育し、看護婦に採用している。講義を行なうのは、先輩の看護婦や医師たちだ。そのあとで、州の試験がある」

「訓練生に空きはあるの?」期待が声に出てしまい恥ずかしくなったけれど、医者は、わたしが興味を持ったのを見てなんだか嬉しそうだった。

「病院に確かめてみたほうがいい。もし今年がだめでも、必ず次の機会はあるから」

「学費はかかるのよね?」母さんの借金の支払いで手元には全然お金がないし、継父に金なんか出す気はないと言われたら、それでもうおしまいだ。

「奨学金があるはずだ。ただし、だれかの推薦が必要になる」

医者の目には何かが、長い午後のダンスのなかで見知らぬ男たちを相手に感じた、飢えたような孤独があった。

「これはぼくの名刺だ」医者が、角のピンとした長方形の紙を差し出した。「医長に渡して、看護婦の仕事に興味があることを伝えるといい。でなければ申込書を準備してくれれば、ぼくから婦長に渡してあげよう」

名刺には、ウィリアム・アクトン、一般外科医、と記されていた。そのあとについているいろいろな肩書も、わたしにはよくわからないけれど、病院の事務局に対しては力があるはずだ。

この人を誤解していたのかもしれない。あまり人を疑い過ぎるのもよくない。将来への扉を閉ざし、人を遠ざけることになってしまう。学校での最後の年、担任だった女の先生は、わたしが後期中等教育に進まずに学校を辞めてしまうことを残念がり、家まで一緒に行ってご両親を説得してあげるからと言ってくれた。その試験を受けられるのは、ほんのひと握りの女の子だけだ。全国でも、おそらく四人か五人。先生は、わたしならきっとそのひとりになれると思ってくれたのだ。けれどわたしは断った。先生をあの家に連れていって、継父に拒絶されるだけの屈辱的な姿を見られたくなかったから。でもひょっとしたら、もっと必死に闘うべきだったのかもしれない。

だから今回、わたしが口にしたのは「ありがとう」だったし、心からそう思ってもいた。わたしは紙に刻印されている名前の凹凸《おうとつ》を指でなぞりながら、名刺をポケットにしまった。

ひょっとしたら、運が変わりはじめたのかもしれない。運というのは――いいにしろ悪いにしろ――順繰りにやってくるという。聖書に出てくるヨセフの話のように。母さんはわたしを、メソジスト派の牧師が設立した学校に入れた。礼拝で立ったり座ったりしながら静かにお祈りを唱え、賛美歌がはじまるのをきいていると、いつだって心が慰められた。たとえ頭のなかではろくでもないこと、たとえば継父を毒殺することなんかを考えていたとしても。

けれどあのセールスマン、チャン・ユーチェンも、やはり運の話をしていた。しかも、ものすごいツキを手にしたようなことを言っていたのに、結局、排水溝に落ちて死んでしまった。

廊下から物音がしたかと思うと、シンがまたひとつ、ファイルの詰まった箱を持って部屋に入ってきた。シンは驚いた顔で足を止めた。

「さて、そろそろ行かなければ」ウィリアム・アクトンの声が、なんだか急にそっけなくなった。

シンは警戒するように部屋を回り込みながら、アクトンに目をやり、興奮に赤らんでいるわたしの顔を見た。

「何か必要なものでも？」シンが声をかけた。

「きみは夏のあいだ、オーダリーとして働くことになった医学生だね？」

「そうですが」

なにやら二頭の犬が警戒し合うような恰好になったけれど、わたしはあまり気にとめなかった。閉ざされたと思い込んでいた仕事への道が、少しだけ開いたのだ。ひょっとしたら、そこから先に進めるかもしれない。

「ローリングズに、ぼくが来たことを伝えてくれたまえ」それから軽くうなずいて見せると、そのまま行ってしまった。

シンはドアのところに立ったまま、しばらくその姿を見送っていた。

「大丈夫か？」シンが言った。

大丈夫に決まっている。一年前のわたしだったら、もっと怖じ気づいていただろう。けれどメイフラワーで働くようになって、見知らぬ人の相手をすることにも慣れていた。それに、何かをされそうになったわけでもない。あの人は例の〝ワニ《ブアヤ》〟どものように、手をあらぬところにさまよわせては、わたしにひっぱたかれる手合いとは違う。とはいえわたしだって、ローズやパールみたいに、おなかをすかせた子どもが家で待っていたら、そんな男たちを手荒く扱う余裕はないはずだ。母さんが継父との再婚を決めたのは、ひょっとするとわたしのためだったのかもしれないと思うことがときどきある。つんつるてんになったわたしの服や、部屋の隅に置かれた空っぽの米袋を見ながら、母さんは再婚こそが最善の道だと腹をくくったのだろうか？　いや、それだけではなくて、母さんは継父が好きなのだ。あの男の何かが、母さんを惹きつけていることだけは間違いない。

「お昼にしよう」シンが言った。「食堂はまだやってるから」

部屋に鍵をかけると、また別の建物に向かって草地を横切った。熱を含んだ赤土がボロボロ崩れては、指の第一関節くらいある大きなクロアリが、足元から急いで逃げていく。シンは黙りこくっている。先ほどまでの上機嫌はどこかへ消えてしまったようだ。

「あのお医者さんの話だと、病理学科には、少なくとも十二は指の標本があるらしいの」わたしは新情報を手に入れたことに、嬉々としながら言った。「なくなっているものがないか、きちんと照合しないとね」

日差しから逃れ、屋根付きの通路にたどり着くとホッとした。車椅子の老人が通りかかると、それを押していた白衣姿のオーダリーが、シンに向かって親指を立てて見せた。

シンはむっつりした顔で会釈を返した。「話したのはそれだけか？」

「どうして？」

「あの医者については、ちょっとした噂があるんだ」

「なんなの？」

「腕のいい外科医ではあるんだが、地元の若い女に色目を使うらしい」

「そんなの――外国人はみんなそうじゃない」

シンがサッとわたしに目を向けた。「変わったな」

もちろん、わたしは変わった。情事、コールアウト、不倫。いまではそんな話をきいたところで驚きはしない。メイフラワーでは学生時代よりも多くのことを、たったの一週間で学んだ。それだってホイからは、ウブ過ぎるとからかわれるのだけれど。

「そんな噂、どこできいたの？」わたしは言った。

「ルームメイトからだ」

ポケットに入っているウィリアム・アクトンの名刺が、まるで、ずっと行きたかった土地への切符のように思えた。ほんとうはシンにも、看護婦の訓練を受けられるかもしれないと打ち明けたかったのだけれど、なんだか興味を持ってもらえなそうな気がした。ふたりの立ち位置はもう全然違うんだ。そう思うと苦々しい気分になった。わたしは医学校の奨学生でもなければ、夏季休暇に仕事を選べるような立場にもない。

食堂では、せっかくなので目新しい西洋料理を試してみたかった。黒板には、サーディンのサンドイッチ、チキンチョップ、マリガトーニ（インドのスープ）といったメニューが書かれている。シンが偉そうに言った。「うちの大学の食堂を見せてやりたいよ。ここよりずっとメニューが充実しているんだ」そこでシンが口をつぐんだ。おそらくは、わたしがどれほど大学に行きたがっていたかを思い出したのだろう。わたしはこわばった笑みを浮かべ、なんとか苛立ちを隠そうとした。

午後の二時になっていたので、テーブルはがらがらだった。ほとんど食べ終えたとき、しばらく前にすれ違った、おじいさんの車椅子を押していたオーダリーがやってきた。二重顎をした陽気な子豚ちゃんといった雰囲気の男で、鼻の下には汗の玉が浮いている。

「休みだってのにどうしたんだよ？」男がドンと、湯気の上がるフィッシュボールヌードルの丼《どんぶり》を置きながらシンに声をかけた。「おっと！　しかも彼女が一緒とは。ずいぶんと安上がりなデートもあったもんだ」

男の小さな目にはおどけた表情が浮かんでいたので、わたしは思わず微笑んでしまった。

「わたしたちはきょうだいなの。シンに仕事を手伝わされちゃって」

「こんなに美人のきょうだいがいるとはな。どうしてもっと早く教えてくれなかったんだよ。ぼくはコー・ベン。独身です」わたしたちはテーブル越しに握手を交わした。その手のひらは、予想通り汗で湿っていた。「いったい何を手伝ってるんだい？」

「病理学科の保管室の掃除だよ」シンが言った。

「それはまた嫌われ仕事だな。溶液漬けの臓器だなんてぞっとしないのかい？」

「ファイルの整理よりはマシかも」わたしが言った。

「頭部の標本がひとつあるんだけど、あれは見たかな。真夜中に持ち上げると、なんと口をきくらしい」

わたしが疑わしげな目を向けると、コー・ベンはウインクをして見せた。「あそこには、ほかにもあれこれ奇妙なものが保管されているんだ。たとえば呪術師の使い魔であるペレシトとかね。瓶に入ったペレシトはバッタにそっくりなんだけど、月に一度、血を飲まないと死んでしまうんだよ。それから人虎《じんこ》――ハリマウ・ジャディアン――の指だな。人虎は人に化けて、真昼間に堂々と歩き回ることだってできるんだ」コー・ベンはシンのほうに顔を向けた。「ぼくが彼女の掃除を手伝おうか?」

シンが苛立った様子を見せたので、わたしが慌てて言った。「もうほとんど終わっているから」大嘘だった。「イポーまでの最終列車は何時なの?」

「ぼくが送っていくよ」性懲りもなくコー・ベンが言った。「どうせ今晩、そっち方面に行く予定なんだ。ところでぼく、独身だから」

「さっききいたわ」

「念のためってやつさ」子豚にそっくりだけれど、面白い人だと思った。おまけに、本人もそれをわかっているらしい。

「おれが送るから大丈夫だ」シンが突き放すように言った。「なんなら、ここに泊まってもいいし。友だちが、部屋に泊めてもいいと言ってくれてるんだ」

「その友だちってのは?」わたしが口にする前に、コー・ベンがそうきいた。

「看護婦さ」

「きみのきょうだいときたら、ここに来て一週間にもならないってのに、もう看護婦たちのあいだに大騒ぎを巻き起こしてるんだからな」

「驚くことじゃないさ」シンが微笑むのを見て、わたしはイラッとした。だが確かにその通りだ。シンにまたひとりガールフレンドができたからといって、別に驚くことではない。

シンの最初のガールフレンドは、二歳年上で、わたしの同級生のいとこだった。いい子だったけれど、正直、シンが彼女を選ぶとは思わなかった。落ち着きのあるしっかりした子で、わたしも好感を持っていた。それでもひと月くらいは、シンと付き合っていることに気づかなかった。

「シンってば、このごろ外出が多くない？」ある夜、わたしは母さんにそう言った。

わたしたちは居心地のいい静けさのなかで、キッチンのテーブルについていた。オイルランプの明かりが、母さんの縫物と、図書館から借りてきたわたしの本を照らしていた。シャーロック・ホームズだったけれど、そのころには毒殺もあきらめていたから、純粋に読みたくて読んでいただけだ。何もかもがいつも通りで、穏やかだった。シンが継父とここで殴り合い、古いテーブルを壊し、裏庭に駆け出したなんて。ほんとうのところ何があったのかはわからないままだけれど、あの晩のことが信じられないくらいに静かだった。でも、人というのはそういうものだ。悪いことは忘れて、日常や安全を取り戻そうとする。

母さんが縫い糸を嚙み切った。「フォンランを送っていったんじゃないかしら」母さんは、大工であるフォンランの父親に新しいテーブルを作ってもらったのだ。シンとの喧嘩で心配をかけたことに対し、継父なりの詫びの入れ方でもあった。

「ずいぶん親切ね」

母さんが妙な目でわたしを見た。「彼女と付き合っているのは知っているのよね？」

わたしはギョッとしたけれど、驚くことではなかったのかもしれない。シンにだって、いつかは好きな女の子ができるに決まっていたのだから。

フォンランは丸顔で、眉がやさしげに少し垂れていて、とにかくシンに夢中だった。シンに思いを寄せている子ならいくらでもいたのに、そのなかからフォンランが選ばれたことにはみんなが驚いていた。「大根足のくせに」と見下すように言う人もいて、フォンランも知っていたかもしれないけれど、気にしてはいないようだった。その、誠実でしっかりしているところこそ、彼女の魅力なのだ。あまりにもいい子過ぎるので、ときにはこっちが叫び出したくなるくらいだったけれど。とはいえ、わたしもフォンランの人柄には惹かれていた。あの心のこもったやさしい声で話しかけられるたびに、こんなお姉さんがいたら心強かったのにと思ったものだ。妹のわたしを可愛がり、大切にしてくれただろうと。

一度、予定よりも早く帰宅したときに、フォンランとシンが一緒のところを見てしまったことがある。その午後、家のなかは静かでがらんとしていた。あまりにも静かだったので、てっきりだれもいないと思い込んでしまった。だから口笛を思いっきり吹くとか、継父のいやがることをいくらだってできたはずなのに。日めくりのカレンダーを一枚破るとか、ラジオのつまみをほかの局に合わせるとか、わたしたちはバカみたいなことまであれこれ禁止されていたのだ。そういったことをなんだってできたはずなのに、わたしはただ静かに階段を上った。

階段の一番上のところでスクールバッグを置くと、靴下を履いた足で、音も立てずに廊下を進んだ。それからふと、耳慣れない音に足を止めた。あえぎ声と、やわらかなうめき声。シンの部屋から、女の子の声がする。わたしはその場に凍りついた。肌が粟立ってこわばり、どんどん縮んでいくような奇妙な感じがした。それから開いたままのドアの向こうに、ふたりの姿が見えた。

ふたりは、わたしにはもう入ることさえ許されない、シンの部屋の床の上にいた。フォンランは背中でベッドにもたれていた。シンのほうにかがみ込みながら、ブラウスの前をはだけて、色の白い、重たげでふくよかな胸をあらわにしていた。分かれた髪が、まるで艶やかなカーテンのようだ。シンの頭を膝に乗せて、自分のものだとでもいうかのようにシンの胸を撫でている。シンの顔は反対を向いていて見えなかったけれど、フォンランの顔は見えた。うっとりと、この世で一番美しいものでも眺めるかのようにシンを見つめていた。確かにシンは美しかった。無造作に伸ばしたしなやかな体、鋭い顎の線、そのときばかりは、このわたしでさえシンを美しいと思わずにはいられなかった。

一瞬で、わたしはさまざまなことを悟った。シンのこと、自分のこと。そして、決して手に入らないものが世の中にはあるのだということ。ずっと同じ家で暮らしてきたのに、シンの、あんなに安らいだ姿は一度だって見たことがなかった。シンはいつだって、巻き上げたバネみたいに張り詰めていた。鶏小屋のうしろに落ちた暗がりのなかでシンを抱き締めたときも、その体は、こびりついた怒りにこわばっていた。けれどそのとき、ふんわりやわらかな午後の光のなかにいたのは、わたしの知っているシンとはまったくの別人だった。わたしは気分が悪くなるほどの無力感に襲われた。どんなに仲がよくて、どれだけの秘密を共にしようと、わたしには、シンにあんな安らぎを与えることはできないのだと。

喉が詰まり、声が漏れた。フォンランが顔を上げたとき、わたしはもうその場を離れ、長い廊下を走っていた。記憶のなかにあるあの家は、一階も二階も、まるで暗く果てしのないトンネルのようだ。どうしたらいいのかわからないまま、ぼんやり外をうろつき、親たちが確実に帰っているはずの時間になってから、ようやく家に戻った。シンは何事もなかったような顔をしていた。帰ってきたわたしを見ても、とくに反応はなかった。だいぶ遅い時間になっていたからランプもすでに灯されていて、心配していた母さんはホッとしながらもわたしを叱った。

けれど、その数日後にフォンランから声をかけられた。

「この前、見られたことはわかっているの」フォンランは言った。「きっと、気まずい思いをさせちゃったわよね」

そのおっとりやさしげな口調が、かえって胸に突き刺さった。

わたしは軽く流そうとした。「気にしないで」

けれどフォンランは真剣な顔で言った。「わたし、本気なの。まだ最後まではいってない。妊娠なんかして、シンを縛りつけたくはないから。でも、もしも彼がしたいというのなら、あげるつもりでいるわ」

思わずフォンランの体をつかんで揺さぶりたくなった。いったい何を考えているの？　なにしろわたしは母さんから、純潔こそは女にとっての数少ない切り札なのだと、さんざん頭に叩き込まれて育っていた。シンがどれほどハンサムだろうと関係ない。処女を捨てるとしたらフォンランはバカだ。だとしてもわたしは、心のどこかで尊敬せずにはいられなかった。この人は、本気でシンを思っているのだと。

フォンランのほうがふたつ年上だったけれど、わたしはためらいながらも、彼女を思いとどまらせようと説得した。フォンランはじっと耳を傾けてから、かぶりを振った。「あなたの家族がどんなふうだかは知っているのよ」フォンランは言った。だったらシンは、ほんとうに何もかも打ち明けているんだ、とわたしは苦々しく思いながらも驚いた。「だから、シンを幸せにしてあげたいの。そのために自分を差し出す必要があるのなら、わたしはそれでも構わない」

それは愛？　それとも愚かなだけ？　きっと、そういうところにわたしの抜け目のなさが出てしまうのだろう。つい、生き残るための計算をしてしまう。わたしなら、自分を差し出してだれかのものになったりはしない。結婚指輪という、経済的な保険をもらわないかぎりはだめだ。しかも母さんの選択を見るかぎり、その場合でさえ、大きな代償を払うハメになるかもしれないのだ。

シンとフォンランのあいだがどうなったのかは知らない。その後、しばらくすると、ふたりは別れてしまった。おかしな話だけれど、そうなってみると、今度はフォンランをかばいたくなった。

「シンはもっと、真摯に、誠実になるべきだよ」わたしは言った。シンがシンガポールに発つ半年前のことで、わたしたちは大理石の天板がついた丸いテーブルを前に勉強をしていた。少なくともシンはしていた。なにしろわたしは大学に進学するわけでもなし、勉強をする理由がなかった。「まったく、名前に全然ふさわしくないんだから」

シンは参考書から、ほとんど顔も上げずに言った。「なんの話だよ？」

「どうしてフォンランと別れたの？　彼女、バケツに何杯分も泣いたはずだよ。わたしにはわかってるんだから」

「つまり、よりを戻せって言いたいのか？」シンがむっとなった。

「いまだれと付き合っているのか知らないけど、フォンランより真剣なはずないよ」わたしはフォンランをかばうように言った。

「で、自分はどうなんだよ？　真剣に思えば、ミンを振り向かせることができるとでも？」

痛いところを突かれた。シンは眉をひそめ、参考書をめくりながら言った。「フォンランに頼まれたのか？」

「そうじゃないけど」

「なら、よくわかりもしないことに口を出すなよ」シンの顔は、頬骨に焼きごてでも当てられたかのように真っ赤になっていた。「それから名前の話はやめろ！　おれは誠実だ。自分にできる範囲ではな！」

シンはカッとなったまま参考書をバタンと閉じると、部屋を出て行ってしまった。

食堂でランチを済ませると、保管室に戻り、ファイルに取りかかった。単純なものばかりだったので、思っていたよりは楽だった。ただ標本の整理のほうは、どうしたものかと頭が痛かった。なにしろ、なんの区分もされていないようなのだ。

おまけに、やたら変わったものばかりある。病理学科を管理しているのがだれにせよ、大英帝国のなかでも遠く離れたこんな隅っこで、神様になったつもりでいるのかもしれない。コー・ベンの話していた頭や、血を飲むバッタは見当たらなかったけれど、頭のふたつあるネズミならあった。毛のない尻尾《しっぽ》が、琥珀《こはく》色の液体のなかでうねっている。ローリングズの前任者だったマートン医師は、多くの患者から体の一部を提供してもらう際、調べ終わったら返すことを約束していたようだ。読みにくい文字で記録が残されていて、返却済みのものには、隅に小さな赤いバッテンがついている。

「胆嚢《たんのう》を返してもらいたがる人がいるなんて、どうしてだろう」わたしは言った。

「埋葬のときには、体が全部そろっていることを望む人がいるんだ」シンが真面目な顔で言った。

身震いが出た。あのセールスマン、チャン・ユーチェンが、踊りながらそんな話をしていたっけ――魔術の話と一緒に、死後安らかに眠るためには、元の状態で埋葬されなければならないというようなことを。

「さあ来たぞ」シンがファイルに目を通しながら言った。「指だ。左の薬指。寄生虫に感染したインド系の労働者のものだな。ホルマリン漬け」

わたしは棚の標本をくまなくチェックした。箱からはほとんど全部出したのに、指の入った瓶はまだひとつも目にしていない。

「それからもうひとつ――二重関節のある、女軽業師の右手人差し指」

「それもないな」わたしは言った。

じつのところ、記録を見るかぎりでは少なくとも十二は指の標本があるはずなのに、ひとつも見つけることができなかった。

「いったいどうなってるの?」わたしはもう一度台帳を調べた。医者の筆跡は読みにくいと冗談の種になることも多いけれど、今度ばかりは笑えなかった。台帳の文字ときたら、蟻《あり》の大群がコンガダンスでも踊っているみたいで、あとで読めようが読めまいが、まったく気にしていないかのようにくるくる書き殴られている。

「指のほかにもなくなっているものはあるかな?」

「もう調べた。何もなくなってない」わたしは紙の海のなかに置かれた段ボール箱にちょこんと座り、勝ち誇ったように台帳を振って見せた。

「相変わらず負けず嫌いだな」シンが不満そうに言った。「最初に思いついたのはおれだぞ」

「いいえ、わたしよ」わたしは台帳に目を戻した。

「蜘蛛《くも》だ。頭の上」

わたしは体を硬くし、目を閉じたまま、シンが蜘蛛を取ってくれるのを待った。以前のシンなら、わたしのおでこをひっかきながら、乱暴にひょいっと払ったものだ。それなのにいまは、慎重な手つきで、赤の他人のように淡々と指を動かしている。

「悲鳴を上げると思ったのに、つまんねえの」シンがぼやいた。

「どうして悲鳴を上げなくちゃならないのよ？」わたしは目を開けた。

シンの顔を形作っている見慣れた鼻や頬が、手を伸ばせば触れられるところにあった。美貌の条件ってなんだろう？　作りのバランス？　すっとした眉や、まつげの落とす影や、この表情豊かで曲線的な口元？　シンの瞳孔はわたしのよりもずっと黒くて、そこには小さな光が、火花を散らすように輝いている。その光が消えた瞬間、わたしは落ち、トンネルに引きずりこまれていた。目の前を映像がちらつく。水のなかから出ている線路。行き先のない切符。鏡のなかで泳ぐ魚。どこかで、真夜中を思わせる何かがぐらりと揺れたかと思うと、その影が川底から持ち上がってきた。空気が密度を増し、肺のなかでこわばる。わたしはあえぎながら、前につんのめった。

「どうしたんだ？」

倒れそうになったところを、シンに支えられた。さまざまな思いが、水草のようにぬるぬると、頭のなかで渦を巻いている。めまいを覚え、シンの体を押し返しながら上体を安定させた。滑らせた手の下に、シンの広い肩を感じた。固い筋肉。もう少年ではない、大人の体だ。なんだか、ひどい場所を走ったあとの馬のように鼓動が速まった。気をつけないと、とんでもないヘマをしてしまいそうだ。

シンが黒い眉をひそめ、心配そうにこちらを見ている。わたしがその瞳のなかに見た映像――映し出された影、ほかの世界へとつながっている鏡――は消えていた。いつものシンなのに、半分知らない人のようにも思えた。

「しょっちゅうこんなふうに、呪文でもかけられたようになるのか?」

呪文。なるほど。めまいの呪文。魔法の呪文。ゆがんだ指がくいっと動いて、わたしたちを奇妙な場所へと連れていく。わたしは口をきくことができないまま、黙ってうなずいた。

シンに両肩をつかまれた。その手の圧を感じると、少し気分がよくなった。それからシンが、手早く器用に上のほうのボタンをはずし、わたしの襟元を緩めた。ぼんやりしながらも、シンはこれまでに、どれくらい女の服を脱がしてきたんだろうと思った。けれどシンは慎重に、生地にだけ触れ、わたしの肌には触らないように気をつけていた。

「貧血の検査をしたことは? ジーリンの年ごろの女性には多いんだ」

シンはいつだって現実的だ。わたしは大きく息を吸った。明るい日差しが部屋に戻ってきて、呪文がなんだったにしろ、そこで解けた。

「シン、これまでに男の子と駅の夢を見たことってある?」

「ないけど」シンはホッと息を吐くと、ほこりには構わず腰を下ろした。

「わたしはあるの。それがヘンな夢でね、その子がわたしに話しかけてくるんだけど、なんだか前にも会ったことがあるような感じがするの」

「男の子――って、おれなの?」

わたしはファイルでシンを叩こうとした。「まったく自意識過剰なんだから」

シンは笑いながらかわした。ファイルがわたしの手から飛び、なかの書類が飛び散った。薄いペラ紙ばかりで、それぞれに読みにくい文字が書きつけられている。マートン医師の筆跡だ。リストに次ぐリストで、備品の注文リストなども交ざっていた。ホルマリン液、チンキ液、外科用メス。スライドガラス用の定着剤。それから目のなかにこんな文字が飛び込んできた。西洋人患者から寄付された指。塩漬けによる乾燥保存。

わたしはその紙をシンの鼻の下で振った。「見つけた——これまでのところ、溶液漬けにされてない指はこれだけだし！」

シンが声に出して読み上げるのを、わたしは肩のうしろからのぞき込んだ。「明らかに、場当たり的な応急処置ってとこだな。同僚の——きちんと読めないが——マクファーレンだかマクガーランドだかいう医者が、ジャングルを探検中に、指を切断する必要に駆られた。動物に嚙まれて敗血症を起こしたんだ。自分で切断したんじゃないことを祈るばかりだな」

「違うよ。W・アクトンがやったと書いてあるもの。ウィリアム・アクトン——さっきここに顔を出した先生だね。そういえば、友だちの指を寄付したとか言ってた」その偶然が、なんだか不吉な引き潮のように思えて、わたしは不安になった。

「たいした友情だな」シンが乾いた声で言った。

わたしはその言葉を無視した。「塩漬けか。たぶん、ほかには適当なものがなかったのね。いったい何をしに行ったのかしら？」

あの指の記録が見つかってよかったじゃない、とわたしは自分に言いきかせた。これで、医学的な必要から、医者の手で切断されたものだとわかったのだから。そのほかの、たとえば運に関するあのセールスマンの思い込みなんかは、単なる迷信に過ぎない。

「ついでに指ならここにあるぞ」シンが、すっかりおなじみになった小瓶をポケットから出し、すでにチェックの済んでいる標本のそばに置いた。

「上の棚の、奥のほうにしまっておいて」思わず身震いが出た。

それから太陽がゆっくり沈んでいった。食べられそうな金色の光が、なんだかクエラピスのようだ。層になったバターケーキで、オランダ領インドネシアのバタビア（ジャカルタの旧名）にいるいとこから、一度お土産にもらったことがあるのだけれど、しっとりしたひと切れひと切れから東インドのさまざまなスパイスの香りがした。保管室の整理はほとんど終わっていた。拭き掃除を済ませた木の棚には、びっしり標本の瓶が並んでいる。ラベルをつけ直したファイルも、きちんとファイル棚に収まっていた。照合を終えた標本のリストを見ていると、達成感に胸が温かくなった。

「この出来栄えなら、バイト料が余分に出たりしないかな?」わたしは言った。

シンは顔をしかめ、別のファイルに目を通していた。「そうはいかないだろうな。休日出勤一日分って言われてるし。ちなみに、ジーリンの分も含めてだぞ」

「じゃあ、半分ずつってこと?」

「そうだ」それからシンが突然こう言った。「何か、金の問題でも抱えてるのか?」

「買いたい物があるだけ」わたしは話を変えようとした。「シンこそ、稼いだお金はどうしてるの?」

シンが頭だけでこちらを振り返った。〝きくな〟とでも言いたげな曖昧な表情を浮かべている。「貯めてるんだ」

そんなに働いてどうする気なんだろう。そう思ったのは、何もこれがはじめてではない。奨学金に加えて、継父からも、生活費としてたっぷりもらっているはずなのに。シンが腕を折られたあのひどい夜にどんな休戦協定が結ばれたにしろ、わたしには知ることのできないなんらかの同意がなされ、それがうまく働いていることだけは間違いなかった。継父は厳しいけれど、約束は必ず守る人なのだ。

シンは大学の学期中でさえ働いていた。たまにしか来ない手紙からアルバイトをしていることは知っていたし、昨年の夏休みやクリスマス休暇にだって、帰省もせずに働いていた。どうしてそんなにお金がいるんだろう？　メイフラワーのような場所に行けば、出費はどんどんかさむ。なにしろ踊るだけでは済まない。飲み物だって頼むわけだし、個人的に女の子と外で会おうとすれば食事だっておごらなければならない。ほかにもいろいろ払うハメになって、気づくと収拾がつかなくなる。そういう男たちを見てきたからこそ、シンがシンガポールで同じようなことをしていたらと不安になってしまう。注意したほうがいいんだろうか？

いや、わたしが口を出すことではない。

17

六月十三日（土）
バトゥ・ガジャ

病院のあと、レンはウィリアムに連れられて、繁華街のカフェに向かう。外国人のたまり場だ。レンはどれにしようか迷ってから、ハムサンドイッチをお願いします、とささやくように言う。ハムは缶詰になったものが、コールド・ストレージの便でよその国からやってくる。レンは思い切って西洋人向けのごちそうを選んだのだけれど、ウィリアムはなんとも思っていないようだ。

レンはサンドイッチを手に、オースティンのそばで待っているハルンのところへ戻る。車はウィリアムが、前任の医師マートンから買い取ったものだ。ウィリアムはマートンから、白い屋敷の借用権、アーロン、ハルンも引き継いだ。ハルンは車の艶やかなボンネットや、緩やかな曲線を描くシャシーを誇らしく思っている。大きくはないが独身者にはぴったりの車で、ウィリアムも週末には自分で運転をする。

「前の先生は一度も運転しなかったよ」ハルンによると、西洋人たちはやってきては帰っていくという。二年で帰る人もいれば、すっかり居ついてしまう人もいる。何人もの使用人に囲まれた、熱帯地方の豊かな生活になじむと、イギリスでの暮らしには戻れなくなってしまうのだ。

アーロンは、前任者のマートンについて、本物の医者ではなかったというようなことを言っている。死人から臓器を取り出したり、死体を切り刻むのが仕事だったと。これがアーロンには気に食わなくて、体は元のまんまにしておくべきだとぼやくのだ。体の一部をあちこちへまき散らすもんでねぇ。そんなことをすればろくなことにはならん。遺骨が他人の手にわたれば、餓鬼《がき》なんかが生まれてくる。骨ってのは残された身内が引き取るもんであって、病院にある、医者の集めた瓶詰の臓器でいっぱいの部屋なんぞに置いておくもんでねぇ。

それはきっと病理学科の保管室のことだ。レンは、はやる胸でそう思う。ぼくの見えない猫の髭は、あの部屋のせいで震えたんだ。指はきっとあそこにある。今朝ドアのところに立っていた人は、暗くてよく見えなかったけれど、だれなんだろう？　マートン先生の代わりとして病院に来た、病理学者のローリングズ先生だったのかな。

ローリングズには家族がいるので、マートンの使っていた独身向けの家には入らなかった。妻や子どもと暮らせるようにと、もっと大きな屋敷を頼んだのだ。けれど家族は長居しなかった。一年――激しい雨、嚙みつくような日差し、靴のなかに忍び込むサソリなど――この地の生活を充分に体験すると、もうたくさんとイギリスに帰ってしまったのだ。アーロンは、ここにいる外国人はたいていどこか変わっていると、苦々しい声で言う。でなければ家族を地球の反対側に残したまま、島流しのような生活をしているわけがないと。

「女の人もかな?」レンはそうきいてみたことがある。

「もちろんだ!」アーロンは鼻を鳴らした。「トンプソンとこの娘を見てみろ。リディアとかいう娘だが。イギリスで、たいそうな醜聞を起こしたらしくてな」具体的な話までは、アーロンもしてくれなかった。レンの頭に、病院で立ち働いていたリディアの姿が蘇《よみがえ》る。あの人は、いったい何から逃げてきたんだろう。


少年たちが、籐のボールでセパタクロー（東南アジアの球技）をしている。ボールが飛んできて、車にぶつかりそうになったのを、レンが危ないところで受け止める。駆け寄ってきた少年たちは、艶やかな車と、レンの着ているハウスボーイ用の白い制服をちらちら見ながら、なんだか申し訳なさそうな顔だ。

「はいこれ」レンがそう声をかけて、ボールを投げ返してやる。みんなレンよりも年下だ。八歳か九歳。ちょうどイーが死んだときの年ごろだ。少年のひとりが、ポケットに手を突っ込んで、ミントキャンディをレンに差し出す。ちょっと綿ぼこりがついているけれど、レンはいかにもありがたそうな手つきで受け取る。

「外国野郎《グウェイロ》のところで働いてるのかい?」キャンディをくれた少年が広東語で言う。

「お医者さんなんだ」レンはキャンディをこっそり袖で拭いてから、口に放り込む。表面がざらっとしていて、ひんやりした味わいだ。

「じゃあ、病院で働いてんの?」レンはかぶりを振ったけれど、少年は構わずこう続ける。

「病院で幽霊を見たことある？」

「あそこではいっぱい人が死ぬからな」別の少年が言う。

「幽霊なんか見たことないよ」イーを別にすればだけど、とレンは思う。それに夢のなかの話だから、あれは幽霊とは違うはずだ。

「先週、虎に殺されちゃった女の人の話は知ってる？」

「だけど、病院で死んだわけじゃないぞ」また別の少年が言う。「ゴム農園で見つかったんだ」

「霊虎の仕業《しわざ》さ。白いんだぞ」

「いいや、人虎《じんこ》だよ――おじいさんに化けるんだ」

レンの胃が、ハッとひきつれる。虎に化けるおじいさんの話は、レンが恐れていることにぴったり当てはまるのだ。「虎がおじいさんになるなんて、だれからきいたの？」

一番小さな男の子が、甲高い声を張り上げて言う。「おじいさんがひとり、暗くなったゴム農園をふらふらしてるとこを見た人がいるんだよ。だけど見に行ったら、虎の足跡しかなかったんだ」

それからレンは、どうしてもこうきかずにはいられなくなる。「そのおじいさん、指は全部そろってたのかな？」

少年たちが目を見交わすのを見ながら、レンには、いま少年たちの考えていることがよくわかる。今度そのおじいさんの話が出たときには、間違いなく、指が欠けていたことになるだろう。

ふいに、ある記憶が蘇ってくる。黄昏時《たそがれ》、ゆがんだ影の落ちる大農場、白い服に身を包んだ老人の姿。遠過ぎて顔は見えないけれど、こわばった歩き方に特徴がある。闇が濃くなり、木木が静かな人影のように迫るなか、老人の着ている白い服だけが明るく見える。レンは家に戻るように呼びかけながら、マクファーレン先生に駆け寄っていく。また発作を起こしているのだ。そんなときの先生は悪寒に震え、熱に汗をかきながら、正気を失ったようになってしまう。

すっかり暗くなっていて、レンには自分の足元さえよく見えない。おなじみの、息の詰まるような感じがして、レンは自分がパニックになりかけていることに気づく。また先生が倒れたり、どこかに行ってしまったりするのではないか。でなければ、あの別人のような顔を自分に向けてうなるのではないかと恐ろしくてたまらない。そしてレンはひとり、闇のなかに取り残されてしまうのだ。

いまは太陽が燦々《さんさん》と輝いているというのに、それでもレンは震えている。この子たちは噂話を繰り返しているだけなんだ。そう自分に言いきかせる。先生が死んでから何日になるんだっけ？　レンは不安のなかで数え直す。あと十五日しかない。今日中に絶対あの指を取り戻すんだ。それを先生のお墓に埋めれば、何もかも大丈夫になるんだから。

少年たちが去り、アーロンに頼まれた買い物を済ませると、レンはハルンと一緒に影の落ちた場所で待つ。暇つぶしに、ハルンが煙草の巻き方を教えてくれる。薄い紙は扱いにくくて、煙草の葉がポロポロこぼれてしまう。けれどハルンはやさしくて、ニンジンのような太くて短い不恰好な煙草ができ上がっても文句を言ったりはしない。レンは紙を無駄にしないように、何度も同じ紙で練習する。

「だけど吸ったらだめだぞ」ハルンは煙草を受け取りながら言う。「何歳だっけ？」

レンは唾を飲み込む。「十三歳」

ハルンが探るようにレンを見つめる。「おれが働きはじめたのは十二のときだ。九人きょうだいでな。おれが一番上だった。大変なもんさ」

レンはうつむいたままでいる。とにかく務めを果たさなければ。「ゴム農園で見つかった女の人って、虎にやられたんだと思う？」

ハルンが顎をこすっている。「治安判事がなんと言おうが、どうにもおかしな事件だよ。虎が人を襲うのは、年を取ったり病気になったりで狩りができなくなるからなんだ。それなのにせっかく殺したやつを食わずに、途中で放り出すなんて話はきいたことがない。その死体には、何かしらおかしなところがあったはずなんだ」

「虎になる人間っているのかな？」これは、アーロンやウィリアムにもしてみた質問だ。

ハルンが深々と煙草を吸い込むのと一緒に、その先が赤々と輝く。「ばあちゃんから、マラッカのグヌン・レダンのそばにある、虎の村の話をきいたことがあってな。その村の家は、柱がイラクサ《ジェラタン》、壁が人の皮、垂木が骨、屋根が人毛でできている。住んでいるのは人虎《じんこ》、あるいはハリマウ・ジャディアンとも呼ばれる姿を変えられる連中だ。人虎には、死人の魂がついているという人もいる」

レンはその話に心が暗くなる。マクファーレン先生が、死ぬ前の日々に話していたことを思い出してしまう。先生は発作から目覚めると、どこに行き、何をしていたのか、支離滅裂な話をしたものだった。

「今度はだいぶ遠くまで行ってきた」先生が色の薄い目をさまよわせながら、レンに言ったことがある。「十キロほど離れた場所で、バクを一頭殺した」

「そうですか」レンはなだめるように言う。「なるほど」

「わたしは怖いのだよ」先生が、レンの小さな四角い手を握り締めながらつぶやく。「いつか、自分の体に戻れなくなるかもしれん」

レンは、白髪から桃色の頭皮をのぞかせ、涙目で震えていた先生の姿などすっかり忘れてしまいたい。覚えていたいのは、病気の赤ん坊をやさしく揺すったり、電池の働きを説明しようとラジオをバラバラにして見せてくれた先生だ。あれはみんな、マラリア熱のせいだったんだ。先生はすぐに回復したし、キニーネをたっぷり服用したあとは、すっかり元に戻ったもの。けれどその二日後、地元の猟師が立ち寄り、毛の生えたバクの耳と尻尾《しっぽ》を持ってきた。虎に襲われ、途中まで食われていたという。十キロほど離れた場所で見つけたときいたとき、レンは体をこわばらせ、ちらりとマクファーレン先生に目をやった。先生は、黙ってノートになにやら書き込んでいた。

「そうなのかい?」先生は、まぶたの垂れた穏やかな目でそう言ったけれど、先生のうわごとを覚えていたレンは動揺せずにはいられなかった。

現実に戻ったレンは、ハルンに不安そうな顔を向けて言う。「それはほんとう? 人の魂を持った虎がいるの？」

ハルンが大きく息を吐くと、鼻から細い煙の筋が立ち上る。「ばあちゃんは、ほんとうだとも嘘だとも決して言わなかった。そんな話でおれたちを脅かし、早く寝かせようとしたのさ」

ハルンは煙草をもみ消して言う。「先生は夕食のあと、クラブに行くと思うぞ。帰るんなら、送ってやるから。狩りが終わるまでは、歩き回らないほうがいい」

「虎狩りがあるの？」

「夜のうちにな。ゴム農園のどこかにヤギを縛りつけて、地元の猟師のパク・イブラヒムが待ち伏せをするんだ。プライスさんとレイノルズさんが一緒に行くってよ。ほかの人たちも遅くまでクラブに残って、結果を待つようだ」

ひょろりとしたウィリアムの姿が見えたとたん、ふたりともサッと姿勢を正す。ウィリアムは鼻の下にちょび髭を生やした外国人と、なにやら熱心に話し込んでいる。虎の話だとわかると、レンはこっそり耳を傾ける。

「ローリングズは例の検死に関して、妙な考えにとりつかれているようだな。どうしても不審死にしたいらしい」ちょび髭の男が言う。

「ああ、それならぼくもきいた」ウィリアムが言う。「だが、治安判事が却下したはずだ」

「虎以外に何がありえるっていうんだろうな。ファレルが、そんな話に聞く耳を持つはずもないのに」

レンは心が暗くなる。なら、やっぱり虎の仕業なんだ。

ハルンが車のドアを開けると、ウィリアムが脚を折り曲げながら、オースティンの後部座席に乗り込む。ハルンの予想通り、次の行き先は、チャンカット地区の小高いところにあるキンタクラブだ。

「ぼくがクラブで降りたあとは、ハルンに家まで送ってもらうといい」ウィリアムが、思いついたように言う。「それとも一緒に残って、今夜の虎狩りの成果を待つかい？」

レンは、病院に忘れ物をしたのだけれど、とにかく一緒に残りたいと言う。バックミラーのなかでは、ウィリアムとハルンが、愉快そうに目を交わしている。ここはひとつ、子どもの気まぐれをきいてやろうというような顔だ。レンは恥ずかしさに顔を火照《ほて》らせながらも、やらなくちゃならないことがあるんだから、と自分に言いきかせる。

遅い午後が夜へと変わる狭間の時刻に、レンはバトゥ・ガジャ地方病院にたどり着く。屋根のある通路の上の空は淡い桃色に染まり、太陽は低いところにあって、クリームケーキみたいなふわふわ素敵な雲のあいだで輝いている。けれど見とれているひまはない。午前中に病院で感じた、無線に似た、あのはぜるようなうずきがまた戻ってきている。イーでないのだとすれば、だれが、何が、この信号を出しているのだろう？

とにかく、まずは病理学科の保管室だ。木々の影で縞模様になった離れの建物に近づいたところで、レンはふとためらう。午前中には少し開いていたドアが、いまは閉まっているのだ。けれどノブを試すと、鍵はかかっていなくて、手の下でそっと回る。

なかは広くて、天井が高い。奥側の壁には、窓がいくつかついている。ウィリアムから、保管室にある箱を動かしているようなことをきいていたので、てっきり標本のたぐいで散らかっているものと思っていたのに、片付いていて、とてもきれいだ。傾いた日が差し込んではいても、部屋の隅に落ちた影が少しずつ濃くなっている。まるで目には見えない小さな生き物が、そのなかに集まりはじめているみたいに。

レンはかすかな耳鳴りを無視し、部屋に入っていく。思っていた通りの部屋だ。マクファーレン先生からなくした指を見つけるように言われたとき、まさに想像した通りに、ありとあらゆる形のガラス容器に入った標本がずらずら並んでいる。背の高い窓のそばには、まるでついさっき、だれかが残していったかのように空っぽの箱と足台がひとつずつ置かれている。その感じがあまりにも強いので、レンには、その最後の箱から中身を取り出している、すらりとした人の姿までが見えそうになる。いや、足台がここにあるってことは、その人は何かを棚の高いところにしまおうとしたんだ。

指は絶対ここにある。目を閉じるだけで、そのうずきを感じる。棚の高いところだ。レンは足台を引き寄せ、その上に乗る。ぞっとするようなものがぷかぷか浮いている大きなガラスの容器をわきへよけ、頭がふたつあるネズミの標本のうしろへと手を動かしていく。頭のなかの雑音がひど過ぎて、信号をはっきり読み取ることができない。まさか、標本がこんなにいっぱいあるなんて。足元に気をつけながら必死に爪先立ちになるけれど、それでも見たい棚に目をやるにはギリギリだ。

瓶のいくつかを動かし、その奥をのぞき込む。ラベンダー色に灰色を溶かしたような光がどんどん陰っていく。レンはひとりではないような気がして、「イー」と声に出してみる。その声が宙を漂って、期待をはらんだ静けさが広がる。まるで巨大な砂時計が、淡い色のきめ細かな静寂《せいじゃく》の砂を、さらさら落としているかのように。

不安と闘いながら、レンは辛抱強く標本の瓶を動かし、そのうしろをのぞいていく。やわらかな音を立て、瓶と瓶がぶつかり合う。きっとこの棚だ。それとも次の棚かな。はっきりとはわからない。レンは棚板に手を滑らせ、何かをつかむ。猫の髭が期待に震えている。手を引き寄せ、開いてみると、そこにはガラスの小瓶がひとつ。なかには指が入っている。乾燥して黒っぽくなり、なんだか小枝みたいだ。

安堵と恐怖で心臓が暴れている。レンは足台から下り、戦利品を見つめる。きいていた通りだ。「塩漬けになっているから」マクファーレン先生は言った。「同じようなものはないだろう――ほかの標本は、アルコールかホルマリン液に浸かっているはずだからな」

レンは小瓶をポケットに入れる。何かを盗むなんて、これがはじめてだ。レンは口のなかでごめんなさいとつぶやくけれど、いったいだれにあやまっているのか、自分でもよくわからない。神様か、イーか。それとも、こんなに時間がかかったことについて、マクファーレン先生にあやまっているのか。

すっかり濃くなった影が、重たいベールのように落ちている。盗んだ指が、ポケットのなかでずっしり重い。思ったより時間がかかってしまった。そっとドアを閉めながらも、肌が粟立ち、うなじには鳥肌が立っている。レンは歩き出し、小走りになり、だれも止める人がいないのがわかると、屋根のついた通路や長い廊下を次々と突っ走っていく。まるで、自分の人生そのものから逃げるかのように。

18

六月十三日（土）
バトゥ・ガジャ地方病院

「なら、保管室にある標本のなかで、指だけがなくなってるってわけね」わたしが言った。

バケツと雑巾を掃除用具入れに戻したあと、シンとわたしは、金色の花びらを落としているアンサナの木のあいだを歩いていた。

シンは眉をひそめた。「リストに載っていた指はいくつだ？」

「十四」

不吉な数字だけれど、そんなことを口にするつもりはなかった。シンは迷信じみたことが大嫌いだから。けれど顎のあたりがヒクついたのを見て、シンもやっぱり気にしているのがわかった。広東語で、十三はいい数字だ。長生きを思わせる音を持っている。それに対して十四は、死を強く連想させる音を持ち、最悪なのだ。

「ローリングズ先生に知らせたほうがいいな」シンが言った。「指ばかりこんなになくなるなんて、どう考えてもおかしい」

弁当箱をぶら下げた白衣姿のオーダリーが、かなり離れた場所にある建物から出てきた。沈みかけた夕日に向かい、顔を手で遮《さえぎ》っている。歩き方と角ばった顔に見覚えがあるような気がして、わたしは息が詰まった。その白い人影が近づいてくる。十メートルくらいのところまで来たとき、男が顔を覆っていた手を下ろして、こちらにちらりと目を向けた。昨日の夜、ダンスホールで会った顎のゆがんだ男。Y・K・ウォンだ。

行く先々に現れるなんて、あの男、ほんとうに悪魔なのかも。でも違う――単なる偶然、悪運に過ぎない。それに、向こうはまだこちらに気づいてないようだ。夕日のほうに顔をしかめている。

「シン！」わたしはパニックを抑えて言った。「あれはだれ？」

シンはちらりと男のほうに顔を向けた。「ルームメイトのウォン・ユンキオン《Yun Kiong》だ。寮は相部屋だと言ったろ。YKって呼ばれてる」

「てっきり、コー・ベンがルームメイトなのかと思ってた」あの陽気なおデブちゃんだ。

「いや、あいつは単なる友だちだよ」

わたしたちは大きな木々の下に広がる草地を歩いていたから、どこにも隠れる場所はない。もしも走って逃げるようなことをすれば、絶対に気づかれてしまう。ひょっとしたら、すでに気づかれているかもしれないけれど。

「あいつから見られないようにして！」

「なんでだよ？」

「説明はあと。お願いだから！」わたしは目をギュッと閉じ、シンの胸に顔をうずめた。それしか思いつかなかった。シンがハッと体を硬くしてから、しかたねえな、というように腕でわたしの体を包み込んだ。温かい息が首にかかり、体の熱が伝わってくる。頭がクラクラして、おかしな気分になったけれど、きっと不安のせいだと思った。なんたってさんざん見知らぬ男たちを相手に踊ってきたのだから、これくらいなんでもないはずだ。

枯れ葉の上をサクサク足音が近づいてくる。それから声がきこえてきた。一度しか会ったことがなくても、あの男の声だとすぐにわかった。

「やあ、リー・シン！　彼女を連れてきたのかよ」

わたしは指のあいだでシャツが滑るのを感じながら、ますますシンにしがみついた。

「今日は休みなんだ」シンが言った。「おいおい、取り込み中なのがわからないのか？」

足音が円を描くように近づいてくる。シンの胸は記憶にあるよりも広くなっていて、腕を回すのが難しいくらいだった。シンの心臓がバクバク鳴っている。それともわたしの心臓だろうか。

またY・K・ウォンの声がした。「紹介してくれよ。そうしたら、あとはほうっておいてやるから」

「すごい照れ屋なんだから困らせるなって――行けよ！」

笑い声がして、足音が遠ざかっていった。「あとで紹介しろよ！」

わたしは凍りついたまま、数を数えた。十まで数えたところで顔を上げ、もう大丈夫か確認しようとしたけれど、シンが警告するようにわたしをつかんだ。「まだだ！」それからこう付け加えた。「きちんと説明してもらうから覚悟しろよ」

肩胛骨《けんこうこつ》のくぼみに当てられているシンの手のぬくもりが、背骨に沿って熱く伝わっていく。シンがいきなり体を離して言った。「いったいどういうことなんだ？」

わたしは顔を赤く染め、話をぼかしながら、ウォンがあの指を探しにきたのだと説明した。シンの顎がこわばった。「指のセールスマンといい、おれのルームメイトといい――いったいどこで出会ったんだよ？　教えるつもりがないんなら、あいつに直接きくからな」

何か、もう少しマシな嘘を考える必要があった。「友だちとダンスホールに行ったの」わたしはとうとうそう言った。「そこで出会ったのよ――あのセールスマンと、シンのルームメイトに」

「どうしてそんな場所に行くんだよ？　男ならいいかもしれないが、おまえは違うだろ。なんたって――」

「なんたって何よ？」わたしは言った。「女だから？　自分は街のあちこちで女の尻を追いかけ回してるくせに、わたしは結婚するまでおとなしく家にいなくちゃいけないってわけ？」

ほんとうのことを認めるよりも、喧嘩をするほうが簡単だった。すぐに雇ってもらえて払いもいいから、見知らぬ男たちに触られながらニコニコしているだなんて、とてもじゃないけど打ち明けられない。シンのほうが立場が上で、とやかく指図されることには腹が立ったけれど、自分が短絡的な判断をしたことを恥ずかしくも思っていた。もしもシンに知られたらどうしよう。それどころか、万が一継父に知れたら、それこそどんなことになるかわからない。それに、看護婦の訓練のことだってある。すっかり舞い上がっていたけれど、推薦してもらうとなれば、身持ちの面も問題になってくるはず。未婚の女性であればなおさらだ。ホイの勧めでメイフラワーにひょいひょいついていったときには、そんなことまで考えてはいなかった。

ためらってから、シンが言った。「だれかに結婚でも申し込まれたのか？」

「そんなわけないでしょ」わたしは苦々しく言った。ミンの名前が、ふたりのあいだを漂いはじめ、口にはされなくても、鐘でも鳴らしたみたいにはっきりきこえた。

シンが冷たく言った。「とにかく、結婚するときには必ず相談しろよ」

「どうしてよ」

シンが苛立った顔をした。「ろくでもない結婚をしそうだからだよ」

「どうしてそう思うわけ？　質屋のいとことの縁談だって断ったんだから！」

思わず口を滑らせてしまい、わたしは自分を蹴飛ばしたくなった。決まりが悪いから黙っていたのに。シンが医学校に入ったあと、確かに縁談があったのだ。わたしが進学はしないときいて、地元の質屋が、いとこに代わって申し込んできた。わたしは断った。驚いたことに、継父もとやかくは言わなかった。

「質屋って――父さんの友だちの？　よぼよぼのヤギ野郎が」口調こそ穏やかだったけれど、シンの顔は青ざめていた。

「その人じゃなくて。いとこのほう」わたしはたじろいだ。

シンは継父には――あまり、似ていない。周りからも、亡くなった母親似だとよく言われている。それでも怒ったときには、継父が激怒したときそっくりに顔が蒼白になる。わたしは、シンのこんな顔を見るのがいやでたまらない。体を丸め、目を覆い、逃げ出したくなってしまう。わたしは心の黒い奥底に、いつかおぞましい悪夢のような変化が起こって、シンが父親そっくりになってしまうのではという恐怖をひそかに隠しているのだ。

「そんな目で見るなよ」シンが苦々しい声で言った。「何もしないって。したことないだろ」シンが歩きはじめた。あの怒らせた肩とうつむいた顔。わたしはシンが気の毒で、なんだかみじめになってしまった。

だからすぐに追いつくと、シンの手をつかんだ。「仲直り?」

シンはうなずいた。暗くなりはじめていて、建物が灰色の暗がりに溶け込んでいる。しばらくは手をつなぎ、黙ったまま歩いた。幼いころに戻ったかのように。森のなかで迷ったヘンデルとグレーテルみたい、とわたしはぼんやり思った。なんだか頭が重くなり、顔が火照《ほて》っていた。わたしたちはパン屑の跡を追っているの? それとも魔女の館に向かっているの?

とうとうわたしが口を開いた。「そろそろ駅に向かわないと」

「もう遅い」シンが言った。「最後の列車は出たあとだ」

「なら、どうすればいいの?」わたしは固い草の上に座り込んだ。疲労感がひどくて、ワンピースが汚れるのも気にならなかった。周りにはだれもいなくて、病院の電灯だけがまたたいている。

「泊まってけよ。段取りはつけてあると言ったろ。ＹＫのことなら心配はいらない。今夜は実家に戻るはずだから」

頭が自然と垂れてくる。目には見えない小人が頭の上で小躍りでもしているみたいに、重たくてたまらない。シンがわたしの額に手を当てた。「熱があるじゃないか！　どうして早く言わないんだよ」


シンの友だちの看護婦は外出中でいなかったけれど、職員寮にある、親類用の部屋にベッドの空きがあった。シンが記帳をしていると、コー・ベンが角から姿を現した。

「イポーには帰らないのかい？」コー・ベンはパリッとしたシャツとコットンのズボンに着替えていた。尻のポケットにくしを差し、髪は整髪料で片側にとかしつけている。なにしろ土曜日で、夜はまだはじまったばかりなのだ。

「ジーリンは疲れているんだ」シンが言った。

コー・ベンがずるそうな目でわたしをちらりと見た。「ＹＫからきいたぞ。彼女、きょうだいじゃないいんだって。嘘つきめ！」

わたしはシンに目を向けた。どうするつもり？

「そうなんだ。じつは彼女なんだよ」シンはあっさりと言った。

「なら、どうしてそう言わなかったんだよ？」

「なんたって、身内として記帳しているわけだからな」幸い、受付にはだれもいなかった。看護婦が何人か通りかかったけれど、おめかししているところを見ると、これからどこかに出かけるのだろう。少なくとも、そのうちのふたりにはにらまれたような気がした。

コー・ベンががっかりした顔になった。「じゃあ、ジーリン、もしもシンに飽きたら、そのときにはぼくのことを思い出してくれよ」

わたしは弱々しく微笑《ほほえ》んだ。いまや頭のなかの小人たちは、楽しそうに木づちをガンガン叩いていた。もしかしたらまた、奇妙な夢を見るのかもしれない。「もう寝る」

シンが手に、アスピリンの瓶を押しつけてきた。「何か必要なものがあったら、おれに伝言で知らせろよ」

わたしはうなずくと、管理人のあとについて職員寮を女性用の区画へと進んだ。管理人は年配のおばさんで、口をきこうともしなかった。背中が、まるで非難するようにこわばっている。ひょっとすると、コー・ベンの大声がきこえてしまったのかもしれない。管理人が部屋の鍵を開けた。狭苦しい、独房のような部屋で、シングルベッドの周りにはほとんどスペースがない。わたしは管理人から、鍵と、薄いコットンのタオルを二枚受け取った。

ドアのところで管理人が振り返り、口元を引き結んだ。「客用寝室は本来、家族用で、〝お友だち〟のためのものではないのよ」

「でも、わたしたちは家族なんですよ」わたしは言った。「結婚で」両親の結婚で、と言うつもりだったのに。乾いて重たくなった舌が、口のなかでふくらんでしまったかのようにうまく動いてくれなかった。

管理人はホッとした顔になった。「まあ、なら結婚するのね？　もう届けは出したの？」若い恋人たちは、一緒に家を申し込めるようにと、前もって裁判所に結婚届けを出す場合が多いのだ。誤解を解く気力がなかったので、わたしは弱々しく微笑んで見せた。

「知り合ってどれくらいなの？」管理人が言った。

「十歳のときからです」

「じゃあ、幼馴染の恋なのね！」管理人が嬉しそうな顔になった。「しかもあなたのような、きれいでおしゃれな女の子をお嫁さんにできるなんて」

本来なら、ここでタムさんの店を売り込むべきなのだろうけれど、わたしはあまりにも具合が悪くて、口をきく気にさえなれなかった。管理人が出て行くと、わたしは顔を洗った。ここでの仕事について、看護婦たちにいろいろきいてみたい気持ちはあったのだけれど、アスピリンを二錠飲むと、そのまま横になった。眠りに落ちる最後の意識のなかで思った。そういえば保管室のドア、きちんと鍵をかけたかしら？


わたしは漂っていた。水のなかをふわふわと。上のほうに光の円が見える。足を適当に蹴って、その光のほうに泳いだ。顔を水面に出して息を吸うと、そこにはおなじみの景色が広がっていた。例の日差しに照らされた川岸には、伸び放題の竹やチグサが茂みを作っている。川の水は相変わらずきれいだ。

ほんとうならこんなに上手に泳げるはずはないのに、わたしは嬉々として、いくつかくるりと急いでターンを決めた。澄み切った水の底には真っ白な砂が見え、影のようなものが揺らめいている。それから突然、浅瀬の底が真っ暗になった。あの黒くうつろなものはいったい何？　不安になり、泳いで離れた。影はまだそこにある。人間の体半分くらいの大きさなのだけれど、なんだかそこだけ川底が抜けているか、でなければ闇に食べられてしまったかに見える。しかもそれは、動いていた。

焦って逃げようとすればするほど、影はどんどん迫ってきた。肺が焼けついたけれど、必死に水をかいて泳いだ。前方の川岸にいる人影が、突然目のなかに飛び込んできた。駅で出会った、あの少年だ。

「こっち」少年が叫んだ。

わたしは恐怖に突き動かされるようにして水から勢いよく上がると、息を切らしながら川岸に体を持ち上げた。少年も、焦ったような顔でこちらにかがみ込んでいる。

「あれはなんだったの？」わたしはあえいだ。「水中にいたあの影は？」

少年が目をまたたいた。「ぼくもよく知らないんだよ。ほら、水のなかには入れないからさ」

少年が目を逸らしたので、嘘をついているか、この話はしたくないのだろうと思った。「お姉ちゃんだってほんとは入らないほうがいいんだ。さあ、行くよ！」

少年は振り返り、すたすた歩きはじめた。背の高い草のなかから、なんとか頭が見えている。行き先はわかっていた。あの駅だ。てっぺんの尖ったニッパヤシの屋根が見えている。それに、ほかに何かがあるわけでもない。周りには、ほとんど手の入っていない野生の緑が広がっている。キャッサバやパパイヤの農場だったものが、そのまま放置されたかのようだ。ずっと向こうのほうには青い丘の稜線が厚く連なり、密林が迫っている。

プラットホームに着くと、少年がホッとしたように息を吐きながら振り返った。「お姉ちゃんが水のなかにいるのを見つけたときには、ぼく、ギョッとしちゃったよ」

「あの影は、いつもあそこにいるの？」

少年はうなずいた。「ここに来た人が後戻りしないように見張ってるんだ。あいつ、この前のときには、お姉ちゃんに気づかなかったんだけどね。今度は気づいちゃった。いやな予感がするな」

「あれはなんなの？」

少年はわたしのパジャマをじっと見つめた。驚いたことに全然濡れていないし、きれいなまだ。川を泳いだあとに、ドロドロの下生えのなかを進んできたとはとても思えない。「お姉ちゃんは、ここの人じゃない」

「あなた、名前は？」わたしが言った。

少年はまた困ったような顔になった。わたしにも、その表情の意味がだんだんわかってきた。嘘はつきたくないけれど、なんらかの理由があって話したくないのだ。それからハッと思うことがあった。この静かな場所、常に列車が出られるようになっているこの駅は、単なる待合所に過ぎないのかもしれない。

「ひょっとしたら、母さんの子どものひとりなの？」わたしは言った。それでこの子は、わたしを〝お姉ちゃん〟と呼ぶのだろうか。「五常のひとり？」

少年が驚いた顔になった。「頭がいいんだなぁ」少年は感心したように言った。「それがお姉ちゃんの名前でもあるんでしょ？　ジーは智。賢さだ」

「あなたは仁《レン》、義《イー》、礼《リー》のどれなの？」

少年がまた困った顔をした。「ぼくは、お姉ちゃんのお母さんの子どもではないんだよ。五常のひとりではあるんだけど。それにしても、どうしていっつもお姉ちゃんが来るのかな。ぼくはきょうだいに向かって呼びかけてるのにさ」

「それってシンのこと？　彼はわたしのきょうだいでもあるんだけど」

「ううん」少年はためらうように唇を噛んだ。「ぼく、きょうだいがだめな方向に行っちゃいそうで心配なんだ。間違ったご主人のせいで」

「あなたのきょうだいって、わたしの知っている子なの？」

「ううん。でも、見ればわかるよ」少年の瞳が不安そうに曇った。

石炭のように真っ黒な蒸気機関車は、相変わらず乗客もいないままとまっていたけれど、その位置が少しずつ変わっていた。最初のときは、線路が川から出てきたあたりにとまっていた。二度目のときは、いまにも出発しそうな恰好で、駅から半分出たところにあった。今回はきっちりホームの横にとまっている。線路を見つめているうちに、それが一本しかないことに気づいて胸がざわついた。戻り用の線路はないのだ。プラットホームも片側にしかなかった。

少年がわたしの視線の先を追った。「心配しなくても平気さ。お姉ちゃんは列車で来たわけじゃないんだから、自分でちゃんと帰れるはずだよ。少なくとも、今回は大丈夫」

わたしは川のなかにいた、黒いものを思い出してゾクリとした。「ならあなたのきょうだいが何をしているにせよ、わたしから、やめるように伝えてほしいのね？」

少年が哀しそうな顔になった。「うん。それから、ぼくたちの五常の組の、最後のやつに気をつけろと伝えて。ぼくたち五人には、みんなに少しずつだめなところがあるんだけど、五番目のやつはとくにひどいんだ。お姉ちゃんも気をつけてね」

「できるかぎりはね。あなたのきょうだいを見つけたら、伝言は渡すようにするから」

「ただし、ぼくに会ったことは絶対に内緒だよ」少年があまりにも真剣な顔でそう言うので、わたしも真面目にうなずいて見せた。「お姉ちゃんがやさしくしてくれたこと、忘れないからね。もしもぼくの名前を見つけたら、お姉ちゃんのほうからぼくを呼ぶこともできるはずだよ」

あなたを呼ぶ？　けれど、こんなところにもう一度来るつもりはなかった。それにもちろん、これは夢なんだからと、わたしは自分に言いきかせた。単なる夢だ。そう思った瞬間、わたしの意識は、ふわふわした灰色で空っぽな場所へと落ちていった。

19

六月十四日（日）
バトゥ・ガジャ

結局、虎は仕留められることのないまま、夜が終わる。

その夜、レンは屋敷には帰らずに、ハルンやほかの運転手たちと一緒に、キンタクラブの裏手にある長いベンチに腰を下ろして待つことにする。けれど主人を待つ大人たちが煙草をくわえて世間話をするのをきいているうちに、レンのまぶたは次第に重たくなってくる。ハルンに連れられ車に戻ったことも、眠気にふらふらしていたので全然覚えていない。ウィリアムを乗せた車は、深夜をかなり回ったころに、ようやく砂利敷きの私道にたどり着く。そのままベッドに直行したレンは、日差しに顔をあぶられるまでこんこんと眠り続ける。

「もう八時を過ぎてるぞ」アーロンが、レンの顔を見下ろしながらがなる。

レンはパッと飛び起きるなり、昨夜の狩りのことを思い出す。「仕留めたのかな？」

「いいや。だが、ひと晩じゅうがんばったようだ」

猟師たちは、つないだヤギの風下に潜伏所を設け、そこに隠れていたらしい。虎が好きそうな、木陰の、水場に近い場所を念入りに選んで。虎は食事のあと、大量に水を飲むのだ。怯えたヤギの鳴き声だけが静寂《せいじゃく》を破るなか、時間ばかりが過ぎていく。いくら待っても結果は変わらず、虎はちらとも姿を見せなかった。いくらでも理由はつけられる。場所が悪かった。バネ仕掛けの罠で動く自動発射銃にまかせればよかった。虎をおびき寄せる呪術師《パワン》を連れていくべきだった。

「そんなことができる人って、ほんとうにいるの？」レンが言う。

驚いたことに、アーロンはうなずいて見せる。「ヒョウやイノシシなんぞも呼ぶな。猿でさえ呼び寄せる。そのパワンの力にもよるがな」アーロンはむっつりした顔で上唇をこする。「とにかく、できると言われているんだ。さてと、先生が起きる前に、テーブルに朝食の支度をしておいてくれ」

「トゥアン、教会に行くんですか？」レンは、ウィリアムが朝食をとっているあいだに、主人の靴をピカピカになるまで磨いておいた。キィウイ（ブランド名）の茶の靴クリームは、昨日、町で買ってきたものだ。ウィリアムは靴をチェックしながら、まるで熟した栗のようだとつぶやく。そう言われても、レンにはなんだかわからない。たぶん何かの果物だろうけれど、靴に似た果物ってどんなだろうと首をひねってしまう。

「ああ、午前中にな」日曜日はハルンが休みなので、ウィリアムは自分で車の運転をするつもりだ。

「虎がもう、どこかに行ってしまったというのはほんとでしょうか？」
ウィリアムがうなずく。虎が完全に姿を消してしまったために、あれは普通の動物ではなかったなどという、ぞっとするような噂も流れはじめている。アンビーカについても、あれは身持ちの悪い女であり、そのせいで殺されたのだと。そういう噂に触れたときには、ウィリアムの顔にも動揺が現れてしまう。けれどレンのほうは、砂利敷きの私道に立って車を見送りながら、先生はとても思いやりの深い、やさしい人なのだろうと思うだけだ。

家の雑事が片付くと、レンは昨日病院から持ってきた――いや、盗んできた――指を確認しようと自分の部屋に急ぐ。けれどあの指のことを考えただけで、なんともいえない恐怖で胸がいっぱいになってしまう。昨日はいていたズボンは、フックに吊るしたままだ。レンはポケットから小瓶を取り出し、窓枠に置く。窓の外では、竹を並べた垣根が、露にやわらかく湿っている。目の周りが黄色いマイナ（ムクドリ科の鳥）が頭を下げ、ちょこちょこ進んでは草を突ついている。指は朝の日差しのなかでも、やはり昨日保管室にあったときと同じくらい、くすんでいて不気味に見える。

頭がクラクラするまで見つめてみたけれど、猫の髭は不思議なくらい静かなままだ。昨日は頭のなかで、あんなにブンブンうなっていたのに、今日は静まり返っている。ただしそれは、どこか期待をはらんだような静けさだ。

レンは目をギュッと閉じ、戻ってこいと呼びかける。イーが死んでから三年、ずっと猫の髭を待っていたのに、一番必要だったマクファーレン先生が死ぬ前の数か月間、レンが先生のおかしな言動に動揺し、怯えていたときにはちっとも助けてくれなかった。先生はガラスのような目をカッと見開き、トランス状態のなかでブツブツと、どんなふうに鹿やイノシシの背後に忍び寄って殺したか、長々と、事細かに語り続けた。サッと襲いかかっては首に嚙みついて窒息させ、首をねじり、骨から断ち切ったなどと。

はじまりは雨季だった。激しい雨が、灰色のカーテンのように、湿った赤い大地に降り注いでいた。レンはあのときのことを忘れることができない。何度見ても理解できない映画のフィルムのように、繰り返し、頭のなかに蘇《よみがえ》ってくるのだ。目を閉じるだけで、年老いた先生の、ノートに何かを書いている姿が見える。先生は病気だ。一階のバスルームで吐いていたことも知っている。けれどレンが見に行ってみると、掃除の必要がないほどきれいになっている。

「自分でやっておいた」マクファーレン先生は言う。目が充血していて、レンが簡単な夕食を温め直して残り物のカレーを出しても、顔をしかめて見せるだけだ。「下げてくれ。肉は食えそうにない」

そのあとでふと気づくと、先生は、ベランダの屋根からえんえんと落ち続ける雨をぼんやり見つめている。「レン」先生は雨を見つめたまま言う。「わたしのことをどう思う?」

こんな質問はされたことがなかった。少なくとも、大人からは。クワンおばさんは、ああしろこうしろと指示を出すのに忙しくて、レンに意見を求めたことなどなかった。一瞬レンは、クワンおばさんが恋しくてたまらなくなる。口ごもったまま、マクファーレン先生の鼻を見つめる。これは、どうしても相手の目を見ることができないときにはそうしなさいと、先生が教えてくれた工夫だ。

「先生はいい人です」レンはようやくそう言いながら、先生は、頭がおかしくなりかけているという噂を気にしているんだろうかと思う。そもそも、その噂に気づいていない可能性もあるけれど。

先生がじっと自分を見つめているので、レンは目を背けたくてたまらなくなる。自分の小さな裸足や窓の外に視線を動かしてしまいたい。けれど、それでは失礼だ。だからレンは、強いて視線を上げ、なんとか先生と目を合わせる。すると驚いたことに、先生はなんだか哀しそうな顔をしている。

「見せたいものがある」先生は、独特のこわばった歩き方で、巻き上げ式の覆いがついた机に近づく。書類はすべて、この机にしまってあるのだ。先生は指輪につけた鍵を、いつもポケットに入れている。先生の死んだあとには弁護士が来て、何かに触らなかったかとうさんくさそうな顔でレンにたずねてから、その書類を調べることになるだろう。

マクファーレン先生が取り出したのは一枚の写真だ。上半身裸のマレー人の男がふたり、壁を背にしてしゃがみこんでいる。微笑《ほほえ》みながらも、どこか警戒しているような顔だ。男のひとりは、右の上腕を紐のようなもので縛っている。

「どちらがわたしに似ているかね？」先生が言う。

レンは集中のあまり、眉間にシワを寄せる。先生はまた、発作を起こしかけているんだろうか？　ううん、違う。とても落ち着いているし、言うこともはっきりしているもの。レンは写真を見つめる。

「唇の上のくぼみ」レンは右側の男を指で差す。「この人にはないし、先生にもないです」

先生は、バラバラにしたラジオをレンが組み立て直したときのように嬉しそうな顔になる。

「そうだ」先生は言う。「そのくぼみは人中《じんちゅう》と呼ばれる」先生の顔にはまた、悩ましげな表情が戻っている。

「だれなんですか？」レンがたずねる。

「この写真は五年前、友だちと旅行をしたときに撮ったものだ。ウル・アリンと呼ばれる小さな集落を訪れてな。この男は」先生は右側の男をトントンと叩いて見せる。「その土地の呪術師《パワン》だ」その口調は、もう何日もなかったほど早口で、言葉にもよどみがない。

「そのときに指を失くしたんですか？」レンと出会う前から、先生の左手には小指がないのだ。

「そう、あの旅行の最中だった。この男は、わたしを見るとそれは興奮したものさ」先生は指の一本を唇の上に当てて見せる。「自分の手をわたしのここに当てて、わたしをアバンと呼んだ」

兄さん。

「どうして？」

「人中がないのは、人虎《じんこ》のしるしだと」

レンはからかわれているのだろうかと思いながら口をつぐんでいるけれど、先生の淡い色の瞳は真剣なままだ。密林から出てきては子どもをさらったり、鶏を食らうというような虎男の話は多い。レンはじいっとモノクロの写真を見つめる。

「この人が虎になるところを見たんですか？」

「いいや。だが、見たという人たちには会った。そんな気分に駆られると、男は『散歩に行く』と言って密林に入るのだそうだ。香を炊いて、その煙をこぶしのなかに吹き込んでいると、肌が毛皮に変わり、尾が生えてくるのだという。そのあとは腹がふくれるまで、何日も狩りを続ける。

たっぷり食って満足したら、うずくまって『もう帰る』と言えば人間に戻れるんだ。人間の姿になると、消化できなかった骨や毛や髪はすっかり吐き出してしまう」

レンはふと、先生の嘔吐《おうと》の発作や、閉じた扉の向こうからきこえてくる、吐いているらしき苦しげな音を思い出す。

「人虎のしるしは、もうひとつあってな」先生が続ける。「足が変形しているのさ。前足の場合も後ろ足の場合もあるが、必ずどこかに欠陥がある。旅行中に指を失ったとき、このパワンに言われたのだよ。埋葬のときには指も一緒に埋めるようにすれば、また元通り――人間に戻れるからと。あのときは信じなかった」そう言ったきり、先生は黙り込んでしまう。

レンは気まずさにもぞもぞしながら、先生の横顔を見つめる。するとそこに、これまでには見たことのない、ずるそうな閃《ひらめ》きをみとめてハッとする。それともうなぎのような影が、目の奥を滑っただけなのだろうか。「わたしが人殺しに見えるかね？」先生がこうたずねる。

レンはふと恐怖に駆られ、一歩、さらに一歩あとずさる。先生は窓の外を見つめたままで、レンの動きには気づいていない。

わたしが人殺しに見えるかね？　この言葉が、続く数日、先生を見るたびに、レンの頭に蘇る。こんなにこたえにくくて恐ろしい質問があるだろうか。だからそれから何日かあと、軽やかなヒラヒラした服を着た外国の女の人たちが、先生の様子を確認しに砂利敷きの長い私道をやってくるのを見ると、レンはだれかが来てくれたことに安堵しながら、慌てて家のなかを片付けはじめる。

女の人たちは、きれいに片付いた部屋のなかで、膝の上に本を置いて籐の肘掛け椅子に座っている先生を見ると、安心したような顔になる。こういうときのレンは、先生の仲間だ。とはいえ、家のなかを駆けずり回り、ほかの部屋を見られないようにあちこちのドアを閉めながらも、裏切りめいた気持ちを抱かずにはいられない。あの人たちに助けてもらったほうがいいんじゃないのかな？　だけど、どう説明したらいいんだろう。

船首みたいに胸の突き出した女の人が言う。「こんなところにひとりでいてはいけないわ。なにしろ、人食い虎がそのあたりをうろついているのよ」その鋭く高い声が部屋を切り裂くなか、レンはトレイにティーカップを載せ、バランスを保ちながら運んでいく。何週間も前に切れてしまっていたので、ビスケットはなしだ。

先生の声は、しばらくなかったほど力強い。けれど、肘掛けを握っている手はかすかに震えている。「バカバカしい！　しかも、わたしはひとりではない」

「コーヒー農園で、若い女性がひとり襲われたのよ」女の人がレンにちらりと目を向けて、トレイをテーブルに置いていくようにうなずいて見せる。レンが出て行くのを待っているのだ。レンは部屋を出てからも、ドアのそばを離れずに聞き耳を立てる。けれど女の人は声を下げていて、はっきりとはきき取れない。

「——うしろから襲われ——首が折れて——」

前にもきいたことのある話なので、レンはすっかり恐ろしくなってしまう。女の人たちが帰ったあと、先生の顔は灰色にくすみ、こわばっている。先ほどまでの元気が、すっかり消えてしまったかのようだ。

その後、一階のバスルームを掃除していると、レンはその隅に黒い髪が一本落ちているのを見つける。レンの腕よりも長い。女の人の髪だ。レンは髪を見つめながら、この前、掃除をしたときに見落としたのかなと思う。それとも、あの女の人たちのだれかが、バスルームを使ったときに落としたのだろうか。

その夜、レンは夢を見る。マクファーレン先生が、また一階のバスルームで、体をふたつに折り、吐いている。あたりはとても暗い。かすかな明かりは、稲妻《いなずま》が光っているときのように青く、揺れている。レンがぼんやりしながら見つめていると、開いている扉の向こうで、先生が頭を持ち上げる。口からはよだれを垂らし、目は野獣のようだ。先生が指の欠けている左手を口に突っ込むと、その手に引かれ、長い黒髪が一本、くねくねと口から出てくる。

揺らめいていた映像が止まるように、レンの記憶はここで途切れる。ぼくはどこかで間違えちゃったのかな。そんな不安に胸がざわつくのだけれど、何が間違いだったのかはいくら考えてもわからない。あのころに、猫の髭が助けてくれれば違っていたはずなのに。

レンは小瓶に意識を戻す。がらんとした小さな部屋には、隠す場所なんかどこにもない。だからレンは取っておいた空き缶に小瓶をしまうと、缶をシャツの下に隠し、庭の隅っこへと向かう。緑の芝地が密林へと変わる場所で、そばにはゴミ捨て場がある。レンはやわらかな土を掘って缶を埋めると、見失わないように、大きな石を目印に残しておく。

カムンティンに戻る前に、掘り起こして、マクファーレン先生のお墓に埋めよう。それで、約束を果たせるんだ。

ウィリアムは、礼拝の内容には上の空で、信徒席に忙しく目を走らせている。ダークウッドでできた三位一体教会のなかは、薄暗くて涼しい。とはいえ、まだ午前中だというのに湿度は高く、襟首の下には汗の雫《しずく》がつたい落ちている。いまでは西洋人よりも地元信者の出席が多いこともあって、席はすっかり埋まっている。隣に立っていたタミル人の女が向こうに体を動かすのを見て、ウィリアムはふと、ひょっとしたら自分は血の匂いがするのかもしれないと思う。

手術室の匂い、鼻にツンと来る消毒剤や、骨粉や血のくぐもった暗い匂いが、しばらく体に染みついてしまうことは珍しくない。実際、その匂いは鼻にこびりついていて、どんなに神経質に手を洗い、頻繁に入浴しても消えることがない。だが手術室に入ったのは金曜日が最後なのだから、するとしても匂いの影のようなものだろう。

金曜日、錫《すず》鉱で浚渫機《しゅんせつき》の爆発があった。両手の手首から先を失った男に、ウィリアムは第一次世界大戦以降さかんになったクルッケンベルグ手術を行なった。基本的にできるだけ手首は残したいと思っているので施術の経験はそれほどないのだが、このようなケースでは最善の方法に思えたのだ。前腕の二本の骨を離すことで、切断したところを箸《はし》のようにして使うことができるようになる。どうしても切断部が大きくなるため、結果、見た目はあまりよろしくない。フックタイプの義手や、パッと見には手に見える木製の装飾義手などの装着もできなくなる。要は前腕が、ロブスターの爪のように生々しく枝分かれした状態になるのだ。その代わり、人工装具をつけるよりもはるかに動きはいい。感覚を持って物をつかんだりドアを開けたり、道具を扱うことさえできるはずだ。そういったもろもろのことを考え合わせ、ウィリアムも自分の判断は正しかったと信じているけれど、あのみじめなハサミのようなもので触れてもらいたがる女はいないだろうとも思う。指のない手というのはどんな感じなのだろう？　指を一本なくしただけでも、体のバランスというのは崩れてしまうものなのに。

教会では信者たちが跪《ひざまず》いて、声を合わせ、祈りの言葉を唱えている。

『わたしたちは、なすべきことをなさずに
なすべきではないことを、なしています。

ですが主よ、どうか慈悲をお与えください』

うしろのほうで立っていたウィリアムは、そこで無性に跪きたくなる。なすべきではないこと――その言葉が、重たい鳥のように、そっと自分の上にとまるのを感じる。

ウィリアムは、レンの質問を思い出す。靴を磨くように言った覚えはないのに、今朝、ピカピカになった靴が玄関で待っていたことも。母親が、すぐれた使用人の価値をうんぬんしながらため息をついていた意味が、はじめて自分にもわかったような気がしている。だが、レンはまだ子どもだ。しかも明らかに聡明でもある。あんな子どもを自分のためだけに使うのは、利己的に過ぎるし、醜悪でさえある。学校に入れてやらなくては。ウィリアムはそう思う。

信徒席の前のほうにリディアの横顔を見つけると、あらためて彼女の色彩が、婚約者のアイリスとそっくりなことに胸を打たれる。そばかすの浮いた白い肌に、明るい色の髪。アイリスの微笑み。彼女が喜んでくれるならなんだってしたくなるような、あの熱い気持ち。アイリス。冷たくて、よそよそしいアイリス。ほかの女に手を出したと言っては、ぼくを責めるアイリス。バカバカしい。そんなことはしたことがないのに。少なくとも、彼女がいたときには。まったく皮肉なものだ。それから、最後に見たときの怒った顔。小さな桃色の口が開き、言葉にならない叫び声を上げている。人殺し。ウィリアムは、その記憶に体をブルリと震わせる。

礼拝が終わると、昨晩の、虎狩りの失敗が話題にのぼる。

「言っただろ」病院の若き同僚であるレスリーがにやりとする。「プライスなんかを連れていくから失敗するんだ」

レスリーはある理由からプライスを嫌っている。ここのような小さなコミュニティでは、どんなに小さな失態でも見逃してはもらえない。だからこそウィリアムは、だれかが哀れなアンビーカの切断された死体と自分を結び付けたりしないように、細心の注意を払う必要があるのだ。レスリーとの関係も良好に保っておかなければ。なにしろこの男には、あちこちでベラベラしゃべり過ぎる傾向がある。

「例のパーティの件だが」これは月一のディナーパーティのことで、次回はウィリアムがホストをすることになっている。「ちょっとしたお楽しみを用意してもいいかい?」

ウィリアムはそんなものを望んではいなかったものの、愛想よくこたえておく。「好きにしてくれたまえ」

「いいサプライズになるぞ!」レスリーは、ニヤニヤしながらその場を立ち去る。ウィリアムは遅ればせながら、そういえば、次回はリディアが来ることになっていたのだと思い出す。レスリーに伝えるのを忘れてしまったけれど、とくに問題はないだろう。リディアなら、あの手の集まりにもうまくなじむはずだ。アンビーカとは違う。

アンビーカについては、魔性のものか、あるいは虎の姿を取った怒れる霊に狙われたのだという噂が広がっている。身持ちの悪い女だったからだと。それは確かにそうかもしれない。ウィリアムは、ふと、無性にアンビーカが恋しくなり、靄《もや》のようなみじめさと寂しさに包まれる。だが、アンビーカの小屋は空っぽなままだ。二度と戻ってはこない。

ウィリアムは自分に言いきかせる。これからは、もっといい人間になろう。昨日、病理学科の保管室で会った中国系の娘は、看護婦に興味があるようなことを言っていた。彼女を病院に推薦してやろう。それにしても魅力的な娘だった。短い髪が、まっすぐな眉や黒い瞳をよく引き立てていて。鹿のように小首を傾げながら、ぼくを見つめていたっけ。ちょっと美少年のような雰囲気があったな。すらりとした手脚と、細い腰。あの娘をつかんで、あえぐところをきいてみたい。ほっそりした首から、ピンと尖った小さな胸の谷間まで指を滑らせたら、どんな気持ちがするだろう。決してタイプではないのだが、思い出しただけで、つい触れてみたくなってしまう。

ぼくの好みはナンディニのような娘だ。レンが救ったあの娘。そこでウィリアムは、人混みのなかに、その当の本人の顔を見つけてハッとする。ほんとうにあの娘だろうか？　巻き髪をおさげにした地元の娘たちは、みんな同じように見えてなかなか区別がつかないのだ。けれどいま、彼女はウィリアムを見ながら、ハート形の顔にえくぼを浮かべ、恥ずかしそうに微笑んでいる。ウィリアムの胸が、一気に自信でふくらむ。

ときどき——予想もしなかったところで——自分の望みが現実になることがある。扉が開き、勝手に障害が取り除かれる。ローリングズが犯罪の可能性を指摘したときには、性急な治安判事がその疑いを切り捨ててくれた。あのセールスマンの死亡記事を見つけたのも、絶妙なタイミングだった。偶然にしろ、単なる幸運にしろ、自分の人生には、その手のことが多過ぎるような気がするのだ。

ウィリアムは微笑みを返しながら、ナンディニに近づいていく。ナンディニは、木製の松葉杖をついている。

「脚はどうかな?」そこでウィリアムは、ナンディニは英語があまり上手ではなかったことを思い出す。少なくとも、あの中国系の娘のようにはしゃべれない。とはいえ、片言のマレー語と英語で充分にやり取りはできる。

「よくなってる」ナンディニはおずおずと言う。

「送っていこう」ウィリアムは言う。なにしろナンディニの家は、ゴム農園のそばなのだ。ところがリディアがそこにやってくる。「いまから帰るの、ウィリアム?」

ウィリアムは苛立ちを覚えるが、かえってよかったのだと思い直す。みんなが見ている前で地元の娘を送っていこうとするなんて、いったい何を考えていたんだろう。箍《たが》がはずれかけているぞ。リディアがそばにいたほうがいい。それどころか完璧だ。リディアを先に降ろせばいいのだから。「乗っていくかい?」

リディアの顔が明るくなる。「ええ、迷惑でなければ」

「ちっとも迷惑じゃないさ。どうせ――患者を送っていくつもりだったんだ」ウィリアムは慎重に愛想を見せる。

リディアは両親に、一緒には帰らないと言いに行く。両親の表情からも、ウィリアムが自分の娘に見せた好意を喜んでいるのが伝わってくる。のちのち誤解を正す必要がありそうだが、向こうの気持ちもわからなくはない。なにしろウィリアムはちょうどいい年ごろだし、家柄も申し分ない。リディアについては何か噂があったはずだが、どんな内容だっただろうか。調べておいたほうがよさそうだ。とにかくいまは太陽が輝き、だれもが微笑んでいる。虎狩りが行なわれることになれば、新しい話題も増えるだろう。

リディアは当然のように、助手席におさまる。ウィリアムはナンディニに手を貸して、松葉杖と一緒に後部座席に乗せてやる。ナンディニがすっかり恐縮しているのを見て、ウィリアムはその手をギュッと握り締める。彼女がうつむいたとき、ウィリアムは確信する。ぼくに気があるんだ。今日のぼくは、結局、ついているのかもしれない。

20

六月十四日（日）
バトゥ・ガジャ地方病院

まぶたを開くと、見慣れない天井が目に入った。床がきしみ、廊下からは声がきこえてくる。そこでようやく、病院の職員寮に泊まったことを思い出した。ひとつしかない窓からは、灰色の光が差し込んでいる。日曜日の朝だ。

昨晩の頭痛はすっかり消えていたけれど、ひょっとしたら、どこか悪いところでもあるのかもしれない。たとえば鮮やかな幻覚を見る脳の病気とか。なにしろあの、人気《ひとけ》のない駅の夢を見る前には、必ずひどい頭痛がするのだ。組を作る五人がいるという少年の話が、まだ頭に残っている。わたしは小さなベッドの端に座り、考えてみた。まずはシン。それからわたしとあの少年。あの子はそれに自分のきょうだいと、もうひとり、五人目がいると言っていた。しかも、その五人目のことをとても不安がっていたような。記憶はすでに薄れかけている。なにしろ夢なのだから。

その五人は不思議な運命の糸でつながっているとか、おかしな想像をしてしまう。互いに引き寄せ合いながら、離れることもできずに、張り詰めた糸がへんなふうによじれていくのだ。離れるか、一緒になるかのひとつしかないのに。シンとわたしが、まさにそうだった。シンはわたしにとって、書類上の双子であり、親友であり、仲間だ。それなのにわたしは、彼を妬《ねた》み、腹を立てている。

白いタイル張りの、共用バスルームで手早く顔を洗った。ほかにはだれもいなかったし、廊下に響いていた声もとっくのむかしに消えていた。昨日のワンピースはすっかり汚れてしまったから、もう着るわけにはいかない。けれど荷造りの際に、タムさんから強く言われて選んだもう一着は、クリームとグリーンのモダンな幾何学模様のタイトなチャイナドレスだった。チャイナドレスの仕立てはセールスマンの葬式に着ていった灰色のやつで終わりだと思っていたのに、タムさんの意見は違った。チャイナドレスのように手の込んだ服こそ、洋裁師のレパートリーの基本になるものだと言うのだ。残念なことに、寸法のゆとりの取り方が甘かった。着てしまったら最後、あまりにもピチピチで、ろくに食べることさえできやしない。まったく、タムさんに荷造りなんか手伝わせるんじゃなかった。タムさんにしろシンにしろ、わたしを予想外の状況に追い込む不思議な能力でもあるみたいだ。昨日のことを考えると、今日はシンに、トイレ掃除でもさせられるかもしれない。

受付にはだれもいなかった。土曜の夜に出かけた人たちは、みんなまだ寝ているのだろう。シンはどこにいるんだろう。昨日の夜はどこかに出かけたのかな？　そんなことを思いながら、朝食をとろうと食堂へ向かった。近道をして、ふんわりと薄靄《うすもや》に湿った草の上を歩いた。曲がり角に近づいたとき、怒ったような押し殺した声がきこえてきた。

「否定するなよ！　泣いているのはあの――不倫野郎のためなんだろ！」

「――あんたには関係ない」

わたしはためらった。次の瞬間、角の向こうから人が突進してきて、わたしに勢いよくぶつかった。まだ若い看護婦だ。顔がむくみ、目はひどく潤んでいる。

「大丈夫？」わたしは声をかけた。

看護婦がわっと泣き出した。どうしようと思いながら、とりあえずハンカチを差し出した。草の上にほったらかしにするわけにもいかないし。小耳に挟んだかぎりでは、メイフラワーでもよくきくたぐいの話に違いない。家庭のある男というのは、つくづく厄介だ。

「何かきこえた？」どうやら、こたえはわたしの顔に書いてあったらしい。看護婦がこう続けた。「何も、そういう関係だったわけではないの。単なる言いがかりよ。お願いだから、だれにも言わないで。婦長に知られたら停職になっちゃう」

「心配しないで、わたしはただのビジターだから」

看護婦はホッとしたようだ。「あなただって、だれかが死んだら哀しいでしょ、それだけなのよ」そう言う間にも、また涙が盛り上がってきた。

泣いている人を見ると、なんだかやましい気持ちになってしまう。とくにそれが母さんの場合には。暗い寝室で、静かに泣いているところを何度か見たことがあるのだ。まるで夢遊病者のように、目を見開いたままポロポロ涙を流していた。看護婦は膝がゆがんでいるし、制服もしわくちゃで、ものすごくみじめそうに見えた。わたしがやさしく背中を叩くと、看護婦は音を立てて洟をかんだ。

「この前の週末にパパンでお葬式があったんだけど、仕事で参列することさえできなかった」

目がチクチクした。先週末にあの町で行なわれた葬式が、そんなにいくつもあるのかしら？

「何をしていた人なの？」

「セールスマンで、わたしの患者のひとりだった。友だちだったのよ」看護婦は慌てたように言った。

なら、この人なんだ——あのセールスマンに指をあげた看護婦は。これは運命？　それとも、何か恐ろしいつながりでもあるの？　まるで冷たい水草が、わたしたちをからめとろうとでもしているみたい。最近やたら奇妙なことばかり起こるうえに、それがすべて、この病院につながっているだなんて。死後四十九日は死者の魂がこの世に残っているというけれど、もしもそれがほんとうなら、この病院にはそんな魂がうようよしていることになる。

「どこかに行くところだったの？」看護婦が申し訳なさそうな顔で言った。

「食堂に。でも迷っちゃって」

「連れていってあげる。ちょうどわたしも行くところだったの」看護婦は唇を引き結んだ。

「でもその前に顔を洗ってくるわ」

小柄な看護婦——女にしては長身なわたしと比べると、たっぷり頭ひとつは背が低い——は走ってどこかに消えた。ひょっとしたら、気が変わって戻ってこないかもしれない。けれどわたしはメイフラワーでの仕事から学んでいた。人間というのは、相手が赤の他人だと思うと、かえってなんでもしゃべってしまうものなのだ。しかもあの看護婦は、何もかも吐き出したくてたまらないというような勢いだった。

しばらくして戻ってきたとき、看護婦の姿はだいぶ見られるようになっていた。兎のような雰囲気も、白い肌や小さな歯とよく合っている。「ところでわたし、ペイリンというの」

「わたしはジーリン。昨日は職員寮に泊まったの。きょうだい――じゃなく、フィアンセに会いにきて」わたしは〝フィアンセ〟のところで口ごもってしまった。

ペイリンが共犯者めいた顔になった。「つまり彼氏ってこと？ うちの寮はものすごく厳しいのよ。心配しないで、だれにも言わないから。名前は？」

「リー・シン。オーダリーなの」

「知らないな」ペイリンは頭のなかで計算でもするかのように顔をしかめていたけれど、表情を緩めながら手をもみ合わせた。「あなたって、とっても親切なのね」ペイリンは、わたしが否定しようとするのを遮《さえぎ》りながら言った。「いいえ、ほんとにそうよ。たいていはみんな、わたしがいることにさえ気づかないんだから――わたしってそういうタイプなのよね。でも、お願いをきいてもらえないかしら？」

「どんな？」

「オーダリーの彼氏が男性寮にいるのよね。わたし、あそこには友だちがいなくて。少なくとも、信頼できる人はいないのよ。ねえ、彼に頼んで、荷物をひとつ取ってきてもらえないかしら？　盗むわけじゃないのよ。もともと、わたしのものなの」ペイリンの顔は真っ赤になり、声も震えていた。赤の他人に頼むなんて、よほど切羽詰まっているのだろう。でなければ、知り合いがからむよりは、かえって他人のほうがいいのかもしれない。「ユーチェンは男性寮に、いろんなものを預けている友だちがいたの。ちゃんと返してくれると言っていたのに、突然死んでしまったものだから」

「どうしてその友だちに直接頼まないの？」それはきっと、Y・K・ウォンに違いない。メイフラワーに押しかけてきたときにも、あのセールスマンとは友だちだと言っていたし。

「嫌いなのよ。それにあの男はきっと、あれを利用してわたしをいじめると思うの」ペイリンは目を逸らしながら、唇を震わせた。

きな臭い感じがしたけれど、あのウォンをなんとかするには、もう少し情報が必要だった。

「わかった。シンに頼んでみる」

ペイリンがホッとしたように言った。「男性寮の談話室にあるの。ユーチェンによると、前回来たときには友だちが外出していたから、花瓶のなかに隠しておいたって。その場しのぎのつもりで隠しただけだから、だれかに見つかるんじゃないかと気が気じゃなくて」

日曜日で朝も早かったので、食堂にはほとんど人がいなかった。スプーンを口に運んでいる人たちを見ても、みんな目がぼんやり濁《にご》っている。おそらくはペイリンと同じように、夜勤明けなのだろう。

「看護婦の仕事は楽しい?」トレイに紅茶、トースト、半熟玉子を取りながらわたしが言った。

「悪くはないわ」

わたしは看護婦に必要な条件や、申し込むにはどうしたらいいのかを熱心にたずねた。

「でも、どうして看護婦になりたいの?」ペイリンは、わたしのこじゃれたチャイナドレスを値踏みするように見ながら言った。「おうちは裕福そうだけれど」

「違うわ。洋裁師の見習いをしているの。このチャイナドレスはうちの店で仕立てたものってわけ」

ペイリンは暗い顔でテー・オーをすすった。砂糖入り、ミルクなしの紅茶だ。「看護婦の仕事は楽じゃないのよ。ミスでもしようもんなら、婦長にこっぴどく叱られるし」

「でも、面白い仕事でしょ? それに、経済的にも独立できる」

ペイリンの返事はきかずに終わった。シンが、向かい側の席にするりと腰を下ろしたからだ。

「どこにいたんだよ? もう部屋にいないって言われるまで、ずっと女性寮で待ってたんだぞ」

シンの目の下にはくまができているし、水道の下に頭でも突っ込んだかのように黒い髪が濡れている。それでもやはり、狼を思わせる二枚目ぶりは健在だ。要は、縛り上げて袋に突っ込み、さんざん転がしてから引っ張り出したところで、その乱れた姿がまた魅力的だと思わせてしまうたぐいのハンサムなのだ。生まれつき恵まれた人間っているんだよね、と、わたしはつい妬ましくなってしまう。

わたしのゴージャスなきょうだいを目にしたペイリンが、ポカンと口を開いているところを予想しながらちらりと目をやった。シンを友だちに会わせるといつだってそうだから。けれどペイリンは黙ったままシンを見つめていた。なんだか、怯えてでもいるみたいだ。

「シン、こちらはペイリンよ。この病院の看護婦さんなの」

シンは上品な笑顔を浮かべて見せた。年配の女性を相手によく使う顔だ。「シンです」シンは言った。「お世話になったようで、その――」シンがためらったのを見て、わたしたちの関係をどう表現したものか、やはりとまどっているのがわかった。「こいつが」シンはようやく、わたしのほうに顔を突き出すようにしながら言った。

口ごもるんじゃないわよ、リー・シン。わたしは、自分でもさっきとまどったくせに、イライラしながらそう思った。「ペイリンの頼みをきいてあげてくれないかな。男性寮から、取ってきてもらいたいものがあるらしいの」

「いいえ！」ペイリンが叫んだ。「忘れてちょうだい」

「ほんとに？」シンを前にして、こんな反応を見せた人ははじめてだ。

「ええ。もう行かなくちゃ」ペイリンは椅子を勢いよく引きながら突然立ち上がると、逃げるようにして食堂を出て行った。わたしは驚きながら、どうかと思うほどピチピチなチャイナドレスが許す範囲であとを追いかけた。

「どうしたっていうの？」息を切らしながら声をかけた。さっきまでは、ほかには頼む人がいないからと切羽詰まっていたはずなのに。「シンに荷物を取り戻してほしくないの？　シンならやってくれるはずだよ」

「彼のことを、どれくらい知っているの？」

「子どものころからの付き合いだけど」わたしは困惑しながらこたえた。

ペイリンは唇を噛み、目を逸らした。「ユーチェンの友だちと一緒にいるところを見たことがあるのよ。わたしが嫌っている人と」なんとこたえたらいいのかよくわからないまま、わたしは、Y・K・ウォンが、シンのルームメイトだということを思い出した。

「忘れてちょうだい。自分で取り戻すことにするわ」ペイリンはこわばった足取りで立ち去った。その背中からは〝ついてこないで〟というオーラがはっきり出ていた。

食堂に戻ると、シンが、わたしのカヤトーストをパクついていた。「女心をつかむのが下手になったんじゃないの？」わたしはむっつりしながら声をかけた。「朝食を返してよ」

「もう遅いな」シンはテーブルの下で、長い脚を伸ばした。蹴飛ばしてやりたくても、こんなチャイナドレス姿ではまともに脚が開かない。「いったいなんだったんだ？」

わたしはペイリンのことと、彼女のセールスマンやウォンとのつながりについて説明した。けれど自分のルームメイトが金曜の夜にわたしを尾行したことを知ると、シンの顔が曇った。

「どうして昨日言わなかったんだ？」

「とにかく知らないふりをしてよ。あの男とは、かかわりたくないんだから」昨日はなんとか、ウォンに顔を見られずに済んだはずだ。「それにしても、ペイリンが男性寮から取り戻したがっているものってなんなのかな？」

ペイリンや、彼女の奇妙な頼みも含めて、あの切断された指につながっているすべてが、暗い影を投げかけていた。心の半分には強烈な好奇心があり、もう半分は忘れたほうがいいと警告している。どちらにしろ保管室の掃除はあらかた済んでいたから、あと二時間もすれば、わたしはイポーへと戻ることになるだろう。

シンはわたしの食べ残しを平らげると、手をつけないままにされたペイリンの皿を見つめながらなにやら考え込んだ。

「あれも食べちゃえば」

「いらない」

「あっちのほうがいいじゃない——ひと口も食べていないんだから」わたしが言った。

「ジーリンのしか欲しくない」シンは物憂《ものう》げに言った。

わたしは目を丸くして見せながらも、また気の置けない関係に戻れたことにホッとしていた。けれど気をつけなければ。シンは熱くなったかと思うと、いきなり冷たくなる。だからわたしは黙ったまま、ペイリンのトーストを平らげた。ひどく怯えていたペイリンの様子が、どうにも胸に引っかかった。

上から影が落ちてきた。目を上げると、コー・ベンが立っていた。豚に似た、二重顎のオーダリーだ。まだ朝だというのに、コー・ベンの顔は薄い汗の膜でテカっている。「もう大丈夫かい?」コー・ベンが声をかけてきた。「昨日の夜は調子が悪そうだったけど」

気にかけていてくれたなんて親切な人だ。コー・ベンは腰を下ろすと、食べはじめた。また麺《めん》だ。ほかほか湯気を立てているスープの上には、おいしそうな豚のレバーが載っている。頭のなかで、わたしもあれにすればよかったな、と思った。「少し食べる?」コー・ベンが言った。

「もう、行くところだったんだ」シンが立ちながら言った。わたしも、チャイナドレスを慎重に引き下ろしながら立ち上がった。コー・ベンの視線が、わたしの脚のあたりをたゆたっている。

「テーブルのほうを見なさいよ!」わたしは木の天板をトントンと叩いた。

コー・ベンがにやりとした。「はっきりと物の言える女の子って好きなんだ」

なにやら食堂の外が騒がしくなり、コー・ベンは口を閉じた。人々が叫びながら駆けずり回っている。

「何かしら?」

コー・ベンは麺をすすり続けている。「オオトカゲでも出たんじゃないの?」いかにも気のない感じでそう言った。

オオトカゲは一メートル半くらいまで成長するうえに、迷子の鶏やネズミなど、見つけたものならなんでも食べてしまう。オオトカゲが病院をうろちょろしているところを想像しただけで鳥肌が立った。シンのほうに目をやると、顔をしかめ、考え込むように小首を傾げていた。

「行くぞ」シンは言った。

病院の本館を出ると緩やかな下りになっていて、建物同士が短い通路や階段でつながっている。シンは早足でずんずん歩いていたけれど、通路の先で足を止めたので、わたしもようやく追いつけそうになった。階段の下に人が集まっている。

「どいてください！」担架《たんか》を持ったふたりの男が、さっと横をかすめた。

シンが振り返り、こちらに戻ってきた。「見るな」

「何があったの？」

シンはこたえる代わりに、わたしの肘をつかみ、その場から引き離した。それでも首を伸ばすと、だれかが担架に乗せられているのがわかった。見えたのは、裸足の小さな片足だけだったけれど。

「あの看護婦に会ったときのことをもう一度教えてくれ」シンが声を落として言った。

「食堂に行こうとしてぶつかったのよ。どうして？」

「階段を落ちたのは彼女だ。しかも重傷だ。だめだ、戻るな。ジーリンにできることは何もないんだ」

「死んじゃったの？」

「頭を打ったみたいだな。倒れているのを見つかったばかりなんだ」

ショックのあまり、泣きたくなった。なんてことだろう。ペイリンが食堂を出てから、三十分とたっていないのに。

「最後に見たとき、彼女は走ってたのか」

「いいえ、歩いてた。ねえ、わたしたち、どうしたらいいの？」

「医者が診ているんだ。病院って場所は、事故が起こったときには便利だよ。だが事故なのかどうか」シンは口のなかでつぶやいた。

わたしは足を止めた。「どうしてそう思うの？」

「階段の下まで、かなりの距離を落ちている。足を滑らせた場合には、なんとか体を支えようとするから、たいていはそれほどひどい落ち方をしないものなんだ。それに、手すりだってついてる。けど、もしもうしろから押されたのだとすれば――」シンがため息をついた。「彼女と男子寮にあるって荷物の話をしていたとき、周りにはだれかいなかったか？」

「最初のときはいなかった。だけど食堂の外に出たときには、いろんな人が行き交っていたから」

わたしは不安な思いで、下のほうに目をやった。怪我人を乗せた担架が、別の建物へと消えていく。小さな足が痛々しく突き出していた。片方は裸足になり、もう片方は実用的な看護婦用の靴に包まれていた。野次馬がちりぢりになるなか、ひとりだけ、遠くから見つめ続けている男がいた。あのゆがんだ横顔。Ｙ・Ｋ・ウォンだ。

「あいつは昨晩外出したと言ったじゃない！」わたしはウォンを指差しながら、シンに向かって声を荒らげた。

「今朝、戻ってきたんだろ。まさか、あいつを疑っているのか？」

どう考えたらいいんだろう。ペイリンの身に降りかかった悲劇に心が乱れていた。あの荷物のことをわたしに打ち明けた直後に、こんなひどい事故にあうなんて、偶然にしてはあまりにも出来過ぎている。わたしはまたしても、あの夢の、川のなかでうごめいていた黒い影を思い出してしまった。

「シン、男性寮の談話室にあるっていうペイリンの荷物を探してみてくれない？　ペイリンは、だれかに見つかるんじゃないかと心配していたの。安全な場所に移しておいてあげないと」わたしはすがるようにシンを見つめた。

シンは何も言わずに眉を上げ、そのまま立ち去った。それでもわたしには、大丈夫、シンはやってくれるとわかっていた。幼いころ、ふたりでアヒルの雛《ひな》を飼っていたことがある。ふわふわの、目のついた黄色いボールのような雛を一羽ずつ。ある午後、わたしの雛がいなくなってしまった。猫の夕食になったな、と、みんなは笑った。けれどシンだけは何も言わずに、何日も、あの可哀そうな雛が生きているとはとても思えなくなってからも、ひたすら近所を探し続けてくれた。あのときのことを思い出すと、感謝に胸が温かくなる。けれどいまは、ペイリンの言葉が頭にこびりついていた。彼のことを、どれくらい知っているの？　いい質問だ。ふたりとももう子どもではない。いまだってわたしには、シンが一年近くもシンガポールから帰ってこなかった理由がわからずにいる。それにこれからの将来、いつまでシンに頼ることができるんだろう？　わたしにとってほんとうの家族は母さんだけなのだけれど、その母さんは、どちらかというとこちらが面倒を見てあげなければならない人なのだ。

近づいてくる足音に気づいて、わたしはふいに怖くなり、背筋を伸ばした。ウォンかもしれない。あの男には、予期せぬ場所にいきなり姿を現すという、なんだか不気味なところがある。

けれど、それはコー・ベンだった。

「やあ！」コー・ベンは明るい声で言った。「シンを待ってるの？」

「ええ、ちょっと持ってきてもらうものがあって」わたしは、ペイリンの事故のことを持ち出すべきか迷った。

「案内してあげようか？」

わたしはそそくさとうなずいた。男子寮のそばで待つなんて危険過ぎる。もしもウォンが戻ってきたら、出くわしてしまうかもしれない。ここを離れても、シンがなんとか見つけてくれるだろう。

コー・ベンの案内は面白かった。病院にまつわる噂や、さまざまな逸話もたっぷりきかせてくれた。たとえば、この病院ではじめて輸血が行なわれた場所や、前院長が、看護婦の恰好をしているのを奥さんに見つかった部屋などもあった。サイズはXLだったとか。ひどい話ばかりだったけれど、わたしは思わず笑ってしまった。

「きみ、ほんとうにシンの彼女なの？」コー・ベンが、突然こう言った。

「どうして？」

コー・ベンがためらった。「あいつ、ほかにも彼女がいるみたいだから。シンガポールに」

「どうして知ってるの？」

「あいつからさんざんきかされてるもんでね。シンガポールで出会ったらしい」

恋人の浮気をほのめかされているとして、わたしとしてはどんな反応をするべきなんだろう？　たぶん、強がりながらも動揺しているような顔をすれば充分じゃないかな。「そっか」わたしは靴に目を落とした。なんだか妙に胸が苦しくなった。

「ごめん」コー・ベンが少し身を寄せてきた。「もしもぼくにできることがあったら――」コー・ベンが、片手をわたしの肩に置いた。

「ジーリン！」シンが、廊下を向こうから近づいてきた。「なんでそうすぐに消えちまうんだよ？」

コー・ベンが手を下ろした。

「案内してもらっていたの」

シンがわたしの腰にするりと腕を回してきたので、思わず体がこわばった。わたしの反応を見て、コー・ベンが退散しようと背を向けながら、ぎこちなく微笑《ほほえ》んだ。「何かあったら、ぼくがいつでも助けになるから」

「いったいあいつは、どんな助けになろうっていうんだ？」シンが言った。

「別に」イライラするべきではないと思った。コー・ベンからきいた話なんか、わたしにはなんの関係もないいんだから。わたしはシンの腕からするりと逃れた。「もう恋人のふりをする必要はないでしょ。だれもいないいんだから」

シンが、探るような目でわたしを見ていた。あの黒くすばしっこい瞳の奥ではいったい何が起きているのだろうと、ときどき不思議に思うことがある。微笑むと、目尻にシワができる。

子どものころに比べると、シンはほんとうによく笑うようになった。けれど、それを心から喜べない自分がどこかにいる。シンは、自分の顔を利用するすべを学んでいた。

「面白いものを持ってきたぞ」ちょっとした間のあとに、シンが言った。

「見つけたの?」けれどそこで、にぎやかな声と足音がきこえてきた。何人かのグループが廊下をこちらに近づいている。こんなところで、盗んできた謎の荷物をあらためるわけにはいかない。Y・K・ウォンに、また出くわすような危険も避けたかった。

シンがドアのひとつを開けようとした。鍵がかかっていた。次のドアは開いたけれど、物置だった。小さな窓から、灰色の光がかすかに差し込んでいる。そのなかに入ったところで、廊下から話し声がきこえてきた。

「ひどい事故だったわね！　だれっていったかしら?」

「あの小柄な看護婦よ。奥さんのいる患者と付き合ってたの」

「もう少し賢い人だと思ってたのに」

「奥さんに、呪いでもかけられたのかもね」

声が廊下を遠ざかっていく。わたしは息を止めていたことに気づいて、ふうっと吐き出した。

シンが声をひそめて言った。「談話室の花瓶に入ってた」

物置は狭苦しくて薄暗いけれど、廊下よりは安全に思えた。シンがほんとうに何かを取ってきたのならなおさらだ。シンがシャツのボタンをはずしはじめた。

「何してんのよ」わたしは声を荒らげた。

「シャツの下に隠してあるんだ」シンが驚いたように言ってから、にやりとした。「何、裸になるのを期待したってわけ？」

「だれが、あんたの裸なんか見たいもんですか」

「よく言うよ。自分はほとんどすっぽんぽんで泳ぎに行ってたくせに」

「嘘つかないでよ！　水に入ったことさえあんまりないのに。泳ぎが苦手なことは――シンだってよく知ってるじゃないの！」

「なんだったら教えてやってもいいぞ」シンが身を寄せてきたので、耳に温かい息がかかった。その一瞬、心臓が暴れて、キスをされると思った。


キスならしたことがある。こちらがなんとも思っていない相手と。シンが医学校に入る一年前のことで、わたしは望みもないまま、ひたすらミンを思っていた。ミンには、ロバート・チウという友だちがいる。イポーの近くに住んでいる、裕福な家の子だ。わたしはいつだってミンのそばにいたかったから、自然、ロバートと顔を合わせることも多かった。

キスの相手はロバートだ。わたしたちは、時計修理店の外に置かれたベンチに座っていた。シンは新しいガールフレンドと出かけ、ミンはどこかへ呼び出されていた。わたしはいつも、どうしてロバートがこの近所をうろついているのか不思議に思っていた。なにしろ、もしも自分が、長い私道に艶々した黒い車がとまっているようなお屋敷に住んでいたら、せっかくの午後を、ファリムみたいな田舎臭い場所で過ごそうとは思わないはずだから。けれど、そこでロバートがこちらを見た。そして突然覚悟を決めたかのように、わたしの両肩をつかんだのだ。ロバートの唇は熱く湿り、ねちっこくて、わたしは息をすることができなかった。ときめきなんかこれっぽっちもないまま、パニックのなかで、ただひたすら、早くこの男を振りほどきたいと思った。

「ずっと好きだったんだ」ロバートは言った。「知っていると思ってた」

わたしはかぶりを振った。顔が真っ赤になり、手が震えた。ロバートと真剣な話をするなんてまっぴらだったけれど、片手を両手でしっかりつかまれていたので、逃げ出すには、相手をベンチから突き飛ばすしかなさそうだった。口説かれて自尊心をくすぐられた面もあるけれど、やはりぞっとしたというのがほんとうで、なんだかスローモーションで事故でも見ているような気分だった。

ホッとしたことに、そこへミンが戻ってきた。気恥ずかしいながらに、ちょっと期待もした。ロバートにまだ手を握られていたから、ひょっとしたら嫉妬に燃えてくれるかもしれないと。けれどミンはおっとりと冷静な目でわたしたちを見ると、ロバートに言った。「じゃあ、もう告白したんだね?」

わたしは手を振りほどきながら慌てて立ち上がると、「ごめんなさい」と、ロバートに言った。「せっかくだけれど、ごめんなさい」

ロバートは驚いた顔になった。「つまり、だめってこと?」

「だめ。全然だめ」そこで、わたしは逃げ出した。

理不尽にも、そのとき頭にあったのは、もしもロバートと結婚したらイポーのお屋敷が自分のものになるということだけだった。あの家には蓄音機があるから、好きなポピュラーソングをいくらだってきくことができる。確かに魅力的だけれど、あのロバートのねちっこい抱擁をかわし続けることになるのかと思うと。わたしは両親が再婚した直後に、母さんが継父の膝にのっている姿を見てしまったことがある。母さんは少女のように頰を染めていた。いまでも継父には、母さんを惹きつける何かがあるらしい。それがなんであれ、わたしがロバートのなかに見つけることはできそうになかった。それだけははっきりしていたから、ミンがいつもの物静かな様子で心配そうに近づいてくると、わたしは思わずわっと泣き出してしまった。

「どうしたんだい?」ミンは心配するように言った。「あいつのせいで怖い思いでもした?」

かぶりを振りながら、わたしは哀しみに胸を貫かれた。ミンは、胸が苦しくなるような、きみなしでは生きられないというような情熱から心配しているのではない。兄のようにやさしいだけなのだ。

「ごめんな」ミンが言った。「でも、悪いやつではないんだよ」おまけに条件は最高だ。けれどミンは、そんなことを口にするようなぶしつけな人ではない。シンとは違う、とわたしは苦しく思った。シンならきっと、お金のために結婚しろとわたしを急き立てるだろう。わたしがそんなようなことを言うと、ミンは驚いた顔になった。

「いや、シンはこのことを知らないんだ。あいつには言わないでくれるかな?」

だからわたしは言わなかった。そういうわけで、ファーストキスのことを思い出すたびに、胸が張り裂けそうになり、失望がわき上がってくるのだ。哀れなロバートのためではなく、自分自身のために。だってわたしはあの日、ミンが決して自分には恋してくれないことを、はっきりと思い知ったのだから。

その後メイフラワーで働くようになると、それこそたくさんの男たちがなれなれしく近づいてきたから、向こうがわざとらしく突っ込んでくるたびに、うまくかわすすべも身についていた。だから物置のなかで、シンがシャツをはだけて冗談を言いながらやたら身を寄せてくると、わたしは焦って思い切り突き飛ばしてしまった。シンは音を立ててドアにぶち当たった。

「いてっ！　どうしたっていうんだよ？」

キスされると思っただなんて、きょうだいに向かって言えるわけがない。ほんとバカみたい。きっとシンガポールに恋人がいるんだろうし、さっき、コー・ベンからもそうきいたばかりなのに。それでもシンが身を寄せてきたときには、おなかの奥のほうがおかしな感じにうずいてしまった。神秘的な蠟燭《ろうそく》の炎に引き寄せられては、そっとからめとられていく、たくさんの蛾の羽ばたきのように。

要は、シンがハンサム過ぎるだけのことだ。なにしろここのところ、太鼓腹のおじさんや、子どもっぽい学生とばかり踊ることにうんざりしていたから。何年も夕食のテーブルを挟んで、こんな美貌を当たり前のように見ていたんだから、ありがたく思わなくちゃね。そんなバカみたいなことを考えていたらおかしくなってきて、ヒステリックにクスクス笑い出してしまった。

ダンスホールでホステスなんかしていると、道徳観のほうもお粗末になるらしい。

ドアがいきなり開いた。わたしたちは突然の光に目をパチパチさせながら、体を硬くした。

「こんなところで何をしているの？」鋭く尖った声が、外国人らしい単調なイントネーションで言った。

シンが笑みをかき消し、さっと振り返った。「すみません、婦長」

なら、この人が婦長なんだ。わたしは気分が悪くなった。きちんとした人物として看護婦の育成プログラムに申し込むつもりでいるのに。のちのち、あのとき物置に男と隠れていた娘だと婦長に気づかれたら、何もかも台無しになってしまう。

「そこにいるのは、まさか、看護婦のひとりではないんでしょうね」わたしたちがおずおずと廊下に出るのを、婦長はあくまでも冷たい顔で見守っていた。

シンが「いいえ、婦長」とこたえると、気まずい沈黙のあとに、こう口走った。「じつは婚約者なんです」

「婚約者ですって?」いかにも信じていないという声だ。

「たったいま、プロポーズしたんです」

「物置のなかで?」

わたしには、シンの頭のなかにある小さな歯車の動きが見えそうな気がした。うまくいきっこない。なにしろ、話の裏付けが何もないんだから。ところが驚いたことに、シンはポケットに手を突っ込むと、ビロードの小箱を取り出した。なかには指輪が入っていた。ねじれているシンプルなゴールドのリングに、小さなガーネットが五つ、花のようにあしらわれている。それをするりとわたしの指にはめながら、シンは勝ち誇ったような笑顔を婦長に向けた。

婦長もあっけにとられて、弱々しく微笑むことしかできなかった。「ええっと、確か――リー君だったわね？　今後、病院でのそのような行ないは慎むように。でも、おめでとう！」

シンは頭を下げた。見事な手品でもやってのけたかのように嬉しそうだ。確かに手品ではあった。婦長の心証を変えて、疑いも叱責も吹き飛ばしてしまったのだから。婦長はわたしたちの両方と握手を交わしながら、お幸せを祈るわ、と言った。シンがうまく愛想を振りまいてくれたので、わたしとしては助かった。なにしろ呆然としていたので。

わたしはシンと婦長の少しうしろをついていきながら、なんとか自分を取り戻そうとした。左手にはめられた指輪はぶかぶかで――指を曲げて押さえておかないと落ちてしまう。当然だ――ほかの女性の指に合わせて作られた指輪なのだから。その人は、シンがトラブルを回避するために自分の指輪を利用したと知ったら、どんなふうに思うだろう。

ほっそりした金の指輪はとても素敵で、慎重に選び抜かれたもののようだ。この指輪を断る女の子がいるなんて考えられない。そう思った瞬間、わたしはふと、抑えがたいみじめさに飲み込まれた。寂しさに喉が詰まって、歯が痛くなるくらいだった。

21

六月十五日（月）からの週
バトゥ・ガジャ

レンは、屋敷でのパーティを前にしてわくわくしている。若い医者たちが、月に一度、持ち回りで行なっているパーティだ。たとえ結婚していても、家族がイギリスに戻ってしまい、独身同然の暮らしをしている男は多い。だからアーロンによると、出席者はほとんどが男だという。あとは、うつろな日々がえんえんと続く活気のない暮らしに退屈した奥様方が何人か。この土地では使用人がいくらでも使えるから、そもそも家事をする必要がない。そこで奥様方は慈善事業でボランティアを行ない、テニスをし、噂がほんとうだとすれば、夫同士を取り替えたりもする。

「どうして？」レンはたずねる。人間や家を取り替えるなんて、なんだかとてもめんどくさそうだから。アーロンは、おまえには小さ過ぎてわからないんだ、と首を振る。

けれどレンにはわかっている。少なくとも、なんとなくは。たぶん、うちの先生がいい人で、先生を好きな女の人もいるのに、それでもどういうわけか先生が不幸せそうなのと関係があるのだろう。レンはふと、病院で見た女の人を思い出す。蒸しケーキみたいなオレンジ色の髪をした女の人。名前はリディアだ。リディアは日曜日、教会から、ウィリアムと一緒に帰ってきた。

ウィリアムの堅苦しい顔を見れば、レンには主人の不機嫌なのがわかった。ウィリアムはリディアを先に降ろしてから、患者を送るつもりでいたようだ。レンがそれに気づいたのは、ナンディニの名前が出たからだ。ぼくの患者さん。レンはそう思いながら、ちょっとだけ誇らしくなる。

玄関に近い部屋で話しているウィリアムとリディアを見ながら、レンはあらためて、ふたりがよく似ていることに驚かされた。どちらも背が高くて、色が白くて、大きな高い鼻と、すらりと長い手をしている。リディアが魅力的なのかどうか、レンにはよくわからない。けれど髪を揺すったり、白い革のサンダルを履いた脚を自信たっぷりに組んでいるところを見ると、視線を集めることには慣れているようだ。

「患者さんの具合はどうですか？　その、ナンディニの？」レンがおずおずとたずねると、ウィリアムの顔がパッと明るくなる。

「だいぶいい。会いたいのかい？」

「はい」

「彼女の回復過程を見届けるのは、おまえにとってもいい勉強になる」ウィリアムが言う。

「近々、ここに連れてくるようにしよう」

レンがちらりと目をやると、リディアは話がきこえていないとでもいうかのように、しげしげ本棚を調べている。その後リディアは、ウィリアムと家のなかを見て回りながら、パーティに合わせて、どう家具を配置したらいいかなどの助言をはじめる。レンはそばでききながら、そのいくつかに、なるほどと思う。

「土曜日のパーティに、女性の出席者はあまりいないんだ」ウィリアムが案じるように言う。「ほんとうに来たいのかい？　恐ろしく退屈だと思うんだが」

リディアが自分の腕を、ウィリアムの腕にするりとからませながら言う。「とんでもない。ぜひ参加したいわ。お花の準備はわたしがやりましょうか？」

ウィリアムの目に狼狽《ろうばい》の色が閃《ひらめ》いたのを見て、レンは、花のことなんかまったく考えていなかったんだなと悟る。ウィリアムが困っている様子ときたら、それこそ少し滑稽《こっけい》なくらいだ。

「いや、大丈夫だ。アーロンが何もかも手配してくれる」ウィリアムはそう言うと、車で送るからとリディアを外に連れていく。

のちほど、そのときのやり取りを覚えていたレンは、花は準備したほうがいいのかアーロンにたずねる。アーロンは顔をしかめて言う。「ふむ。テーブルの真ん中と、玄関のそばに飾るやつがいるな」つくづく面倒だという顔をしながらも、アーロンはパーティの支度を楽しんでいるようだ。

火曜日。アーロンはテーブルに使うリネン類をもう一度漂白し、アイロンをかけることにする。前回も洗濯してからしまってはいるものの、すでに黄ばんでしまったのだ。水曜日。レンはハタキをかけ、拭き掃除をし、本棚の本を一冊ずつ取り出しては、きれいに並べ直していく。知っている本もいくつかある。マクファーレン先生の家にもあったものだ。『グレイの解剖学』、『ランセット』誌や『熱帯医学と寄生虫学の歴史』誌。その長い名前を、マクファーレン先生が発音するのをききながら、次第にレンも台所のテーブルに座って写し取れるようになった。レンは床にモップをかけながら、古い友だちである本に向かってうなずいて見せる。

裏庭にある木の小屋には、よく太った鶏が三羽入っている。鶏肉のカツレツと、インチカビン――二度揚げしたサクサクのチキンに、甘味のあるスパイシーなソースを合わせた料理――を作る予定なのだ。このあたりでは、牛肉といえば水牛の肉であり、脂が少なくて固い。これで作ったビーフルンダンが、メインディッシュになるだろう。ココナッツミルクで汁気がなくなるまでじっくり煮込んだカレー料理だ。木曜日になると、レンとアーロンは居間の家具を動かし、床にワックスをかけていく。

「ダンスをしたがる場合もあるからな」アーロンが言う。「ご婦人はふたりしか来んのだが」アーロンが蓄音機を運んでくるあいだに、レンは針を尖らせておく。当日の夜には、中国系のウエイターがひとり、日雇いで飲み物を給仕してくれることになっている。ウィリアムは、準備に大忙しのふたりを見ても、ほとんど興味を示さない。レンがどうしてだろうとアーロンにたずねると、アーロンは肩をすくめて見せる。「新しいお楽しみを見つけたのさ」

そう言われてレンも、ウィリアムがこのところ、夕食のあとどこかへ出かけていることに思い当たる。「散歩はいつも朝だったよね？」

「朝だろうが夜だろうが関係ないのさ。向こうに気があるかぎりはな」アーロンが口のなかでぼやく。

金曜日の朝、庭師が切り花を持って、厨房《ちゅうぼう》の戸口までやってくる。レンは花を選り分けようと、両腕いっぱいに抱え、食堂に持っていく。もしも女の人がいれば、パーティの当日にでも、花を上手に飾ってくれるだろう。けれど明日の本番は、レンもアーロンも料理の支度で大忙しのはずだ。暑さのせいで食べ物が傷みやすく、何もかも新鮮な状態で準備しなければならないのだから。もう一度緑の束を取りに厨房へと小走りで戻ると、レンは、庭師とアーロンがなにやら話し込んでいるのを見つける。

「よお、ぼうず！」庭師が言う。たくましい小柄なタミル人で、肌は無慈悲な太陽に焼かれ真っ黒だ。気さくな人で、マレー語もできる。もうひとりの庭師はタミル語しか話さない。

「見たいか？《マウ・リハッ》　面白いものを見たいか？」

レンはわくわくしながら、庭師について庭へ出て行く。アーロンもむっつりした顔でついてくる。裏手に回り、手入れされた芝生が下生えに飲み込まれるほうへと向かっていく。周りの密林を相手に、庭師が懸命な闘いを続けている境界線のあたりだ。庭を周り込むようにしながら、デコボコした場所へと近づいていく。それはレンが家から出るゴミを捨てる場所、そして――病院から盗んできた指を埋めた場所でもある。指の小瓶が、ビスケットの空き缶にしまってあるのだ。

レンの脈が速くなり、目印に置いた石のほうに視線が吸い寄せられる。いかにも最近掘り返されたように見える。レンは、ゴミ捨て場にはだれも来ないはずと油断をしていた。ここに来るのは自分だけだと。

「ここ《シニ》」庭師が言う。「ここだ。見えるかい？」

庭師が指し示した場所を見ると、枝が折れていて、やわらかく湿った土に跡がついている。虎の足跡だ。

少なくとも庭師はそう言うのだけれど、形がはっきりしているわけでもなく、レンにはよくわからない。ただし、大きくて重い動物が通ったことだけは確かだ。木々が茂り、枯れ葉の厚く積もった場所なのに、足跡が深く食い込んだところだけ地面が見えているのだから。庭師とアーロンがそばにうずくまって調べている。足跡は、男の手のひらよりも大きい。

「左の前足だ」庭師が言う。

「どうしてわかるの？」レンが言う。

庭師によると、前足のほうが後ろ足よりも大きい場合が多いのだそうだ。虎の前足には、四本の指と、狼爪とも呼ばれる親指がある。足跡の主は、庭の隅の、木々の下に立っていたようだ。芝生との境界線のところには、足跡をひとつしか残していない。

「虎は抜け目がないからな」庭師が言う。「家を偵察していたんだろう」

レンの心臓が暴れはじめる。あの石のしるしのところ、指を埋めたすぐそばで足跡が見つかるなんて、いったいどういうことなんだろう？　だれか大人の人に相談ができたらいいのに。

けれど先生に話すとすれば、指を盗んだことまで打ち明けなくちゃならない。レンは無意識に手を握りながら、不安そうにもみ合わせる。マクファーレン先生の四十九日が尽きるまで、あと九日。それだけあれば、指を戻すことはできるよね？

アーロンがぼやけた足跡を見つめながら、「この虎は、指が一本欠けてるな」と言う。「左前足の小指がない」

レンは目を閉じ、息を吸い込む。聴覚が鋭くなり、髪の毛がチクチクする。耳を澄ませてみるけれど、何も感じない。猫の髭はピクリとも動かない。ただ圧倒的な静寂《せいじゃく》だけが、うつろに広がる緑の芝と、そこに立つ白い屋敷を包み込んでいる。屋敷はまるで、密林に置かれた金魚鉢みたいだ。

「何か捧げ物を置いたほうがいいんじゃねぇかな？」庭師がおずおずと言う。庭師はヒンズー教徒だし、アーロンも一応、仏教徒だ。どちらも捧げ物や供物の文化には親しみがあるのだけれど、アーロンは顔をしかめて見せる。

「いったい何を捧げるんだ――鶏か？　うちには、明日必要な三羽しかいねぇぞ。それに、戻ってこられても困るからな」

相手がイノシシや鹿であれば、血か、人間の髪でもまいておけば追い払えるかもしれないが、虎の場合、そうはいかない。庭師が密林に向かって小さくお辞儀をしながら、タミル語で何かをつぶやく。「虎様、どうか戻ってこねぇでくれろとお願いしたんだ」庭師は微笑《ほほえ》みながら言う。レンはその、シワの寄った黒い顔を見つめながら思う。この人はほんとうに心配しているのかな。それとも、こういうことって、雨季の大雨や洪水みたいに、ときどきあることなんだろうか。マクファーレン先生のところでは、先生の奇妙なたわ言にもかかわらず、虎がこんなにも家に近づいたことは一度もなかった。それとも外じゃなく、家のなかにいたから足跡がなかっただけ？　マクファーレン先生の白い顔、薄いコットンの上掛けを握っている小指のない左手が目の前をよぎり、レンの顔から血の気が失せる。

アーロンがレンの腕をギュッとつかむ。「そんなに怖がらんでも大丈夫だ！　虎の行動範囲は何キロにもおよぶからな。いまごろはどこか遠くへ行っちまってるさ」

その夜アーロンはウィリアムに、雇い主に対するときのたどたどしい英語で自分たちの発見を伝える。屋敷のそばで見つかった足跡は、これでふたつ目だ。ひとつ目が見つかったのは、あの気の毒な女の人が死んだ前後だった。

「だからトゥアン、夜分はひとりで出歩かねぇでください」アーロンがそう締めくくる。

一瞬、ウィリアムの顔を何かがよぎる。「おまえもな。それからレンも、ひとりでは外をうろつかないように」

レンは、揚げたイカンビリスの皿を取りに戻る。ごく小さな魚で、スパイシーな辛味噌《からみそ》のサンバルにつけて食べるのだ。レンはクワンおばさんから教わった通りに、終わった皿を右から下げると、新しい皿を左から給仕していく。窓は開け放されているのに、なんだか妙にむっとする。庭師が届けてくれた花――極楽鳥花、カンナ、ほっそりした枝に花をつけているハイビスカス――がごわごわと置かれていて、なんだか葬式の捧げ物のようだ。レンは肌がこわばってゾクゾクし、喉にも痛みを覚える。庭にあった足跡を思うと、不安で頭がどうにかなりそうだ。

「具合でも悪いのか?」ウィリアムがレンを呼び寄せ、手の甲を額に当てる。大きくて冷ややかな、いかにも医者らしい手だ。「ふむ。熱があるな。もう下がっていいから、アーロンにアスピリンを一錠もらって、横になりなさい」

ウィリアムの夕食はまだ終わっていないし、洗い物だって残っている。けれど、これは命令だ。レンが厨房に戻ると、アーロンは心配そうな目でレンの青ざめた顔を見てから、アスピリンを渡し、すぐに寝るように言う。

レンはふらふらしながら厨房を出ると、屋根付きの通路を、裏手にある使用人用の離れへと向かう。顔が燃えるようだし、脚には力が入らない。小さなころから、病気になるのは決まってイーのほうだった。流感や食中毒があると、必ずレンの前にイーがかかるのだ。「ぼくは警告係なんだ」イーは、顔をくしゃくしゃにして笑いながら言う。「ぼくのほうが先に死ぬのさ」そしてほんとうに、そうなってしまった。

レンは小さなベッドで震えながら、薄いコットンの上掛けを引き寄せる。部屋は暖かいのに、寒気が止まらないし、骨も痛い。だとしても頭がぼうっとしているおかげで、かえって心は穏やかだ。これではあの虎のことも、まともに考えることができないから。

そうしてレンは、夢のなかへと落ちていく。

おなじみの、駅のプラットホームにいる夢。ただし今回はいつもと違い、蒸気機関車はとまったままだ。けれどレンが立っているのは、よく見るとプラットホームではない。川のなかにある、小さな島――というより砂州のような場所から、向こうにある駅を見つめているのだ。日差しが燦々《さんさん》と、ガラスのない窓から客車のなかに差し込んでいる。イーはどこにいるんだろう？

レンは砂州の片隅まで行き、また反対側に戻っては、細くした目の上に手をかざしながら、何か見えないかと視線を動かす。すると向こう岸で、必死に手を振り回している少年の姿が目に飛び込んでくる。右足と左足を交互に動かしながら、ジグでも踊るみたいにピョンピョン飛び跳ねている。あのジグ。もちろん忘れっこない。

「イー！」レンは叫ぶ。向こう岸の小さな少年も、口を両手で囲むようにしながら叫んでいるけれど、レンには何もきこえない。

どうして音がないんだ？　レンはそれから、もうひとつ別のことにも気づいてハッとなる。イーがやけに小さい。距離のせいだけではない。イーは八歳、死んだときの年のままなのだ。だから変わってしまったのはレンのほうだ。それでも自分に会えて、イーはものすごく嬉しそうだ。幸福感のあまり、レンは喉が詰まりそうになる。

イーがパントマイムで何かを伝えようとしている。**元気？**

レンは自分の胸を指してから、親指を上げて見せる。**そっちは？**

イーは、親指で自分を突いてから、その指を上げて見せる。心配すんな。

心配だって？　じゃあきっとイーは、あの虎や、マクファーレン先生のことや、これまでやこれからの死のことも、みんな知っているんだ。もちろん知っているさ。イーは、レンを苦しめることについてはなんだって知っているんだから。

レンは、大丈夫だからと大声で叫ぶ。やらなくちゃならないことがあるんだけど、もう指は見つけたし、安全なところに隠してあるからと。身振りだけで伝えるには難しい内容だったけれど、イーにはわかっているみたいだ。ひょっとすると向こうには、レンの声がきこえているのかもしれない。けれど、確かめている余裕はない。

時間はどんどんなくなっていく。

そう思った瞬間、水が、レンの裸足を包み込む。レンはハッとしながら飛びすさる。砂州が小さくなっている。それとも、水かさが増しているのだろうか。

「庭に虎がいるんだ」レンは川の向こうに怒鳴る。「だけど大丈夫。どうすればいいか、ちゃんとわかってるから」

イーはなんだか心配そうだ。

「パーティが終わったら、カムンティンに行ってくる」

イーが首を横に振っている。

「平気だよ。許可だってもらってるし。マクファーレン先生に頼まれたことを済ませてきちゃうよ」

イーが手をさかんに振り回している。なにやら複雑なことを身振りで伝えようとしているみたいだ。小さな顔が心配にこわばっている。

「怖くなんかないよ」レンが言う。

彼女にきいて。

彼女ってだれだろう？　レンには、クアラルンプールに行ってしまったクワンおばさんをのぞいたら、女の人なんかひとりも思いつかない。

水かさが増し、透き通った水がさざ波を立てながら、湿った砂地を少しずつ飲み込んでいる。それにしても、なんだかヘンだ。水はきれいで、その下にある小石や、浮いている葉なんかがはっきり見えるのに、妙にねっとりからみつくような感じがする。浅瀬にも、小さな魚の姿はない。体の透けている海老やアメンボもいない。生き物が全然いないのだ。

「そっちに泳いでくから」レンが声を上げる。「待ってて！」

レンは片足を水に入れる。びっくりするほど冷たい水が、足首の周りで渦を巻き、からみついてくる。けれど向こう岸まで、そんなに遠くはない。

だめ！　イーは、レンが水に入るのをいやがっているようだ。身振り手振りで、必死にやめろと伝えている。

レンはあまり泳ぎが上手ではない。だけど、犬かきでもそれなりには進めるはずだ。足首のところまで、水のなかに入ってみる。ものすごく冷たい。味わったことのないような冷たさだ。以前マクファーレン先生から読み方を教わるときに、大きくて高価そうなおとぎ話の本を借りたことがある。どんより曇った空を背景にした雪と氷のきれいな絵があって、レンはうっとり見入ったものだ。マクファーレン先生によると、スコットランドというところではよくあんな天気になることがあって、〝ドゥリク〟と名前までついているのだそうだ。小さな女の子がマッチを売る話で、最後の挿絵では、女の子が雪の上に横たわっていた。目を閉じながらも微笑んでいて、口の端にはうっすら青い影が描かれている。あの女の子も、こんなふうな冷たさを感じていたんだろうか?

レンは歯を食いしばる。砂州の浅瀬から遠ざかるほどに、水はよどんでいる。そのなかをうごめくものが見えて、レンはふと、ためらいを覚える。向こう岸では、イーが夢中になってサインを送っている。**だめ、だめ、だめだ!** けれどいまのレンは、イーと離れ離れになったときよりも、大きく、強くなっている。レンは十一歳の自信を持って、泳ぎ切れるはずだと川に目を向ける。

もう水は腰のあたりまできている。黒々と渦を巻きながら、ぐいぐいレンを引き寄せる。耐えがたいほどの冷たさが、レンの脊髄にしみ入り、体熱を奪っていく。

イーが、向こう岸で膝をついている。涙に顔をゆがませながら、無我夢中の様子でジェスチャーをしている。**やめて!**

レンは、泣かなくて大丈夫だからと言ってあげたい。すぐにそっちに行くからと。けれど歯がガチガチ震えて、言葉を口にすることができない。最後の勇気を振り絞り、レンは思い切って、凍えるような黒い水に頭を沈める。

22

六月十五日（月）
イポー

　朝だ。わたしはまた天井を見上げていた。ただし今度のは見慣れた――タムさんの家の天井だ。体を起こしながら、シンに渡された指輪を探った。ハンカチを縛ったなかに入れてあった。シンの恋人《ひと》って、どんな女なんだろう。少なくとも、指輪のサイズがわたしと違うことだけは確かだ。このやわらかな手触りと濃密な色合い、おそらくは二十四金だ。母さんからは、ゴールドのアクセサリーを買うのならば、十八金以下はだめで、必ず二十四金のものを選ぶようにとずっと言われてきた。

「そうすれば質草として使えるから」母さんはあっさりそう言った。「いい条件で取引できるのよ」

　母さんは夫に先立たれたことで、当然、質屋での経験をそれなりに積んでいる。わたしはメイフラワーで働くようになってまだ短いけれど、いくつかプレゼントをもらったことはある。シルバーのペンダントとか、細いブレスレットとか。受け取るのは気が進まなかったけれど、みんなから、稼ぎのおまけくらいにはなるんだから断るのはもったいないと言われた。とにかく、母さんは正しかった。借金を減らす役に立てばと、その手のアクセサリーを何度か質屋に持ち込んではみたものの、まったくお金にはならなかった。いったいシンは、この指輪にいくらつぎ込んだんだろう。女の子と付き合っても、別れを告げるのは必ずシンからで、真剣な仲にはなりたがらなかったのに。わたしの知っているかぎり、こんな贈り物をだれかにしたことはないはずだ。

昨日、婦長と別れたあと、わたしは微笑《ほほえ》みながら、シンに指輪を返そうとした。「彼女のためにも、安全なところにしまっておかないとね」友だちらしい、感じのいい口調だったと思う。もう何年も前に、こんな話をしていてもおかしくはなかったのだ。

「持ってろよ」シンは言った。「婚約者だって言いふらしたんだぞ。返されたら、疑われるだろ」

ここで恋人がどんな人で、いつ家に連れてくるつもりなのかきくべきだと思ったけれど、口にすることができなかった。もし一か月前に、継きょうだいが結婚することを知ったらあなたは哀しみに苦しむでしょうとか言われていたとしても、単に笑い飛ばしていたと思う。それなのにいまは、言いようのない寂しさで胸が苦しくてたまらない。シンに避けられるようになったときもそうだったけれど、なんだかもう一度、シンを失ってしまったかのような。だけど、あのときとはやっぱり違う。かつてわたしを遠ざけた理由がなんだったにせよ、それが嘘だったかのようにシンはまた親しみを見せてくれている。おまけにシンは大人になり、以前にもまして頼もしくなった。ますます魅力的になった。

それだ。認めよう。

いや、シンはずっと魅力的だったのだけれど、わたしにとってだけは、そうでもなかった。でなければ、わたしはあえて、ほかの人に目を向けようとしていたのかもしれない。わたしはミンのやさしげな長い顔と、後頭部の頑固な逆毛を必死に思い出そうとしたけれど、役には立たなかった。何年も夢中になっていたはずの恋は薄れ、困惑とやましさだけが、ぼんやりと胸のなかでうずいている。

だからわたしは、すぐにイポーに帰らなくちゃと、適当な理由をでっち上げた。ペイリンの荷物はまだ確かめていなかったけれど、婦長と別れたまま病院の前に立っていたので、周りには行き交う人も多い。とりあえずはシンに、病院の安全な場所にでも保管してもらって、なかは見ないまま、ペイリンが回復したら返すのが一番だろうと思った。

機関車に乗ると、指輪をはずし、ハンカチで包んだ。自分のものでもないのに、つけているのはよくないと思ったから。ハンカチを籐の籠バッグにしまったとき、あの外国人の医者からもらった名刺のパリッとした角が指に触れた。ウィリアム・アクトン。一般外科医。名刺を手で包み込みながら、とにかく、この人に連絡を取ってみようと思った。

火曜日の午後、タム家での夕食を逃げ出し、ホイに会いに行った。タムさんが、わたしに会わせたい人が来るようなことをほのめかしていたから。タムさんの夫の甥で、どこかのワガママ娘に捨てられた結果、今年中に結婚すると決めているらしい。そうできることを証明したいだけなのだろう。これではろくなことになりっこない。

外出中にタムさんが部屋を嗅ぎ回るといけないので、シンの指輪は持っていくことにした。ガーネットが、ザクロの種のように煌《きら》めいている。血のように赤いガーネットには〝守護〟の意味がある。わたしがまだ小さかったとき、インド系の行商人が丸いガーネットのビーズを木綿の糸でつないだネックレスを売りにきたことがあった。

「娘さんを危害から守ってくれるよ。悪いこと、悪夢、怪我なんかからね。良縁ももたらしてくれるんだ」そう行商人に言われると、驚いたことに、母さんはひとつ買ってくれた。

わたしはそのネックレスをずっと大切にしていたのだけれど、ある日ミンと、川を歩いて渡ろうとしたときに、とうとう糸が切れてしまった。小さなガーネットのビーズは、川のなかへするすると落ちていき、そのまま消えた。わたしはそのときのことを思い出しながら、指輪をポケットにしまった。なにしろ自分のものではないのだから、なくすわけにはいかない。

ホイは鏡の前に立ち、なにやら決然とした顔でおしろいをはたいていた。きれいに仕上げようと思ったら、最低でも十分はかかるのだ。決してこすってはいけない。パフでやさしく、顔全体、口元、耳、まぶた、首を叩いていく。とんとんとん。これがなかなか根気のいる作業なのだ。完璧に仕上げると、〝滑らかでふんわりした美しい肌〟が何時間もキープできる——と、少なくとも雑誌にはそう書いてあるが、自分で確かめたことはない。なにしろわたしがおしろいに時間を使うのは、せいぜい三十秒なのだから。

「ジーリン！　どうしたの？」ホイは嬉しそうに言った。

わたしはベッドに腰を下ろした。「今夜は仕事の日だっけ？」道端の屋台へ行って、バナナの葉に包まれたアカエイの焼き物でも一緒に食べようかと思っていたのだけれど、ホイはどう見ても出かける準備をしている。

「いいえ。呼び出し《コールアウト》なの」

コールアウトは、ダンスホールで踊るよりも割がいいし、ホイには、わたしの洋裁の見習いのような昼間の仕事があるわけでもない。とても耐えられっこないわ、とホイは言う。一日中、布を裁《た》ったり採寸したりだなんて。だからわたしのほうでも、コールアウトよりはマシだと言い返す。

「わたしにとってはそうでもないの」と、ホイは言う。コールアウトの際にどんなことをするのか、はっきり教えてもらったことはない。ディナーを共にしながら、体の接触も求められるらしい。けれどたいていはキスか、ちょっとしたお触りで済むと言う。「なにしろレストランにいるんだから——人前でできることにはかぎりがあるでしょ」

もっとほかのこともしたことがあるのか、と一度だけ、きいてみたことがある。ホイは面白がっているような顔で、ゆっくりひとつ目をまたたいてから言った。「そんなわけないでしょ」それからわたしたちはぎこちなく笑った。ときどきホイのことが心配になってしまう。

「なんだか今日は暗い顔ね」ホイが言った。

週末の出来事について詳しい話はしたくなかったので、あの指は、ふたりで病院に返しておいたと簡単に説明した。てっきり喜んでくれると思ったのに、ホイは両眉を持ち上げて見せた。

「で、その〝ふたり〟っていうのはだれなの？」

「きょうだいに手伝ってもらったの」ふと、シンがアンサナの木の下で、しかたねえなというように抱き締めてくれたときの熱い息がうなじに蘇《よみがえ》った。顔が赤くなるのがわかったけれど、抑えようとすればするほど真っ赤になってしまった。

ホイがしげしげとこちらを見ている。「血はつながってないのよね？」

「うん。あいつ、もうすぐ結婚するの。少なくとも、結婚を考えている相手がいるのは確か。わたしとしても喜んでいるの」

からかわれるかと思ったら、ホイが片腕を回してきた。「ああ、可哀そうに。男って、ほんと最悪よね」

「ただ寂しいってだけなの。十歳のときから知っているし、その――すごく大切な人だから」こんな言葉じゃ全然足りない。わたしがどれほど動揺し、心を乱されているか、これっぽっちも説明できていない。たぶん、どうってことない普通の愛情を、ほかの何かとごっちゃにしているだけなんだ。「とにかく、くだらないことだから」

ホイは立ち上がると、ドレッサーに近づいた。「でも、血がつながっているわけじゃないんでしょ」ホイが鏡のなかで、わたしの目を見つめていた。その手が無意識に、ルージュの蓋を開けたり閉めたりしている。「会ってみたいわ。その継きょうだいに」

「どうして？」

「男ってのは嘘つきだからよ」ホイの声には、それまできいたことのない鋭さがあった。ホイについては、どこかの村の出で、実家には滅多に顔を出さないという程度のことしか知らない。あれこれ穿鑿《せんさく》するつもりもないし、向こうから話してくれることだけで充分だと思っている。そして結局ホイのほうでも、わたしに対して同じようにしてくれていた。

ホイが目を上げた。「そんなに心配そうな顔しないでよ、ジーリン。あなたったら、ほんと、やさしいんだから」

ちょっとほろりとしたのを笑い飛ばしてしまうつもりで、話題を変えた。「わたし、今週はお休みをもらおうと思うんだけど、ママに伝えてもらえるかな？」

「どうして？」

わたしは、Y・K・ウォンに金曜日に尾行されたあげく、週末に二度も病院で出くわしていることを打ち明けた。さすがにこうなると、偶然で片付けるわけにはいかない。

「母親が病気だとか、適当に言いつくろっておいてよ」この分だと、ほんとうにほかの仕事を探すことになりそうだけれど、いまここで、そんな話をしてもしかたがない。

「今度の土曜日にある、バトゥ・ガジャでのプライベートパーティはどうするの？」

「それには出る」なにしろ、払いもいいのだ。

それからそのパーティの段取りについて話し合ったのだけれど、なんだか気持ちが入らなかった。ホイやローズやパールと一緒に働くのも、そのパーティが最後になるかもしれない。おそらくは、そのほうがいいんだ。看護婦になりたいのならなおのこと。それでもやはり、わたしにだけつきまとう雨雲のように、陰鬱《いんうつ》な気持ちは消えなかった。さよならというのは、いつだってそういうものなのだろう。

ホイが言った。「口紅、塗る練習をしよっか」唇を弓形にふっくら描くのは難しくて、わたしはいつだって途中であきらめてしまうのだ。

「わたしのことはもういいから——遅れちゃうんじゃないの？」わたしはそこまでの出来栄えに満足しつつ、ホイにケーキマスカラを塗ってもらいながら言った。

「待たせればいいわ」

「だれなの？」

「水曜日に顔を出す、銀行の支配人」

五十代後半で、やたら唇を舐める癖のある、ヒキガエルのような肝斑《かんぱん》だらけの男だ。「平気なわけ？」

「年寄りのほうがいいの」ホイは、どうでもいいというように言った。「若い連中ってのは、女が自分に夢中になってくれれば、なんだってただでできると思いがちだから」

「ホイ！」わたしは笑った。「あなたって最悪」

「男を信じちゃだめよ、ジーリン」ホイの声はどこか哀しげだった。「その魅力的な、あなたのきょうだいであってもね」

ホイは、わたしを待たずに帰ってと言った。まだ化粧が終わっていなかったのだ。わたしは、ホイが出かけるときに一緒に出ようと思っていたのだけれど、ホイは首を横に振った。「ますます遅くなっちゃうから」そこでわたしは階段を下りた。

まだ、そんなに遅い時間ではなかった。それどころか早いくらいで、その気になれば、ご主人の甥っ子を招いているタムさんの夕食にも間に合ってしまう。もちろん帰りたくはないので、ベルフィールド通りのほうに向かった。二輪や三輪の自転車が、牛車や、ぽつぽつと見える自動車をすり抜けながら走っていく。ブリュースター通りに沿って、イポー・パダンの芝地が広がっている。地元の中国系コミュニティが、ヴィクトリア女王の即位六十周年を記念して作ったクリケット場だ。わたしはその通りの角にある〈FMSバー&レストラン〉の前で足を止めた。FMSは〝マレー連合州《Federated Malayan States》〟の略で、地元民と外国人、両方の客でにぎわっている。長いバーカウンターがあり、海南《ハイナン》人シェフの作る西洋料理――ジュージュー音を立てるステーキやチキンチョップ――を、キンキンに冷えたビールと一緒に楽しむことができるのだ。入ったことは一度もないけれど、コロニアル様式の優雅な入り口の前を通ったことなら何度もあった。

いつかはこの店に入って、ステーキを頼むんだと思った。とはいえ、独身の女性がひとりで入店できるのか、そのあたりはよくわからない。振り向いて歩き出そうとしたとき、木のドアが勢いよく開いた。いきなり腕をつかまれて、心臓が口から飛び出しそうになった。

「ジーリン？」若い男だった。気取った細い口髭を生やしている。そのせいで、だれだかわからなかった。

「ぼく、ロバートだよ！　ミンの友だちの、ロバート・チウ」

時計屋の店先のベンチで、迷惑過ぎる、ねちっこいキスをしてきたあの男だ。すっかり大人になってしまって、物の値段がわかってみれば、いかにも金のかかった恰好をしている。それでもロバートが、むかしと変わらない、どこか期待するような熱っぽい目を向けてくるものだから、なんだか驚いてしまった。わたしなら、ファリムみたいな田舎のやせっぽちにふられたりしたら、あんまりその子には会いたくないと思う。ロバートはわたしより心が広いのだろう。

「こんなところで何を？」ロバートが、視線を上下させながらわたしを見た。この手の視線には慣れている。もしもダンスホールではじめての相手からこんなふうに見られたら、間違いなく警戒するところだ。けれど相手はロバートなんだから。わたしは自分にそう言いきかせた。おまけにロバートは、わたしのアルバイトについては何も知らないんだし。

「通りかかっただけなの」わたしは言った。

夕方から夜へと変わる神秘的な黄昏時《たそがれ》で、店内の黄色い輝きがドアや窓から漏れてくる。

「ほんとうに久しぶりだね」ロバートが言った。「元気だった？」

わたしたちは軽く世間話を交わした。ロバートはイギリスで法学を勉強中で、いまは休暇で戻ってきているのだという。わたしがどこかに行ってしまうのを恐れるかのように、次から次へと早口でまくしたててくる。大学の話や、わたしの知らないだれかの話を、わたしはきくでもなく、ぼんやりききいていた。

ロバートが話すのをやめ、またわたしをじっと見つめた。

「ごめんなさい」わたしはやましい気分になった。哀れなロバート。せっかくお金があるのに、こんなにも退屈だなんて。「いまなんて言ったの？」

「なんでもないよ。ただ、きみは素敵だなって」

おそらくは店からこぼれてくる光が、暖かな金色の輝きとなって、照らされたものをなんでも二倍増しに見せていたのだろう。その光のなかにいると、ロバートでさえ、高そうな服と艶やかに撫でつけた髪が引き立ち、パリッとして見えた。わたしがうつむいたのを、ロバートは照れと誤解したようだ。

励まされたように、ロバートが言った。「結婚はまだだってミンからきいたよ」

わたしは明るい声で言った。「ええ、洋装店で見習いをしているの」こういうときは、キビキビとこたえるにかぎる。

「仕事は気に入っているのかい？」

「ええ」わたしは、しらじらしくも嘘をついた。

「進学しないと知ったときには驚いたよ。教師か看護婦を目指すんだと思っていたから」

「残念ながら、お金がなくて」

ロバートはちらりと、恥ずかしそうな目でわたしを見た。「奨学金を取ることは考えていないのかい？　優秀な生徒には、ときどきうちの家族が奨学金を出しているんだ――ほら、チウ財団さ」

「もう在学はしていないから」

「そんなの関係ないよ。なんだったら、ぼくが個人的に推薦することもできるけど」

わたしはどうこたえたらいいんだろうと、地面を見つめた。これは大変なチャンスだ。ほかの女の子だったら、きっとそのチャンス——と、ロバートに飛びつくはずだ。それでもわたしは、すべてのことには代償があると思わずにはいられなかった。だからロバートには、ご親切にありがとう、考えておく、とだけ言っておいた。「さてと、もうほんとうに行かなくちゃ」

歩いて帰ると言ったのだけれど、ロバートはきこうとしない。「そんなに遠くないし」わたしは笑いながら言った。

それでもロバートは送っていくと言い張った。それもそのはず。ロバートのあとをついていくと、艶やかな新車が角にとまっていた。曲線的な車体はクリーム色で、夕日の名残を浴び、フロントグリルが銀色に輝いている。

「乗って」ロバートがドアを開けながら言った。素敵だった。シートはキャメル色の革張りで、肌触りが赤ちゃんのほっぺみたいにやわらかだ。どこをとっても贅沢《ぜいたく》の香りがする。革、レモンワックス、かすかなガソリンの匂い。わたしは乗り込むと、すり減った靴の爪先を隠すようにして脚を組み、大きく息を吸い込んだ。すぐに慣れるだろうと思ったけれど、じつはそうでもなかった。残念ながら、ロバートは恐ろしく運転が下手だったのだ。

ドアのハンドルをつかんでいるわたしの指の付け根は、ロバートが、ガクリと大きく車体を揺らしながら車をスタートさせるたびに白くなった。あちこちのレバーを足で踏んだり、手で動かしたりするたびに、何かがすり潰されるような音がする。一度なんか交差点に突っ込んだあげく（ロバートは、カンカンになっている三輪自転車の男に向けて、愛想よく手を振って見せた）、あやうく消火栓に衝突するところだった。なかでも最悪だったのは、ロバートがおしゃべりをやめようとしないことだ。

「で、ジーリン？」だれかに警笛をけたたましく鳴らされながら、ロバートが声を張り上げた。「きみは夏のあいだ、ずっとこのあたりにいるの？」

まるで、どこかに出かける場所でもあるみたいに。わたしは礼儀正しく「ええ、いるわ」とこたえながら歯を食いしばった。それからようやく車が、排気ガスをもくもく上げながらタムさんの店に着いた。

「へえ、この店なんだ」ロバートが言った。「前に一度、妹のドレスを引き取りにきたことがあるよ」

足がガクガクして力が入らなかったので、ロバートの手を断れないまま、降りるのを助けてもらった。これがロバートお得意の手なのかもしれない。女の子をドライブでさんざん怯えさせて、文字通り――自分の腕のなかに転がり込んでくるように仕向けるとか。

あっという間もなく、タムさんが店から出てきた。待っていたらしい。

「ジーリン、帰ってきてくれてよかったわ」タムさんがちらりとロバートに目をやった。「こちらは？」

「彼女のきょうだいの旧友です」ロバートは言ったけれど、彼がシンとほんとうに親しかったことなど一度もない。

「まあ！」タムさんは、ロバートに対する好奇心とニュースを早く知らせたいという思いのあいだで迷っていたが、結局、あとのほうが勝った。「ジーリン、お母さんの具合が悪いって、ちょうど連絡が入ったところなのよ」

これは母の再婚以来、わたしがずっと恐れていた知らせでもあった。〝具合が悪い〟ということは、なんだってありえる。これまでのところは、せいぜい腕の捻挫《ねんざ》や、手首に残った指の跡といったところで済んではいるけれど。折られたシンの腕がだらりと垂れていたときの映像が、わたしの心の片隅から消えることは決してなかった。

「流産したんですって」

流産？　年をひとつ多く数える中国風の数え方だと、母さんは今年四十二歳だ。人生において、最も危険な年齢とされている。四十二の持つ音が、強く〝死〟を意識させるためだ。わたしは一気に気分が落ち込んだ。

「帰るのは、明日の朝がいいかしら？」タムさんが言った。

「はい、バスで帰ります」ふと、今日、ホイに頼んだことを思い出した。母親が病気だから、今週は店に出られないとママに言っておいてと。なんて軽はずみだったんだろう！　まるでその言葉が、現実になって戻ってきたかのようだ。わたしは夢で見た、川のなかにいた黒いものを思い出した。水中でうごめいていた不吉な影を。

「送っていくよ。きみさえよければ、いますぐに」ロバートが言った。わたしは彼の存在をすっかり忘れていた。「車なら遠くない」

「ほんとうに?」タムさんが言った。「それはご親切に」

気分が悪くなるほどの恐怖を覚えながら、わたしは二階に駆け上がると、荷造りをした。そのあいだロバートは、タムさんの質問攻めを受けたことだろう。車に乗ると、わたしたちは黙り込んだ。ホッとしたことに、しゃべりさえしなければ、ロバートも少しはマシに運転ができるようだった。

しばらくしたところで、ロバートが口を開いた。「もしほんとうに悪いようなら、病院まで連れていこう。バトゥ・ガジャ地方病院のほうが、少し遠くても、イポー総合病院よりよくしてもらえるからね」

「どうして?」

「ぼくの父さんは、バトゥ・ガジャ地方病院の理事なんだ」

知らなかった。やはり金持ちの住んでいる世界は違う。仕事だろうと推薦だろうと、簡単に手に入る。もしもわたしさえうまく立ち回れれば、母さんにできるだけの治療をしてあげられるかもしれない。なんにせよ、きちんと考えることができなかった。ここ数週間のあいだに、周りでひとりが死に、ひとりが大変な事故にあい、ひとりが流産をするなんて。

シンなら、バカバカしいと笑い飛ばすだろう。そもそもこのあたりで、同時期に、どれだけの事件が起きているかなんてわかったものではない。たとえば新聞には、虎に殺されたという気の毒な女の人の記事が載っていた。すべてを運命のせいにすることはできないけれど、この分だと、邪悪な霊に効くお守りを買ったほうがいいとわたしに勧める人は少なくないだろう。

わたしはロバートの大きな車に乗って暗闇のなかを突っ走りながら、膝の上で手をよじり、泣き出さないように必死でこらえた。

23

六月十九日（金）夜
バトゥ・ガジャ

冷たい。水があまりに冷た過ぎて、レンは心臓が止まるのではと思う。頭がズキズキする。水はどろっとしていて、ゆるくなったゼラチンか、凝固しかけた血液みたいだ。レンは犬のように頭を振りながら、向こう岸に目を向ける。イーは顔にはっきり恐怖の色を浮かべ、半狂乱の態《てい》で岸辺を行ったり来たりしながら、口を大きく動かしている。**水から出て！**

レンは必死に水をかく。泳いでいると、冷たさもさほど気にならない。でなければ、腕や脚が麻痺《まひ》しているのかもしれない。進むほどに痛みがやわらぎ、なんだか自分の体から抜けていくような、ヘンな感じがする。何かが脚をひっかいている。水にむせながら下に目をやると、足のあいだに、歯をむいた口と、どんよりした目が見える。ワニの死体だ。深いところを、転がるようにして流されている。ワニは白いおなかを見せてから、どんどん暗闇へと落ちていく。川の深みには、魚や虫の死骸、枯れ葉なども漂っている。レンはぞっとして叫び声を上げる。

パニックになり、腕と脚をバタつかせる。流れに押し流されて、また水のなかに頭が沈むと、ほかにもいろいろなものが見えてくる。中国系の男がひとり。骨が折れているのか、首がおかしな具合に曲がっている。それからタミル人の若い女。口がぽっかり開いているけれど、ありがたいことに目は閉じている。胴体はない。穏やかな顔をした、首から上だけが流れていく。レンは叫びながらもがく。恐怖に飲み込まれ、肺に水が入り熱くなる。

大きな木切れが頭にぶつかってきたので、レンはあえぎながら水面に顔を出すと、木のほうへむなしく手を伸ばす。届かないところに行ってしまった木切れを、イーがまたこちらに押し戻そうとしている。そこへ、さっきよりも大きな丸太が流れてくる。丸太に体を打たれた瞬間、レンの目には、イーの絶望したような顔が飛び込んでくる。戻れ！

戻ろう。戻るんだ。

レンは部屋の床に、うつぶせに倒れている。両手をペタリとついた姿が天井に張りついたヤモリにそっくりだけれど、床に転がっているのだから落ちる心配はない。しばらくそのままでいてから、レンは泣きはじめる。

ドアが開いて、アーロンが心配そうなしかめ面を見せる。

「あいや！　どこか痛いのか？」

レンがふらふらしながら上半身を起こすと、アーロンがその額に手を当てる。「しばらく前にも見にきたんだが——そりゃあ、ひどい熱でな」

「何時なの？」その声はかすれ、しゃがれている。アーロンが、温かくしたタオルでレンの顔をぬぐってやる。

「朝の五時だ」

「ものすごく寒くて」凍えるようだった水を思い出し、レンの腕には鳥肌が立つ。

「熱のせいだ」

そう言われてみれば、もう全然大丈夫だ。寒気も火照《ほて》りもだるさもない。試しに脚を振ってみる。あの夢は、引いていく水のように遠ざかりつつある。そしてなにより、あの猫の髭が、この世界について教えてくれる目には見えない電気パルスのような感覚が戻ってきていて、頭のうしろのほうで静かにうなっている。

アーロンが眉間にシワを寄せ、探るように見ている。まるで白髪交じりの年老いた猿みたいだ。「大きな声でうなされていたぞ。いったい、だれと話していたんだ?」

「きょうだいだよ。死んだ双子のきょうだい」

アーロンが膝を折ってかがみ込み、レンの顔を真正面から見据える。

「よく夢に見るのか?」

「そんなには見ないんだけど。見るときには、ほんとうのことみたいで」レンは夢に出てきた機関車や川のこと、それから、もう少しがんばっていたら向こう岸に着けていたのに、という思いを口にする。

「きょうだいから、こっちに来いと呼ばれたことは?」

「どうして?」

アーロンはため息をついて、天井を見上げる。とても静かだ。夜明け前の、空っぽな暗い時間には、鳥のさえずりさえきこえない。マラヤは赤道に近いから、太陽が昇るのは七時ごろで、日の入りまではだいたい十二時間くらいある。

「幽霊を信じるか?」アーロンが言う。

レンはびっくりしてしまう。アーロンは迷信のたぐいを、電気や無線や車といった、正体がよくわからないながらに必要な技術と同じもののように扱うのだ。

「よくわからない」レンはそうこたえながらも、あの夢は、バナナの木にとり憑く青ざめた亡霊や、爪先がうしろ向きについている長い黒髪の女のお化けなんかとは違うはずだと思う。

「わしの叔父には、幽霊が見えたんだ」アーロンが言う。「マラッカのお屋敷でコックをしていてな。叔父の話だと、その屋敷ではさんざんおかしなことが起こったらしい。なにしろ別嬪《べっぴん》のひとり娘が、死んだ男と結婚をさせられることになっていたんだ」

「ほんとにしたの?」レンはすっかり興味を引かれ、背筋を伸ばしている。

「いいや。だが嫁ぐはずだった男の家は金持ちでな。その娘を、彼岸の嫁《ゴーストブライド》にしようとした」

「その娘さんはどうなったの?」

「だれかと駆け落ちしたのさ。だがそれから何年もたって、叔父がよぼよぼの年寄りになったころ、その娘さんが一度会いにきたらしい。おかしなこともあったもんで、家を出た十八歳のときのまま、まったく変わっていなかったそうだ。だが、それはまた別の話だ。

叔父には、当たり前のように幽霊が見えた。これがとにかく神経に障るという。生者と違い、幽霊というやつはひとつところから動かない。たとえば、ある人力車には必ず男の子がいて、ひたすら乗っている人の膝に座ろうとしているとかな。叔父の寝ているそばに女が腰を下ろし、ひと晩じゅう、髪をすきながら泣いていたこともあったそうだ。とにかく、その叔父から言い含められたことがあるから、それを教えてやるとしよう。おまえには必要になりそうだ」

「どんなこと？」

「死者と話してはならん」

レンはしばらく黙り込む。こんな助言、きいたこともない。「どうして？」

アーロンが頭をかく。なんだか疲れて、ますます老けて見える。「どうしてって、死者はこの世のものではないからだ。連中はこの世での物語を終え――先へと進む必要がある。墓に収まったものの言葉に従ってはいかんのだ」

レンはとっさにマクファーレン先生を思い出す。「約束を守ってもらえたら、死んだ人も幸せなんじゃないのかな？」

「ちっ、幸せだろうがなかろうが、それは当人の問題であって、おまえには関係ない」アーロンが、体をきしませながら立ち上がる。「調子がよくなったんなら、ベッドに戻って、もう少し寝てろ」

「だけど、今日はパーティがあるのに」レンはふと思い出す。

「わしはおまえが生きているより長く料理をしているんだ。ひとりでこなせんとでも思うのか！」

アーロンは、ホーリックの入った温かいブリキのマグをレンのそばに置くと、出て行こうとしながら片手でそっとレンの頭を撫でる。「わしに言われたことを忘れてはならんぞ」アーロンはつっけんどんに言う。

アツアツの麦芽乳飲料を飲み終えると、レンはベッドに横たわり、薄いコットンの上掛けを体の上に引き寄せる。アーロンにはわからないんだ、とレンは思う。あともうちょっとなんだから。それさえ終われば、もう大丈夫。

24

六月十六日（火）
ファリム

ロバートの車が、けたたましいブレーキの音を立てながら、継父の店の前にとまった。もう夜の八時に近く、あたりはすっかり暗くなっている。ロバートが車を飛び降りたときには、すでにわたしは玄関のところにいて、鍵を探していた。鎧戸《よろいど》の向こうに光が見えないけれど、母さんの具合が悪くて、どこかに移したとか？　張り出した上階の陰で風が渦巻くのを見ながら、生まれてくるはずのきょうだいたちの霊が待っているのかもしれないと思った。それとももう生まれていて、この世のどこかに存在しているんだろうか。

扉がいつものようにきしみながら開き、その向こうからは、継父が外をのぞいていた。鼻と唇のあいだにできた深い溝のせいで、ますます石の彫刻めいて見える。意外にも、継父はわたしの顔を見てホッとしたというか、喜んでさえいるようだった。

「母さんはどこ？」わたしは、心臓が口から飛び出しそうな気がした。

「休んでいる。大丈夫だ」

継父がロバートに、それから縁石にとまっている艶やかな鯨《くじら》のような車に目をやった。ロバートが手を差し出して自己紹介をするあいだ、わたしは身をかがめ、店の奥をうかがった。継父のうしろから人影が現れた。シンだ。

シンは父親には似ていないと、わたしはずっと自分に言いきかせてきた。けれど、ある角度から見ると、ふたりは奇妙なくらいよく似ている。継父が持っているオイルランプの光が揺らめき、顔の上を滑って、一瞬ふたりが、ひとりの人物の過去と未来のように見えた。慌てて、母さんに会いたいというようなことを口のなかでつぶやいたけれど、思わずたじろいでしまったのを隠すことはできなかった。

シンにも気づかれたのが、顔を背けた様子からわかった。「母さんは一階の事務所で休んでる——まだ、階段を使うのはよくないから」

継父の事務所は、建物の中程にある幅が狭くて薄暗い部屋だ。帳簿を納めた金属製のファイルキャビネットと、大きな黒いそろばんのある部屋。暗い店内を奥へと急ぎながら、わたしは言った。「どうしてもっとランプをつけないの?」

「医者とウォンおばさんが帰ったとたん、父さんが消しちまったんだ。あいつの性格は知ってるだろ」

そうだった。継父は、そもそも暗闇に座っているのが好きなのだけれど、何か問題があるときには、ますますその傾向が強くなる。わたしはまたしても、あの、シンが腕の骨を折られた夜のことを思い出してしまった。あのときも、この家は暗く静まり返っていた。

「ウォンおばさんはなんて？」

ウォンおばさんは親類ではない。ただ、わたしたちが越してくる前から隣の家に住んでいる。いわゆる近所の世話焼きおばさんで、母さんには好意を持ってくれていた。

「出血がひどかったようだな。おばさんが医者を呼んでくれて。おれが来たときには、もう医者は帰ったあとだったけど、どうやら早期の流産だったみたいだ」シンの慎重な口調が、医療を勉強中であることを感じさせた。けれどこれは、どこかのだれかではなく、母さんの話なのだ。だからわたしはそこからの数メートルを一気に駆け抜け、ドアを開けた。

机の上にあるランプが、床に作られた寝床を照らしていた。母さんの顔は、いつにも増して白く見えた。額が高く、痛々しい。頭蓋骨がいまにも、肉という薄いベールを突き破ってしまいそうだ。

手がカサカサで冷たかったけれど、母さんはそれでも弱々しい笑顔を浮かべて見せた。「心配するから、ジーリンには知らせないでと言ったのに。ちょっと気が遠くなったものだから、ウォンおばさんに、お医者さんをお願いしただけなのよ」

わたしは母さんの手をギュッと握った。「妊娠には気づいてたの？」

母さんは、困ったような顔でシンをちらりと見た。シンはそれを察して、部屋を出て行った。

「気づいていなかった。わたしの生理は、ほら、乱れがちでしょ。それに赤ちゃんを産むには、もう年を取り過ぎているから」母さんは四十二歳だ。だから、不可能ではない。わたしの友だちにも、ものすごく年の離れたきょうだいがいる子は何人かいた。

「もう、あの男を近づけないようにしなくちゃ」どうして継父は、母さんをほうっておけないのだろう？　わたしは怒りのあまり、それ以上何も言えなかった。口のなかには苦いものが広がっていた。

「何を言うの。それはお父さんにとって当然のことなのよ。わたしのほうがいけないんだわ。あの人に、子どもを産んであげられなかったんだから」

わたしはギュッと唇を嚙んだ。弱っている母さんを相手にガミガミ言ってもしかたがない。何かほかの手を見つけなければ。ふと、継父を毒殺できたらと、そう考えていたことを思い出した。


その後、母さんを休ませ、継父が寝室に入ると、シンとわたしは食事に出かけた。息苦しいまでに暑かった。ほとんどの店はもう閉まっていたけれど、シンが、ホーファンという、平たくて太い汁麵《めん》を出す道端の屋台に連れていってくれた。脚の一本に煉瓦《れんが》を嚙ませた、グラグラする折り畳み式のテーブルに座った。隣のテーブルには男が三人いて、どうやら、夜を徹しての麻雀会から抜け出してきたようだ。

シンが注文をしにいくあいだ、わたしはなんとなく、隣のテーブルからきこえてくる麻雀の借金についての会話に耳を傾けていた。母さんもきっと、その手の麻雀会に参加するうちに、いつの間にやら四十海峡ドルもの借金を作ってしまったのだろう。お金のことを考えたとたん胃が痛くなり、シンが運んできた湯気の立つホーファンの丼《どんぶり》を前にしても、ぐずぐずと箸《はし》でかき回すことしかできなかった。

シンは向かいに腰を下ろすと、ガツガツ食べはじめた。蛾が周りを飛ぶなかジージー音を立てているアセチレンランプの光の下で見ると、シンはこれっぽっちも継父には似ていなくて、わたしは妙にホッとした。わたしは麺には手をつけないまま、シンのほうに丼を押し出した。

「あの人と話をしてくれないかな」

「何を?」

両親についてこんな話をするのはどうかとも思ったけれど、避けて通るわけにはいかなかった。「母さんに手を出さないようにしてもらいたいの。また妊娠なんかしたら大変だから」

アセチレンランプの白っぽく明るい光のなかで、シンの顔が青ざめていた。「その話なら、今夜、家に着いたときにもうしたよ」

「きいてくれそう?」

シンが肩をすくめた。こんな話、わたしと同じくらい気まずいに決まっている。「ほかにもやりようはあるはずだと言っておいた」

「たとえば? 売春宿に行くとか、僧侶になるとか?」わたしは、シンの丼に浮いていたフィッシュボールを突き刺した。母さんをほうっておいてさえくれるのなら、継父が何をしようと知ったことではない。

「避妊とかな」シンは困惑を隠すように顔をしかめた。「とにかく、ジーリンはそんなこと心配しなくていいから」

「わたしだってコンドームの存在くらい知ってるわよ」〝男の盾〟という、なにやら勇敢な別名があることも。「あのクソじじいが使うもんですか」

その手の汚い言葉を使うのは、いつもならシンのほうだ。わたしはたいてい、継父を直接指すような表現は避けている。だからいまクソじじいと呼んだことで、見えない一線を越えたようなものだった。

ほんとうのところシンが父親のことをどう思っているのか、わたしにはよくわかっていない。たとえば母さんはたびたびバカなことをするから、そんなときには肩をつかんで揺すぶりたくなるくらい腹が立つけれど、それでもやっぱりわたしは母さんを愛している。シンもそうなのだろうか。どんなにひどいことをされようと、父親を愛しているのだろうか。おそらく家族というのはそういうもので——逃れることのできない義務でつながれているのだろう。

けれどシンは苛立った顔をする代わりに、何かを考えているような目でまたこちらを見た。

「どうして、そんなことをいろいろ知っているんだ?」

全部、職場の同僚から教えてもらった。それによると、一番いいのは、第一次世界大戦後に普及したコンドームだという。けれど、ダンスホールのことをシンに話すわけにはいかない。

「女性への気づかいに欠けている場所で小耳に挟んだの」わたしは突き放すように言った。

シンが言った。「もしも同意させることさえできれば、父さんは約束を守ると思う」

そう、あの石頭の冷酷男も、約束だけは守るのだ。貸したものを、決して忘れないのと同じように。シンの言葉をきいたとき、頭のなかでカチリとはまるものがあり、わたしはハッと気がついた。

「シンはあいつと取引をしたんだね」

「いや」

「今日の話じゃないの。二年前のあのとき。シンが腕の骨を折られたときだよ」

シンが不意をつかれたのがわかった。しかめた顔をうつむけて、丼のスープを見つめている。

「したんでしょ？　いったいどんな取引をしたの？」

けれどシンは唇を引き結んだ。あの夜に何があったのか、どうしても話したくないのだ。

「ふん、わたしだって、あいつと取引くらいできるんだから」

「だめだ」突然、手首を強くつかまれてギクリとした。シンは自分でもハッとしながら、指をゆっくりほどいていった。「父さんと取引なんて絶対にしちゃだめだ。約束してくれ、ジーリン」

わたしはこたえなかった。何かしら、継父から色よい返事を引き出す手があるはずだ。問題は、あの男が見返りに求めるのがなんなのかだけれど。

帰り道は真っ暗だった。互いにもたれ合った家の形、夜に向かって雨戸を閉ざした窓、何もかもが間違っているように見えた。シンがシンガポールに戻ってしまったら、わたしには、家族のことを相談する相手がいなくなってしまう。けれど、シンはそうじゃない。シンにはだれかがいる。

「あの指輪だけど」わたしは思い出して言った。「返しておかないと」

「しばらく持ってろよ」シンは食事のあとから口数が減っていた。何かを考えている危険なサインだ。「今日は、ロバートと何をしていたんだ?」

「バッタリ出くわしたの。ところで、ペイリンの荷物はどうしたの?」

シンが顔をしかめた。「彼女とかかわり合いになるなんて、ほんとバカだな。たぶん、これから面倒なことになるぞ」

「助けになろうとしただけじゃないの」わたしはうろたえながら言った。「開けてみたの?」

「当然だろ！　中身も知らないのに、他人の持ち物なんて預かるべきじゃないんだ。見ず知らずのジーリンを捕まえて、何かを取ってきてもらおうとするなんて、おかしいとは思わなかったのか?」シンの声は冷ややかだった。「ジーリンの名前には〝知恵〟の意味があるってのに。まったくおまえときたら、本来賢くあるべき人間にしては、とてつもなくバカ過ぎると思うことがときどきあるよ」

わたしはカッとなった。わたしが人生を生きあぐねているのは、何も脳みそが足りないせいではないはずだ。「なによ、自分だって、名前が〝誠実〟を意味するわりには、女をとっかえひっかえしてるくせに！」

我ながらひどい言い草だった。シンは肩をこわばらせ、足を速めて、わたしを置き去りにしはじめた。わたしも頭をカッカさせながらついていったが、シンの名前に、誠実以上の意味があることはよくわかっていた。信《シン》には、正直、友情に厚い、などの意味もある。五常のすべてに、幅の広い、さまざまな意味があるのだ。そのもろもろの意味については、わたしもシンに文句を言うことはできなかった。暗がりのなか、夢の少年に言われた言葉がまた頭に蘇《よみがえ》ってきた。**ぼくたち五人には、みんなに少しずつだめなところがあるんだ。**

必死に追いかけてシンを満足させるのはシャクだったので、あえてゆっくり歩いた。けれど角を曲がると、そこでシンが待っていた。むかし、わたしとシンがいつも一緒なのが気に食わなかったらしくて、ある男の子が、使われていない小屋にわたしを閉じ込めたことがある。その男の子が笑いながら行ってしまうと、わたしはパニックになり、シンが見つけにきてくれるまで泣き続けた。そのときのことを思い出しながら、わたしは口のなかでつぶやいた。「ごめん」シンはわたしの二歩前を歩きはじめた。シンは、もうすぐシンガポールに帰ってしまう。次に戻ってくるときは、婚約者が一緒のはずだ。わたしはまた、箸でも飲み込んだかのように喉が詰まるのを感じた。

「ごめんって言ってるでしょ！」

シンが振り向いた。「そんなのはあやまってるんじゃなく、がなってるだけだ」

不誠実だといってシンを責めるなんてバカだった。どういうわけか、シンはそこを突かれるのがいやなのだ。「いじめないでよ、シン。わたしはヤキモチを焼いてるだけなんだから」

「なんでだよ？」シンが影になった木の下で立ち止まった。月光を浴び、木の葉が震えている。明るいところではためらってしまうことも、闇のなかだと口にしやすい。

「シンが医学校に進んだことが、うらやましくて、悔しくてたまらなかった。それから男であることにも。なんだって自分の好きな道を選ぶことができるんだもの」

長い沈黙が下りた。「それで全部か?」

その声には、どこかとげとげしいものがあった。わたしは、何かのテストに失敗したような気分になった。ほかに何を言えっていうんだろう? なにしろ、付き合う相手をコロコロ変えるのがいやだなんて、これまで一度も言ったことがない。いまさらそんな話をするのは、あまりにもきまりが悪い。

そのあとは、家に着くまでひと言も口をきかなかった。みじめだった。シンと喧嘩したときには、いつだってこうだ。ただ今回に関しては、口論の内容がなんだったのか、自分でもいまひとつよくわかっていなかった。家のなかは暗く、静まり返っていた。継父はすでに寝ていたので、母さんの様子だけを確認すると、わたしたちはキッチンに行った。ランプをつけると、暖かな光が広がった。シンはまだ怒っている様子だったけれど、「ここで待ってろ」と言うと、二階に上がった。

なんだかいやな予感がしていた。ペイリンの荷物がなんであれ、見ればきっと後悔すると、直感が告げていた。落ち着かない気分のまま、台所をうろうろした。皿を片付けているときに、ふと、見られているのを強く感じた。まさかあのY・K・ウォンが、なんらかの手でこの家に忍び込んだとか? バカバカしい。わたしは体をこわばらせ、脈の鈍い音と、じんじんするような静寂《せいじゃく》に耳を澄ませた。大きな肉切り包丁をつかみながら、開いたドアのほうに顔を向けた。

やはり、影のなかにだれかが立っている。シンだった。そうだよね? 揺らめくランプの明かりのせいなのか、シンの顔には、これまでには見たことのない、飢えた怒りの表情が浮かんでいた。狼のような、キャンプファイヤーを火の届かない場所から見つめている野獣のようなまなざし。一瞬、それがシンだと理解できずに、わたしは怯えた。

わたしの握っている肉切り包丁にちらりと目をやった瞬間、シンの口元が苦々しげにゆがんだ。

「父さんだと思ったのか?」

あの男と血を分けた親子だからといって、シンが悪いわけではない。「そんな――ただ、びっくりしちゃって」

シンはゆっくりとキッチンに入りながら、わたしをじっと見つめた。

「手出しされたことがあるのか?」

「え? あいつにってこと?」この十年、継父には、わたしの存在が見えていないのかもと思うことさえよくあるくらいなのに。

シンはキッチンのテーブルにつくと、両手に顔をうずめた。「ずっと心配だったんだ。おれがいなくても大丈夫かって」

「あいつには、わたしをどうこうする必要なんてないの」思わず声が苦々しくなった。わざわざそんなことをしなくたって、継父は簡単にわたしを操ることができるのだから。母さんの瞳に浮かんでいるわたしには理解しがたい愛情と、腕に残った痣《あざ》を利用すればいいだけだ。「とにかく、そんなに心配なんだったら、手紙に返事くらいくれたっていいじゃない」

シンの瞳から表情が消えた。危険なサインだ。「おれがいなくたって、うまくやっているみたいじゃないか」

「どういう意味よ？」

「ロバートさ。あいつとそんなに親しいだなんて、全然きいてないぞ」

ひどい言いがかりをつけられて、わたしは息を飲んだ。「今夜たまたま会っただけだと言ったじゃない！」

シンの視線が、わたしのこじゃれたワンピースから、ホイの塗ってくれた口紅とマスカラへと移っていく。ホイの部屋で冗談を言いながら笑っていたのが、たった数時間前のことだなんて。シンが怒ったような、値踏みするような目つきを変えようとしないので、わたしは熱くなると同時に冷たくなった。説明したって無駄だ。そもそも、どうして説明しなくちゃならないっていうのよ。

「ロバートは、とってもよくしてくれるの」わたしはピシャリと言った。

「ああ」シンが言った。「父親の金でな」

「だからどうだっていうのよ？　自分はへいこら逃げ出したくせに」

「逃げちゃいない」

「休暇にだって、ちっとも帰ってこなかった。シンはわたしを置き去りにしたのよ。この家に」恐ろしいことに、涙がこみ上げてきた。これは怒りの涙なんだ。わたしは自分にそう言いきかせながら歯を食いしばった。シンが何か言いかけたのを、わたしは遮《さえぎ》った。「わたしが洋裁師になりたがってるだなんて、ほんとにそう思ってるわけ？　あんな仕事大っ嫌い。だけど、わたしの進学のために無駄にするお金なんかどこにもないのよ」

「ジーリン――」

「だからいまさらのこのこ帰ってきて、心配しているふりをするのはやめてくれる。わたしの見るかぎり、シンはあいつとなんらかの取引を結んだんでしょ。あいつの元で働かなくても済むようにしたんでしょ。あとはこの家を出て、なんでも好きなことができるってわけね。この、いくじなし！」

　その気になればわたしには、シンを手ひどく傷つけることができる。獲物のはらわたに釣針を引っかけるように、生々しく、残酷に。心臓が暴れ、息も上がっていた。キッチンのテーブルが血まみれになるところが見える気さえした。

「おれのことをそんなふうに思ってたのか？」シンの顔が、美しいデスマスクみたいに蒼白になっていた。

　わたしはきつい反撃を予想して身構えた。けれど驚いたことに、シンは何も言わず、ただ打ちひしがれたような目をこちらに向けた。シンは、死ぬほどぶちのめされたときだって、こんな目でだれかを見たことなんか一度もなかった。

　こんなシンは見たくなかった。それでもその一瞬、わたしはシンが憎かった。フォンランの膝に頭を預け、わたしのものだと言いたげな手で裸の胸を愛撫されながら、彼女を見つめていたときのシンを思い出していた。シンの目をのぞき込みながら、フォンランが浮かべていたあの微笑《ほほえ》みを。

シンが、ほっそりした茶の紙袋をテーブルに置いた。「見たけりゃ見るんだな」シンが言った。「自分で決めろ」

シンが背を向け、キッチンから出て行った。わたしはその場に固まったまま、足音が二階に向かうのを待った。けれど足音は店の正面へと向かい、玄関が開いてきしむのがはっきりときこえた。そこで呪縛が破れた。わたしは細く長い廊下を走って薄暗い店内を抜けた。

「シン！」わたしは言った。「どこに行くつもり？」

「病院に戻るんだ」

「泊まるんだと思ってたのに」

「明日は仕事があるから」その感情を抑えたような疲れた声に、わたしの心は砕けた。

「もう列車もバスもないよ」

「わかってる。ミンに自転車を貸りてあるんだ」

「だけど、遠いよ」暗いなか、舗装もされていない道路を一時間以上も走らなければならないはずだ。しかもバトゥ・ガジャへの道は厳しい登りになっている。

「なら、さっさと出発しないとな」シンがうつろな笑みを浮かべた。「心配するなって。大丈夫だから」

シンは、店の前に立てかけられていた重たい黒の自転車を、通りのほうに動かした。わたしはどうすることもできないまま、そのあとをついていった。

「なかに戻れよ」シンは、継父のいる寝室の暗くなった窓をちらりと見上げながら、小声で言った。「頼むから」

「シン――ごめん」わたしはうしろからシンに抱きついて、その締まった背中に顔をうずめた。胸の上下する動きが伝わってくる。

「泣くなって」シンが言った。「表で泣いちゃだめだろ。でないとウォンおばさんが見にきて、またぞろうちについてのおかしな噂が流れることになるぞ」

シンは冗談のつもりだったようだけれど、わたしはますます泣きじゃくった。できるだけ、声を押し殺すようにしながら。わたしもシンも、この家で育ったせいで、声を出さずに泣くのは得意なのだ。シンはため息をつくと、壁に自転車を立てかけた。だいぶ間があってから、シンが振り返った。それでもわたしはシンを放さなかった。放したら、何かひどいことが起こりそうで怖かった。自分でもバカみたいとは思ったけれど、なんだかひどく寂しくて、ますますシンを強く抱き締めた。

「息ができないだろ」シンが言った。

「ごめん」ふたりとも声をひそめていた。近所の人たちがもう寝ているとしても、通りにいることを忘れるわけにはいかない。月光に、銀と黒の影が鋭く浮かび上がっている。シンは疲れ果てているように見えた。

「わたしも一緒に行く。こんな暗いなかを自転車で走るなんて心配だから」

「どうやってついてくるつもりなんだ?」シンがわたしの髪を撫でた。そんなふうにされるのはじめてで、わたしは心の乱れを隠そうと、シンの肩に顔をうずめた。明日はまた、違うだれかのものになるとしても、今夜のシンは、わたしだけのものだ。

「うしろに乗る。交代でこげばいい」

「重くてやだよ。こけちまう」

「バカ」わたしがシンを小突くと、シンはわたしの手首をつかんで、自分のほうに引き寄せた。わたしは息を止めたまま、顔を上げた。キスをされると思った。けれどシンは動きを止め、手を下ろした。

月明かりのなかで、その目の表情を読み取ることはできなかった。

「ジーリンは、母さんの面倒を見てくれないと」シンが言った。

もちろん、その通りだ。わたしは恥ずかしさのあまり、手首を振りほどいた。どうしちゃったっていうの？　きょうだいにキスしたいと思うだなんて。

「気をつけてね」わたしは一歩うしろに下がった。シンがマッチをすり、自転車の灯油ランプをつけた。それから自転車に飛び乗ると、滑らかな動きで、夜のなかに消えていった。

訳者紹介　上智大学国文学科卒。英米文学翻訳家。訳書にマクニール「チャーチル閣下の秘書」「エリザベス王女の家庭教師」「ファーストレディの秘密のゲスト」「ホテル・リッツの婚約者」「スコットランドの危険なスパイ」、カード「落ちこぼれネクロマンサーと死せる美女」などがある。

検印
廃止

夜の獣、夢の少年　上

2021年5月14日　初版

著　者　ヤンシィー・チュウ

訳　者　圷《あくつ》　香《か》織《おり》

発行所　(株)東京創元社
代表者　渋谷健太郎

162-0814/東京都新宿区新小川町1-5
電　話　03・3268・8231-営業部
　　　　03・3268・8204-編集部
URL　http://www.tsogen.co.jp
DTP　工友会印刷
暁印刷・本間製本

乱丁・落丁本は、ご面倒ですが小社までご送付ください。送料小社負担にてお取替えいたします。

ISBN978-4-488-59104-5　C0197

第4回創元ファンタジイ新人賞
優秀賞受賞

〈水使いの森〉シリーズ

庵野ゆき

＊

水使い、それはこの世の全ての力を統べる者。〈砂ノ領〉の王家に生まれた双子の王女。跡継ぎである妹を差し置き水の力を示した姉王女は、国の乱れを怖れ城を出た。水の覇権を求める国同士の争いに、王女はどう立ち向かうのか。魔法と陰謀渦巻く、本格異世界ファンタジイ。

水使いの森
幻影の戦《いくさ》

以下続刊